恩情大地

白庆国

著

花山文艺出版社

河北·石家庄

图书在版编目（CIP）数据

恩情大地 / 白庆国著. -- 石家庄 ：花山文艺出版
社, 2025.1
ISBN 978-7-5511-7130-4

Ⅰ. ①恩… Ⅱ. ①白… Ⅲ. ①散文集－中国－当代
Ⅳ. ①I267

中国国家版本馆CIP数据核字(2024)第027995号

书　　名：**恩情大地**
　　　　　ENQING DADI
著　　者：白庆国

策　　划：郝建国
责任编辑：梁东方　王安迪
责任校对：杨丽英
美术编辑：陈　淼
出版发行：花山文艺出版社（邮政编码：050061）
　　　　　（河北省石家庄市友谊北大街330号）
销售热线：0311-88643299/96/17
印　　刷：石家庄燕赵创新印刷有限公司
经　　销：新华书店
开　　本：787 毫米×1092 毫米　1/32
印　　张：8.5
字　　数：175千字
版　　次：2025年1月第1版
　　　　　2025年1月第1次印刷
书　　号：ISBN 978-7-5511-7130-4
定　　价：30.00元

目 录

第七部分：在村庄生活久了忽然想到

第八部分：另一座村庄

第一部分： 春天

春　天

我想在这个世界上，没有人不喜欢春天。

我们全家都喜欢春天。

奶奶非常欣喜地从箱子底部拿出她的嫁妆，晾晒在春天的阳光下面。她一边舒展着嫁妆的褶皱，一边稳妥地将它们搭在院子里的钢丝绳上。这是父亲特意为奶奶准备的钢丝绳，父亲知道奶奶的习性。父亲是孝子，奶奶说的每一句话都是圣旨。母亲也非常高兴，把那些在屋里放置了一个冬天的花，搬出来。我想帮她，她不让。她知道我干活儿粗心，怕我把她的花搞坏了。我还是坐在院子里的小凳上做作业。不过我会不时转过头去看她们。奶奶把她的嫁妆放置好后，就等阳光照过来。奶奶坐在父亲给她特意做的凳子上，凳子比一般的凳子高出半尺，这样奶奶容易起坐。凳子还有靠背，适合奶奶累了靠在上面打盹。奶奶的身边不知什么时候已经跑来了一群小鸡。奶奶的手里攥着一把谷穗，没事的时候，奶奶就用谷子喂小鸡。谷子也是父亲特意为奶奶种的。家里的麦子吃不清，秋天种麦子的时候父亲就留下了二分地

1

为奶奶种谷子。奶奶一生爱喂鸡，年轻的时候喂很多，利用下班的时间给鸡找草料。那些鸡长大了下了蛋就挑到集市上换个油盐钱。但更多的时候是奶奶把那些鸡子煮熟送给那些坐月子的女人们吃，让她们补身子。我们村的媳妇都吃过我们家的鸡蛋。

一群小鸡在奶奶的脚边转来转去，不停地吃着奶奶撒下的谷子，嘴里还唱着快乐的歌。有时麻雀也来凑热闹，奶奶就让我把麻雀赶出院子。一些麻雀很讨厌，知道我们对它们没有很大的恶意，就故意东边飞走，西边落下。惹得奶奶用拐杖敲击凳子。

母亲一直侍弄她的花，很多花，我也叫不上名字。玫瑰、丁香、小石榴、南洋杉、玻璃脆、杜鹃、百合、非洲茉莉……这些都是母亲经常说起的花名，我根本对不上号。有时母亲让我给杜鹃浇水，由于不认识杜鹃，我就把所有的花统一浇一遍水。这样的结果是那些不缺水的花就会迅速死去，我便遭到母亲无休止的臭骂。

父亲一直在院子里忙碌，他要给快掉崽的老母猪重新垒一个新窝，让老母猪生崽时舒服。父亲也是一个心细的人，把什么事都做得认真彻底。比方说经常清理狗窝，让狗睡得安稳。狗也是我家的成员，守护着我家的院落。狗从来不挑食物，给它什么食物它就吃什么，毫无怨言。如果某一天父亲赶集回来得晚，回到家第一句话就问喂狗了吗？母亲赶紧回话，喂了。有时没有喂，母亲也说喂了，这是因为母亲怕父亲发脾气。父亲的脾气很不好，如果实话实说，父亲就会嚷个没完，这样奶奶听起来也觉得麻烦。母亲瞒过了父亲，狗就受了委屈。可是狗毕竟是狗，它不会在父亲面前告母亲的状。

父亲要在原来的猪圈后面垒一个小猪窝。小猪窝里，放上了麦秸秆，还安上了电灯，看起来很舒服。老母猪可能今晚要掉崽了，它不停地在猪窝里躺下，站起来，很着急的样子。父亲抓了一把干草放进了猪窝口，老母猪上前一嘴就叼了起来，放在了里面。父亲果断地说，今天晚上一定要生了。父亲把猪窝的门打开，让母猪慢慢移到刚刚垒好的新房子里。老母猪一下子不知怎么回事，不肯往新房子里钻。父亲急了，冲我吼叫起来，还不过来帮忙。我很不情愿地走过来，我其实喜欢我们家的母猪，被父亲的一顿怒喝，我的心情一下子降到了极点。我嘴上吆喝着，心已经飞走了。试了好几次老母猪还是没有找到新房子的门，有一次找到了也不往里钻。我已经没有办法了，看了父亲一眼。父亲的眉头皱得很深，这时母亲从厨房拿来了一把菜叶，放在了新猪窝的门口，老母猪才一点儿一点儿钻进去。我的心一下子放松了许多。后来母亲又取来了许多菜叶，要往里面放，被父亲制止了。父亲说，要下崽了不要喂得太饱，那样容易难产。父亲转过头对我说，不要学习了，站在这里看着点儿，我去兽医站买几盒保胎药。我迅速收拾了作业本子，当我往屋子里走时，发现奶奶已经睡熟了，她攥着谷子的手自然地张开着，那些谷子撒落了一地，小鸡们已经吃饱了，卧在奶奶的脚前，麻雀们正在抢吃。这时母亲从屋子里拿出奶奶的棉袄，盖在奶奶的身上，奶奶始终睡得很熟。母亲走到厨房准备午饭了。我赶紧来到新的猪窝旁边，观察老母猪的动静。我想，今晚我睡不成好觉了。

忙　春

谷雨前后，种瓜点豆。距离谷雨还有半个月，母亲就忙碌起来。一天早饭后，母亲找出豆角、西葫芦、黄瓜的种子。菜地早就翻好了，是母亲亲手翻的，我帮忙母亲不让，母亲说，你有自己的事情。

二分地的菜地被母亲种得满满的，萝卜、白菜、西红柿、大葱，还有近几年才时兴的新品种：空心菜、勺菜、金针菜。进入四月，我家的菜地就长得五颜六色，郁郁葱葱。谁家没有菜吃了都可以随便到我家菜地摘菜，母亲从来不反对，脸上更没有厌烦的情绪，反而有一种成就感。

母亲七十多岁了，身体健康，劳动给母亲带来了好处，但我们从来不让母亲过分劳动。我们反复强调过分劳累会损伤身体。可是母亲劳动起来就会忘我，地是她翻的，羊粪是她背进去的。那几年母亲给我们带孩子，耽误了种菜，吃菜都是从菜摊买来的。母亲心疼钱，每次买菜母亲都脸色难看，母亲是种菜的高手，她不愿意把钱白白让菜贩拿走。

现在好了，她的孙子们都长大了，到外地上学了，不用她照管了，因此有了空闲，母亲重新操起了旧业。

那二分地的菜地，每年开春，母亲就翻整得平平的，笔直的畦岸，厚实的土地。由于气候还寒冷，点上种子时必须盖上塑料布，母亲非常感谢塑料布，她说这么薄的东西硬是让我们提前半月吃上新鲜蔬菜。

种菜也是有说道的，比方哪种菜要早种，哪种菜要晚种。白菜不吃五月土，到了五月白菜就会长蚜虫。哪种菜收了种大葱，大葱是要在收麦时节种的。立秋时节还要及时把大白菜种上，农民就是凭大白菜过冬的。有些菜是直接点籽，有些菜是先育苗。

辽阔的春天里，因为没有多少活儿要干，很多人不去田野，空空的田野里就母亲一个人在那里劳动，一会儿弯腰，一会儿低头。每次打工回来我都会看到母亲的身影，看到燕子在母亲身边飞舞。有时露水会把母亲的裤管打湿。母亲的一缕白发在母亲低下头去的时候往往会遮住她的眼睛，那是一缕母亲生我时死死咬住的头发。母亲有腰疼的旧病，不时会直起腰按住腰部捶打几下。一些懂事的灰喜鹊飞过来，焦急地叫喊，让母亲休息，还有那些杨树一直向母亲行注目礼。

母亲劳动了一辈子，热爱劳动，一天不劳动就觉得身体不舒服，但是对于母亲，我们多么愿意让她尽享天伦之乐呀。母亲吃过的苦太多了，那时候母亲刚刚生下我们没几天就爬起来参加了劳动。家里的劳力少，要挣工分，补贴家用。我们家艰难的日子让我记忆犹新。吃过槐叶、榆树叶，吃过棉籽，吃过白菜疙瘩。挨过饥饿的人永远珍惜粮食，知道粮食的金贵，知道汗滴禾下土，粒粒皆辛苦。

进入五月，母亲的菜地，就繁忙起来。白菜清脆，豆角坠地，黄瓜在头上顶着小黄花。韭菜也争着生长，勺菜、金针菜也长得火色。我们家吃不清就给邻居家，若是赶上谁家的新人相家，要做几个菜，母亲就给人家摘最新鲜的地道的好菜，那样子好像我们自己要结婚。母亲就是这样一个人，天生善良，不管给谁，无论你是仇家，还是有隔阂的人，只要你张口，母亲就答应，而且答应得爽快。我们反对时母亲就说住在一个村庄就是一家子人。有一次母亲到医院做了一个小手术，右腿膝盖里有一块碎骨质。回家后，街坊邻居陆续来我们家看望母亲，礼品堆了一大堆，母亲很不好意思。我知道这是因为母亲平时对他们好，人心都是肉长的，谁也有两只眼，都看得准。

春意浓了，麦子一天比一天绿，路旁的杨树吐出了叶芽，母亲的菜地也绿意朦胧了。

春天，忙碌的鸟儿

春分时节，大地还没有完全舒展春意，鸟儿们便开始忙碌，搭建巢穴，有的是整理旧巢。（一个是节省时间，再一个就是那些上了年纪的鸟，行动不便。）

在春天里孵卵这是鸟的习性，我自己分析，春季少雨，气候温和，幼鸟孵出来之后，要学习生活，还要长身体，等冬季来临，就能抵抗寒冷了，就能顺利度过漫长少食的冬季。鸟虽然不会说人话，但它们有自己的语言，有自己的对话方式，它们根本不需要学人话。

我们时常羡慕鸟有一双强劲的美丽的翅膀，想上哪里，只要扇动翅膀就能到达目的地。它们在蓝天上翱翔，自由地选择方向。可是鸟并不随便地扇动翅膀飞舞，也是生活的需要。为了生存——生存是有生命物质的基本要求。就像我们人类，虽然长着两条腿，长着宽大的两只脚，但也不是满世界地走，我们的行走必须充满意义，否则，就是徒劳。

春天的时光太美妙了，阳光清新，空气新鲜，风儿柔和，杏花早开，桃花续后，而美丽的迎春花早在路旁向行人致意了。

我是一个半截子诗人，热爱春天，每到春天来临，必写几首赞美春天的诗章。虽然不经典，但，是我对春天、对新生活的真实感受。我已到了知命之年，对生活是量力而行。每年春日，我都选择云淡风轻的中午时刻，傍草随柳走田野，时人不识我心乐，说我偷闲学儿童。所到之处，剪剪轻风阵阵寒，但，春色恼人不愿返，真是一年中最好的时光。即刻就会想到韩愈的诗句，天街小雨润如酥，草色遥看近却无。

更让我感激的是勤劳的农民，在自己的田里忙碌着。一年之计在于春，这句千古名谚，不说，但心里明镜似的亮着。他们一会儿弯腰使锄，一会儿低头点种。把自己的土地整理得很像春天的样子。他们在河北的大天空下劳动着，身形很矮，穿着冬末的衣服，没有人唱歌，精力集中地干着活儿。我也是很远地观望他们，不去打扰。我已经不种地了，儿子们在城里工作，土地承包给了别人。看到别人在自己的土地上劳作，很羡慕。

风日晴和人意好，我沿着田野的小路，往更深的春处走去。因为，天气晴好，那些鸟减少了忙碌。一些巢已经垒好，一些正在完善。鸟，是动过脑筋的，它们把巢垒在树高高的顶上，那是儿童攀缘不上去的地方，风吹不垮，摇而不坠。远远望去，树枝并没有因为鸟巢而显得累赘，反而衬托得树冠那么热情，那是邻居友好的表征。

我大约数了一下，共有几十顶鸟巢，在我们村庄的树上。我想应该给它们起一个善意的名字，鸟庄。它们在我们村庄的天空随意飞翔，找虫子吃。很少，简直是不，不到另外一座村庄飞翔、居住。长久地在一个地方生活就是混一个脸熟，有事了帮帮忙，有危险了相互提一个醒。

我觉得人类与鸟类是相互依存的，同生活在这个星球。我们的权利并不比它们大，如果世界上没有鸟类，那将是多么单调、乏味呀。鸟有动听的歌喉，能进行世界上最完美的飞翔，再精美的复制品也远不如它们的羽毛。它们吃掉了数不清的伤害庄稼的虫子，它们本身就充满了主人的意义。

美丽的鸟巢垒好以后，它们就试着共寝。漫长春夜，虽然白日阳光温暖，到了晚上空气还是有点儿冷，它们双双相依。由于不很困倦，就谈一些生活中的小事，家长里短。冷风有时通过缝隙吹到身体，它们相依得更加紧密。一只说，你往这边挪挪吧，那边风大，这只说，不用了，你有身孕了，得注意身体。话说完，它们心里都感激彼此，内心为自己有一个好老婆、好老公而满足、幸福。这真是一世的缘分。

天空已经完全黑透了，一颗星星也没有，它们在远离村庄的天空中睡眠，一天又一天，一年又一年。一棵树，因为有这样一对和睦的情侣居住而自豪，同时分享了鸟的相依的幸福。

第二部分： 夏天

五月的清晨

没有人不喜欢。麦子进行最后的冲刺，大地一片金黄。人们都愿意早早起床。

鸟的叫声此起彼伏，我判断不出它们在哪里，电线杆上没有，电信塔上没有，我看了一眼天空，好像在云端了，可能是吧。

五点以后燕子开始沿着麦地低飞，但不多，其他的燕子我不知道在哪里飞。阳光不太明亮，好像有风，但天气预报说，近几日没有风。网络塔高高耸立着，还有树木无言着，一切好像还在沉睡中。

六点钟，有一群鸽子在天空盘旋，后来在我低头的瞬间不见了它们的影子。麦子快熟了，金黄蔓延到通体，我喜欢麦根底部的叶片，真是黄金的颜色，看起来舒服。这也许就是庄稼美吧，我感觉是自然的、纯粹的美，任何画笔都画不出这种颜色。

不一会儿，听到山鸡的叫声，但看不到它们的影子。我不能总是等待，我有自己要干的活儿，比如现在我正给麦子灌溉，这是最后一次给它们输送水分，而后麦子将远离我们，到我不知道的地方去。

有时，山鸡在一块田埂上伫立。如果头颅不动，你真看不出，还误以为是一块耸起的土。

这几年，它们的身影不断出现，不断躲避我们的目光，不让自己的身体长时间处在人类的视线中。出现也是距离较远，隔着两个早晨时光的距离。我看见它们了，在草丛的旁边，颜色随了草色。它们大摇着身体，其实知道身后有一双眼睛盯着，真的无所谓。这省去了许多惊恐。

我喜欢一只山鸡大摇大摆地走在田埂上，褐黑与蓝色的长尾竖起，在空气中展现魅力，引起我们占有的欲望。每次追逐带来的都是沮丧。朋友，你可知道这种沮丧的情绪多么恶劣，简直是一塌糊涂。一整天情绪处于低落状态。好了，放弃追逐，让它自在一些吧，让它一直向前，或者往草丛深处走吧，让它去看一眼自己的孩子吧。它带了足够多的食物，足够孩子们饱餐一顿。它的孩子们多么可爱，一出生就有展翅的欲望。小巧玲珑让我喜爱得不得了。

说实话，我不愿意听山鸡鸣叫，有一种猛烈的警报声，让我急促不安。我不知道它们为什么发出如此清晰，猛烈的刺耳声，难道就不能温柔一点儿。我愿意它们鸣叫的时候声音温柔一些，像它们背部的羽毛柔软光滑。暂时不说了，以后要观察它们头部的颜色、耳垂的颜色。

一些早起的人，走向菜地。过了一会儿，一个人手里拿着白菜，手上粘着湿土的颗粒。白菜的叶子潮湿，根部挂着小土，有白白的毛根在小土上伸着。他也不急着回家，站在菜地里和地邻说话。

接近七点，我看见一只灰喜鹊飞过来，它落在一根废弃的电线上，好像有情绪，没有鸣叫，过了一小会儿它又飞走了。

我还是把心思放在给麦子浇水上，水，流速很急，好像要赶路。有时有一小部分水，散流，我就用土把它拦住，完全是水来土掩，兵来将挡的无所谓样子。

水都是深井里的水，距离地面五十多米，我们吃的水也是这水，庄稼吃什么我们也吃什么，一荣共荣。

如果因你起床太早，眼睛干涩，我教你一个办法，你就去看不远处的一块菜地，那里菜叶子的绿会刺激得你神经活跃起来，或者用新水润一润眼睛。

七点以后，路上行人断断续续，打工的走过去了，干农活儿的隐入了地里，鸟儿按昨日的样子飞动，一切都平静，时光没有大的变动，如昨日。

还是没有风，其实没有风是好事，这个时候麦子们怕风，风大了会把麦子吹倒。

突然，我踩到了鼹鼠洞，两脚深陷，鞋子都湿了，我开始讨厌鼹鼠，看不到它们的影子，只看见它们的行迹。它们吃什么，不知道。但我厌恶它们，它们行走过的地方，土松软起来。如果它们经过种子的地方，种子会受到严重影响，不出苗或者苗畸形，因此我讨厌它们。但我喜欢它们的样子，胆小却有着铠甲一般坚硬的皮肤，以及它们黑亮的小眼睛总是转来转去。

　　它们红褐色的皮毛给了我无限想象，我能够把它们想象成翻地机或一只缩小的棕熊。它们的嘴巴太小了，上下唇湿润，像刚刚吃过牛油果。这些印象还是来自我春天有一次浇花生地遇到的鼹鼠。它突然跑出来了，我以为它小解，不是，它是要逃命。因为没有及时躲开水的侵袭，手足无措就造成了眼前的景象。它一时不知道往哪里逃，就被妻子一锹拍晕了，我也急忙上前帮忙，用一根麻绳把它捆住。一边捆一边给妻子说，你不该用那么大的力气，万一拍死了怎么办？妻子笑着说，我也不知道怎么用了那么大的力气，其实我是怕它逃脱，谁知它那么不经拍。我们相互看了一眼无言地笑了一下，好像我们有了很大的收获。

　　鼹鼠被俘以后特别老实，没有挣扎。它是不是等我们离开以后再想法逃走。我觉得逃脱的可能性不大，我看了它一眼，继续劳作。这是好几个月以前的事情了。

　　有时鼹鼠洞的痕迹特别隐秘，看不出一点儿迹象，可是当双脚踩上去的时候就迅速深陷，让你猝不及防。

　　给小麦浇水，免不了脚踩在麦子身上，把麦子踩倒，这时心里会咯噔一下，不过也没有办法，麦子踩倒了就不会起来，即使你用尽力气，麦子也不起来，不是麦子不愿意站起来，而是气数已尽。

　　此时我感觉这就是安居，就是乐业。

水泵是把低处的水泵到高处

那天天气闷热，头晕脑涨。没有办法就骑车子到田野转圈。走一段路程看见有人浇玉米，看不见人影，只看见垄沟的水平静而略急匆地流向玉米地，玉米地的深处肯定有人。

我看着水流急促地从泵口流出来，毫不犹豫地奔过去，伸出手掌，让手掌融入水流的冲击中。然后又毫不犹豫地把水用手掌捧住往脸上擦，感觉凉爽极了——真是舒服。这就是农村人的方便，也是农村人的福气，但很多人感觉不到。

小时候我们没少参与这样的事，炎炎夏日因为条件局限，没有空调，更没有洗澡设施。我们几个玩伴在放学后相约到田野里的井台洗澡。那时建有井池，方方正正，足有两米长宽（那时的生活慢，人们干每一件事都认真、细致，现在几乎找不到一处像样的水井池，都是随意快捷的，用几块废弃的水泥板囫囵砌起的，没有了过去的方正和诱惑感）。我们毫无羞耻地脱光衣服，跳进井池，感受水流冲击在身上的快感，但是又不能持久因为水是凉的，从很深的地下走上来的水，不知道太阳的温度，它们就保持了原态。我们只好躲过水流的冲击在远离水流的地方放纵着自己，有时太凉爽了就站出来在太阳下晒一会儿。当然在玩的过程中，也不忘将水击打在对方的身上，而对方在受到沁凉的水猛一刺激再大呼一声的刹那下也不忘将水打回来。我们就是这样嬉戏着，放纵着毫无顾忌地玩着，度着属于我们的时光。

那时太阳也热情，光也亮丽，天空没有任何尘埃，天空蓝得展。我们站在一处空地上晾晒身体，身上的水汽很快被阳光擦干。

当然，今天我说的是水泵，我就要在水泵上多着笔墨。

先说出水口吧，出水口是铁制的，铁结实耐用，又是不缺的材料。因此都是选择用铁做出水口，当然都是用废弃的铁管，是工厂不用的。工厂对材料的要求严格，农业对材料的要求不严格。农业上的一切劳动工具都是能用即用，要求的都是方便（把事情办了就行），一点儿也不严格，这脾气就像我的二大爷。

铁制的出水口一般是九十度弯到井池，有的采用一个拱脚的形状。拱脚的形状是队里比较聪明的人想出来的，他们怀疑有小孩儿无故往水口里面塞石子，塞上石子出水受到阻力，水流量就小了。这样既费电又耗费时间。我始终没有看见过这种情况，反正我一次也没有干过这种事，也从没有想到过。

出水口出水时，也是很漂亮的事情，但说不上壮观，因为农业上的事再大跟壮观也靠不上边。壮观的事只能出现在城市、海上、河流、大山上、天空上。

出水口出水时，水流很急，有拥挤的现象。好像它们有急于逃离地狱的意思，其实在农村根本没有地狱。可能是它们在地下远离阳光的地方，没有见过太阳，急于想看看阳光，因为阳光是世界上最美的物质。

由于过于拥挤，产生了冲击力，当我们伸出手掌迎接它们的时候还感觉到水流击打手掌的力。我们只能收回手掌在水流的边缘试水。捧起来的手掌有勺的样子，当然里面有水，情不自禁地送到口中，有沁凉的微甜的感觉。长大以后，到处跑动，喝到无数异地的水后才感觉家乡的水最好喝。我时常看见在城市里居住的人，每次回故乡都不忘带一个大的白色塑料桶。看来我们家乡的水好喝是实至名归。

水从出水口急遽地跑出来，由于高速度直接打在了对面的水泥板上，溅起无数浪花，我认为这是水兴奋的泪滴，是进入一个崭新世界的喜悦。水在井池里回旋不急于流出，无数浪花升腾，像无数珍珠从玉盘里撒落，看上去美极了。尤其是水的洁净，展示着水的品格洁净无瑕让人爱到心里不忍离开。

流出水池的水有些缓和，沟边上的水得到了感染，也精神焕发。一些在水沟里玩耍的虫子因为没有预知，被水流冲在了田里，但是没有一丝的生命危险。一些草因为茂盛挡住了流水，但又被水梳子一样梳理。真好，根本不需要人为，一切顺从自然。这也是我的人生态度。这种简单的行为所呈现的美，我想只有在乡下才能呈现，这也是大诗人王维在《终南别业》中的态度，"行到水穷处，坐看云起时。偶然值林叟，谈笑无还期"这种随遇而安的态度，世上有几人。

水流在水沟里流动显得平和起来，像一条极小的河流，那些想爬到对岸的虫子隔岸望岸，此时的心情一定与远离祖国而游走他乡的人的心情一样。虫子在即岸爬行着，对岸一定有它的子孙，此时它一定焦躁急迫。它没有涉水过河的本领，只有等待河水停歇，我看见它在岸边的草丛里急躁地爬来爬去。太阳快落山了，它的急躁加剧了，而庄稼地里的人根本不知道还有这回事。

　　说了出水口的一些细节，有人会问，出水口是靠什么动力把水从几十米的地下深处提上来的？当然这是一个极其复杂的过程，任何事情都不是简单发生的。在地下五十多米的深处安装着一个四级潜水泵，接上电源，电源一接通白花花的流水就从出水口源源不断地流出来，很方便。不过这得感谢工人和科学工作者为我们农民刻苦研制出的这种机器，使农民的劳动方式大大改善。

　　说起水泵，不得不说起水泵的改革。三十多年前，集体用的是扬程泵，扬程泵的扬程是十多米，那时候的水脉也就是十几米。因此用扬程泵的历史随着水脉的下降也就在二十世纪八十年代末结束了，随之跟进的是深井泵。那时水脉在不知不觉中已经下降到了四十多米深的地层。人们在无奈中只得接受现实。但是安装深井泵有一定的风险，它由钢管和传动轴组成，泵在水底，泵与井口距离四十多米，这四十多米的距离就得用钢管连接，每一根钢管的连接都是用卡钳转动的，上面都有丝扣，卡钳分上下级，但是卡管的方向不同，这样才能用力使钢管衔接得结实。一切动作需要配合，当然必须和谐，和谐中伴随着紧张。一场修井的仪式，根本没有惯常仪式的威严，有人抓住机会不忘与嫂子婶婶开开玩笑，在严肃的工作中这种不严肃的局面应该制止，但谁也没有权发号施令，因为大家都是平级的关系，谁也不会讲一句注意安全的警告，都是靠自觉。也有意外发生，比方说，下面的管子没有固定好，脱落，几百公斤的管子瞬间滑下井底（世间一切重物都有下坠的欲望，一旦有机会就不失时机）。这时大家就一阵茫然，为突然的变故感到意外，脸上露出惊异的表情。不过肃穆几分钟就又活跃了气氛，因为这是大家的事情，不是个人的事，即使损失也是谁家也扛得起的。但最庆幸的是没有伤着人。

有一年修井时就出过大事故。

1983 年春季的一天，是我永生不能忘记的一天，冬季带来的寒冷还未彻底消尽，然而中午的阳光依然照得人懒洋洋的，村庄像冬眠的巨蟒，突然伸了个懒腰。一切都在安静中醒来，地里的麦苗已经返青，春风舞动着翠绿的叶片，燕子们还未飞回来，只有麻雀站在路边的杨树上乱叫着，像开一个散漫的讨论会。

春灌的时间马上到了，大人们着手春灌的准备工作。队里的水井，因水泵出了故障不能正常工作，父亲他们找来了工具，井架、钢丝绳、木杠。为了检修水泵，沉重的铁管子与水泵必须从四十多米深的井底拔上来，为了牢固地将这笨重的铁器拔上来，二叔费力地将牵着泵部的钢丝绳沿着光滑的井壁捆绑在地面上的一个铁锚上。二叔很认真，看得出他很讨厌这笨重的家伙。幽深的水井仿佛一条通往地狱之门的隧道，看上去并不安分，井底仿佛有一双眼睛暗暗地注视着父辈们的一行一动，好似蓄意着可怕的阴谋。

紧张的劳作中，我看到二叔的头上满是虚汗，在二叔熟练的指挥下，牵引上来的钢丝绳牢固地被好多人用力拉着，我看到每一个人都很卖力，他们的样子像拽着一头不听话的老牛。此时天空中的太阳被一片乌云遮住，但很快又钻出了云层。

二叔的独生儿子二建感到好奇，想帮他们一把。二建刚刚过完十岁生日，十岁还是一个孩子，稚气未脱，手无缚鸡之力。为了满足那颗好奇心学着大人们的样子，在他们的身后站着，伸出两只稚嫩的小手紧紧抓住粗糙得还有点儿扎手的钢丝绳。钢丝绳的凉爽让二建觉得舒服，这从二建调皮的脸上能看出来。二建的调皮引起大人们的哄笑，但是二建很认真，殊不知灾难之神已悄悄降临头顶。

突然意外发生了，谁也没有想到钢丝绳在悄然中断裂，力失去了均衡。重器急遽下坠，大人们慌急得束手无策，在毫无力量支撑的情况下，下意识地松开了这匹野马的缰绳。铁管迅速下坠。我不知发生了什么，灾难之星已经照到了二建的头顶，瞬间二建被下滑的钢丝绳带进了井中。这一刻我根本失去了意识，二建向着地狱深处滑去，空气托不住只有四十斤重的他。只见他的左臂被钢丝绳紧紧勒进了肉里，左臂就这样轻而易举地卸掉了。从此二建就成了一个独臂人，开始了他的独臂人生。

这种泵没有使用几年又有了新的改革，当然是因为它的笨重危险，容易出问题。工人师傅发明了潜水泵，潜水泵放到井底，接上电源，打开电源就有白花花的流水从出水口流出来，从井底延伸上来的水管改进成了塑料的，重要的是重量小，拔泵方便。但每次泵出问题，修泵也得五六个人参与。年轻人不在家，都是上了年岁的人。

最重要的是，谁家浇地，井台那里白花花的水花一天都没有人欣赏。开了落，落了开。

一 个 雨 天

吃了午饭，妻子去午睡了，我来到阳台前的一把木椅上坐下。灰暗的天空里下着小雨，我不想错过这么好的读书机会，此刻不用担心活计，不用担心旁人突然造访，安静的时光是每个喜读书人的最爱。

雨没有停歇的意思，雨是中雨，中雨和小雨都是我喜欢的雨。我不大喜欢大雨，大雨总有一种逼人的气势。可心的是现在是中雨，没有雷声，雨就那么安静地下着，落在树叶上，落在墙壁上，落在院子里的地面上。如果目光越过墙头斜斜地往远处看，就会看到雨丝紧密地穿织着。

院子里有两棵树，一棵柿子树，一棵核桃树。已经十几年了，它们自己也不知道经历过几场雨了，它们已经完全没有了恐惧，一副安然的样子。它们全在雨滴的乱碰中，柿子树已经被我修剪得不成样子了，这也不能全怪我，它结果实从不考虑后果，稠密得让你不止一次地责备它，最终因承受不住重量的下压而折枝落地，即将成熟的果实被摔得满地都是，让人心疼。而折断的枝子露出浅白的断茬看上去有残破的心理阴影，于是，我就找来梯子让妻子帮忙扶助，我就把

20

六十多岁的身子放在高处，心里忐忑不安，强压着恐慌心情，一锯一锯把残枝锯掉。这样不该去掉的枝子被自然的事件强迫着去掉，这样树形就完全改变了。我家的柿子树已经有大海碗粗了，这棵柿子树就在距离屋檐一米多远的地方，柿子熟了我就站在屋檐上摘熟透的柿子。摘柿子也有乐趣，当我用力地登上屋顶，四邻八舍人家的院子里的柿子树也同样熟了，通红的柿子挂在落光了叶子的树枝上好看极了，真像一个一个小灯笼。我在房顶看到这种情景心里美得很，这就是乡村，这就是农家，不刻意为之的事物用它们自身的魅力装点着农舍，而我们就生活在其中。

雨一直没有停，柿子树上的枝枝叶叶全被雨滴润透了，多余的雨滴就顺着叶尖往下滴着，不焦急而是缓缓的，特别文明。

核桃树的枝枝叶叶也被雨滴润透了，滴水的样子与柿子树的叶子相同。核桃树的叶子宽大尖长比香椿树的叶子还要宽长，是纯绿色的，柿子树的叶子是黑绿色的。这两种叶子我都喜欢，宽宽的缓缓的，办大事的样子。

雨噼里啪啦地下着，天空不是很灰暗，如果目光通过墙头再往墙外看，别处树上的叶子也很深沉，不慌乱。天空中没有看见鸟，鸟们不知道去什么地方避雨了。

我养的花都在院子里，是些普通的花，四季花、三角梅、绿萝、桂花、茉莉、鸭脚木等，随着年龄的增长我越来越喜欢养花了。早些年忙于生活，没有时间，现在时间充裕了，不再为生计奔波了，就拾起了年轻时的爱好。人总得有事干才不寂寞，才能打发掉多余的时间。妻子有时也帮忙，以前她不喜欢花，可是好看的花朵打动了她。

一位园林工人告诉我，花这种物质特别喜欢雨，一下雨花就长得茂盛。经过几次下雨我感觉是这样。

花在雨中开的并不退缩，不卑不亢的样子，经过雨水的滋润反而更加娇艳了。

中雨转小雨了，噼啪声也减弱了，积在花砖地面上的水能照见两棵树的倒影。

干 净 的 土

我是农民，天生喜欢土。喜欢土的干净，喜欢土的沉默，喜欢土乐不喜，悲不愁，喜欢土默默无语喂养我们一辈子而不骄功。土在田野里，从来不到我们家做一次客。我邀请过，都被土拒绝了，土总是说，我正在忙，等以后吧。

土经历的风雨，经历的坎坷，要比我们多多了。我们那点儿艰辛，比起土来那简直是微小的多。为了使我们生活得更好，经过火的炼狱土变成了砖，我们整天在砖垒成的房间里，行乐，撒娇，暗算同类。责备米不好吃了，油不香了，有时发脾气，使性子。这一切行为，土都知道，虽然土变成了砖，但土没有死，土的心灵还活着。土始终竖着耳朵听取人类的意见，以便更好地改善自己，为人类服务。

土是神，我们的一切行为都在土的注视中。你只要出生下来，双脚一接地，土就知道了你一生要走的路，知道你一生的归宿在哪里。无论你走多远，只要你不走出地球，土就知道你现在是怎样想的。你的任何隐私都瞒不过土，甚至瞒不过一粒尘埃。尘埃是土休息的时候派出的侦察员。土从来不直接指出人的错误，土知道人的心胸狭隘，怕会给人造成精神的挫折。土始终是爱人类的。

我们家的人都爱土，知道爱土会带来日子的吉祥。祖父，祖母，曾祖父，曾祖母，把生命献给了土。他们不甘侵略者的强横，那些不懂得爱土的侵略者，用炸弹把土炸得浑身是伤，曾祖父、祖父再也忍不下去了，就与那些败类拼了命。

我更爱土，每次在田间劳动，都不忍心用最猛的力气刨地。不敢在大地的胸膛上猛烈地跑动，我总是小心翼翼地种植、梳理、收割。收工的时候，把沾在衣服上的土粒很小心地放下来。

一个长久脱离土的人会倒霉的。你居住在三十层的高楼，暗自庆幸脱离了地面的烦恼，你的头脑中很早就有一种要离开地面的小聪明，你还有逃离地球的欲望，只是目前的条件不允许。我不知道你什么时候误入了歧途，你的危险的想法，越来越危险，很多人看出来了，但谁也不会告诉你。土想告诉你，可是你距离他那么远，根本没有机会。你迟早要倒霉的，你得了重症，没有医治的药，你痛苦，哭啼，你在半天空哀嚎，让天空的飞鸟感到惊讶！这时你就有了从窗子跳下去的想法。实际上是土地神在暗示你赶紧回到地面吧，土会给你疗伤的，如果你不理解土的暗示，那么你只有死路一条。土是善良的，简朴的，凝重的，具有不动声色的温润力量。土是大智者，人类最聪明的人也赶不上土的万分之一。所谓的圣人，只不过是一个时代，或几个时代的智慧者。然而土是永恒的，只要地球不灭。土蕴含了人类所需的任何知识与科学。土里有人类生活所需的营养，亲近土，就是亲近你自己。

土喜欢马和驴的脚步，马和驴走在土上时那是给土疲倦的身体进行按摩。土的身体与我们人类一样也有劳累的时候，疲惫的时候，筋骨的疼痛，也渴望一双温暖的手抚摩。马和驴走在上面正好解决了这一难题。土讨厌挖掘机，讨厌高楼。挖掘机总是没有人性，总是很嚣张地任意在土的身上留下创伤；楼太高了，太高的楼显示了人的如魔欲望，设计者没有感到羞耻，反而引以为荣。

土把人类的所有恶行都记在心里，地震是不是土在发怒我不得而知。反正我知道，亲近土，珍惜土是有好处的。

父亲给我讲的一个故事，说曾祖父死的时候，就是闭不上眼睛。后来祖父他们把曾祖父抬到了田野，让曾祖父的身体紧紧贴着土才安然地闭上了眼睛。显然曾祖父与土的感情是什么样的，我们一看便明白。

我有一个习惯，只要天气暖了，我总爱光着脚丫子在地里劳动，我总是保持着与土地最多的接触，我知道土地会给我带来更多的生命信息。

有这样一件事，那个人比我还爱土。

立秋那天，我们翻地要种白菜，我找来了一把锋利的锹。妻子在上面撒了化肥。旁边是小秋家的菜地，他们家种菜多，经常到城里卖菜。

今天他们家也种白菜，地翻到一半，小秋走过来，一边掏烟，一边说，银哥。我给你说一件稀罕事。我不吸烟，小秋知道。因此小秋拿出烟就自己燃上吸起来。

小秋说，昨天我到城里卖菜，竟有一个这样的人，在我的车前专注地站着。我说你要什么菜，那个人说，我不要菜。我说你不要菜在我这里站着，挡着我做生意，走开吧。那个人傻了似的就不走，嗫嚅着说，我想把你车上萝卜上的土刮下来。

我说你神经病，你把那些土刮下来，我的萝卜就要受伤，就搞得不好看，我就很难卖。你到一边去玩吧。我以为眼前这个四十多岁的中年人，是神经病，就用了"玩"字打发他走。中年人说，情况是这样，我老父今年七十八岁了，我母亲死得早，我母亲走后，我就把老父接到了我身边，已经快二十年了。也就是说我老父快二十年没见过家乡的土了。他是一个纯粹的农民，在家天天劳动，一天不劳动身体就不舒服。刚来时，我让他控制着，不要想那些土上的事情，更不让他到菜市场，他一看见那些青菜就想回家种地，闹得他一连几天不吃饭。我和老婆每天上班，也没时间陪着老父到乡下走一走。可是老哥你想，那边家里我们一个亲人也没有了，回家也没劲，因此一拖再拖，一直到今天。老父终于病倒在床上，我知道老父的心愿，就是想摸一摸家乡的土。我自作聪明，在一个闲置的工地找了一锹土，带回去。

结果，被老父骂了个猪狗不如。今天，我看到你的一车萝卜上都带着新鲜的土。我想收集下来，带回家，给老父治病。

小秋说到这里，抬眼看了我一眼说，银哥，我卖菜十几年了，从没有见过这样的茬。我真犹豫了，我一下子拿不定主意。是让他刮还是不让他刮。刮吧，我的生意难做，不让他刮吧，看这个人是一个诚恳的人，孝子。最后我狠狠心答应了他。那个中年人，感激的眼泪快要流出来了，小心地把萝卜上的土，刮下来，放在一个干净的塑料袋里。最后硬塞给我十块钱，我不要，中年人急了，硬是丢下钱跑了。

小秋说，银哥，你说那土能治好他老父的病吗。我说，肯定能治好。他老父跟我们一样是农民。天天种地，与土地早有了感情。这感情是我们现在不觉得的。如果，哪一天我们突然离开了土地，说不定我们比那个中年人的老父更渴望土。

小秋，不解地望着我，说，不可能吧，有那么严重吗？我说，你不相信就等着瞧吧！

干净的村庄

清晨你从好梦中被鸟的叫声惊醒，睁开眼，晨曦的微光已从窗口射进来，窗外的枣树上那只叫醒你的鸟，还在亮丽地叫着，听起来是那样的干净、清脆、婉转。仿佛这一刻所有的鸟叫都停止了，只让它一只叫，它每叫一声，声音就在院子里的空气中传着。我知道，这是每年这个季节特有的事件，我早有预感。每次听到的都是新的鸟鸣，令人心情敞亮。

我加紧了起床，这么好的时光，没有睡懒觉的理由。太阳已经从东方升起，清新的光线照射在我家的院子里。母亲走进了厨房，父亲检索着昨日松动的农具。有一部分光线照射在西墙上，墙面是干净的，掩盖在水泥后面的砖显出轮廓。

我要到田野里继续昨天的劳动。那些热爱生活的人们，热爱劳动的人们陆续走出村庄。他们从干净的村庄里走出来，脸上被早晨的清水又洗了一遍，没有一丝的倦意，带着心情舒畅的那种微笑。肩上扛着农具，铁锹、犁、耧，还有小的农具，用手拿着。农具上没有油烟的痕迹，只有少许的泥。泥散发出的气息与大地的气息融合在一起。男人走路，走得踏实。女人走路，走得轻巧。

在这样美丽的早晨，每个人的行走都是干净的，每个人的想法都是干净的。清新的空气围着每一个步行的人，干净的空气通过肺腑又被呼出，呼出的气体迅速被新的气体化解。

没有一个人的想法是龌龊的，每一个人想的就是，这块地种什么庄稼，那块地不能闲着，某块地里的草还没有锄干净。

牛的叫声是干净的，牛的叫声是有节制的，不是乱叫的，看不见主人了叫一声，休息的时间长了叫一声，看见自己的兄弟了叫一声。牛是懂事的，从不乱叫，叫得有分寸。

因此，有过乡村生活经历的人都爱牛。

我们的劳动是干净的。每个人的劳动都是认真的，劳动的时候从不多说话，腰是弯下去的，无论是推锄，拉拍，目光完全是向下的。不拖泥带水，干净，利索。农人常说，干吗说吗，卖吗吃喝吗。农具就在手边，翻、扒、平，得需要不同的农具。那种经常使用的农具，发着铁的亮光，太阳照在上面明晃晃的。由于劳动本身创造了美，每一个劳动的人都是干净的。

有时累了，就坐在田埂上休息。坐在田埂上是舒服的，你的双腿可以盘起来，也可以伸展。这时你就会掏出口袋里的烟丝卷起来，你不习惯抽烟卷。卷烟点燃，一丝烟缕从你的头顶升入天空。干净的烟缕没有被别的事物打扰，直接升入天空，升入烟缕的家园。你在这里劳动，好多鸟都知道，它们会在你休息的时候飞过来，在你的周围飞舞，吃掉田里的虫子，它们飞舞时翅膀划过空气发出"豁"的声响。而在你不知道的时刻，有好几只蜜蜂在不远的菜地里的菜花里采走了蜜。蜜蜂的飞舞是轻盈的，它们忙于自己的劳动从来没有时间打扰别人。干净地飞来，干净地飞去。

我们的田野是干净的，没有垃圾，到处是泥土，即使落满灰尘也是土的灰尘，不含有害物质。每一块土壤都暗暗用力，把自己的庄稼长得结实，茂盛。泥土翻新时我们都愿意脱掉鞋子，光着脚丫子在上面踩。村庄里死了人都愿意用村庄的土埋住，找一个安宁的归宿。泥土永远纯洁，干净，村庄里的人们都愿意用泥土抹墙，抹炕，居住在泥土的房子里，晚上也嗅着泥土的芳香。殊不知我们过去使用的陶罐都来自泥土，泥土给了人类太多的好处，让我们感恩。

我们的庄稼是干净的。干净的庄稼丰收了干净的粮食，庄稼的叶子是干净的绿色，是生长的颜色。我们行走在干净的庄稼地里，没有一棵庄稼讨厌我们。秋天的场院里，庄稼干净地堆满了场院，芝麻、大豆、高粱、谷子……它们发着各自的芳香，扩散到空气中，传播到村庄里，使我们的睡眠也被芳香包围着。村庄里有一个人因为特别喜爱粮食，每次外出都把口袋里装几粒粮食，心情不好了就掏出来看看，嗅嗅。

一棵树，不，所有的树都是干净的，它们干净地发芽，生长，长出枝杈，让鸟儿居住。枝杈托起的鸟巢，无论风雨飘摇，从来不掉下来，这是鸟们年年喜欢树的缘由，鸟就用美丽的歌喉为树们歌唱。在夏日凉爽的夜里，树们用干净的叶子，为出生的新人鼓掌。无论是杨树，还是槐树，它们都遵从季节的安排，该生长的时候生长，该落叶的时候落叶。落叶也落得干净，不让树枝牵挂。每一棵成材的树，伐掉时从来都没有怨言，干净地倒下，倒下时发出的轰响是干净的。

田野里所有的草是干净的，它们每天长出新的草叶，迎接阳光，迎接露珠。它们虽然弱小，但是胸怀是宽广的，它们开出的花又小又瘦根本无人欣赏，有时牲畜们用沉重的蹄子踩得它们喘不过气来。它们从来不抱怨自己的命运，只想为大地添一抹绿色，为人类添一缕芳香。只要把种子留下，

对它们就是最大的慰藉。好多草都是好草，好草就是大雨压
不弯腰，羊吃过又很快长出叶子的草；就是在暴风来临之际
站在最前头的那棵草；就是能拴住烈马的那棵草，就是在烈
日下仿佛死掉，而在清晨又重新把露珠举过头顶的那棵草；
好草就是无论日子多么苦涩也不离开村庄的草；好草踩上去
有一种骨扎的感觉，它们有灵性地预知着村庄的明年。拔过
草的人，心里都知道，拔草时把好草的根留下。我们累了的
时候都愿意躺在草地上，其中的乐趣只有自知。

　　清晨，村庄里所有的事物都是干净的，干净的阳光照着
村庄的一砖一瓦，干净的炊烟升入干净的天空、干净的街
道、干净的井台。母亲提着一桶水干净地行走，水在桶内波
动得干净，母亲的小丁香褂子在晨风中干净地摆动，上面铜
钱一块大的小布丁是干净的。小鸟的叫声，羊的毛，女人泼
出的一盆水，父亲的一声干咳，麻雀的一粒屎，老牛留在路
上的蹄印，谁不小心掉在地上的一粒米，都是干净的。

　　一个新房林立的村庄，被安静的大地包围着，是多么干
净啊。我愿意日日行走在她的道路上，夜夜睡在她的怀
抱里。

五月，我摸到了村庄的坚硬

　　五月，村庄没有了春天的羞涩，许多庄稼已经成长，麦
子的坚韧裸露无遗。道路两旁的杨树，已长满了浓绿的叶
片。它们已向大地投下了清爽的阴凉，让劳累的农人随时坐

在树荫下休息。

五月，我确实触摸到了村庄的坚硬。大地被金黄的麦子覆盖，坚韧的麦秆支撑麦子走完最后的路程。五月，麦子没有了春天的调皮，没有了绿波的荡漾，静穆着，等待农人收割。走在金黄的麦地边沿，忍不住采下今年的第一穗麦子，用手掌揉碎，低下头用嘴吹跑麦壳，剩下坚硬的麦粒，你不由得赞叹今年又是一个好收成。捏几粒放在嘴里咀嚼，麦粒的坚硬对抗着牙齿的闭合。终于有一粒碎开，一股麦子的微甜味道掺和着少许的芳香在你的口中蔓延，然后沁入肺腑。此时你真切会感到村庄是坚硬的，你的心会猝然收缩，你会为自己曾经的一句怒话而心虚。此时的村庄不是你曾经想象的柔软、可欺，他的骨子里有着难以磨灭的刚劲。你再回头瞭望你的村庄，村庄在一片绿荫的包围中，偶尔露出一处房角的尖锐。村庄已经完全没有了初春时的柔弱、委顿，像一个顶天立地的伟人，不允许任何事物侵犯，目光炯炯，逼视着田野。任何一个人的行为都在他的目光里，任何一棵庄稼的生长都在他的审视里。立刻，我有了无比的力量，底气十足地走在麦地的中央。

麦子熟了，熟得那么干净，麦秆也是黄的。这个时候夹杂在麦子里的草那么显眼，它们处在了尴尬的境地，脸红红的不知所措。那些草真没有想到麦子们熟得那么快，它们想在麦子的掩护下走完一年的路程，结果半途而终。

麦子真的熟了，熟透了，从根到茎通体金黄，麦芒炸开着，尖锐而锋利，拒绝任何小丑，拒绝任何鄙视农业的人。

此刻把头低下来的人是离别村庄很久，归来又戴上了面具的人。

五月，你才能真正了解一座村庄的质地，了解他骨子里的坚毅。村庄温暖而包容，虽然绚烂的野花、葱茏的草木，为他披上了多彩的外衣，但他有力地呼吸，升腾着的生命的蓬勃，以及不言不语的虔诚，这些都是我们永远跟着他走下去的理由。他铁骨柔情，令人仰慕追随。很多年了，我们在他的庇护下，繁衍生息，种瓜插柳，蹚水过河，仰望蓝天。静享村庄的恬淡与安宁。

五月，村庄是坚硬的。即使天空落下雨滴也是直来直去，没有了春雨的缠绵。田野上的风，也是说刮哪里就刮哪里。田野上裸露的任何一块土，都具有尖锐、固执的品格。有过乡村生活阅历的人，都经历过秋风的无情，寒冬的凌厉。其实，那都是真正的乡村品格，憨实而不忍让，看似柔软却博大包容。尽管我的乡村，曾经贫瘠、荒废、沉寂、茫然、破烂不堪，曾一度失去过尊严，但他的骨子里确有君子报仇十年不晚的期待。他的内在刚毅，是乡村人永居的理由。

近年来，人们的各种欲望膨胀到了极致，由城市蔓延到农村，病毒一样侵蚀着乡村健康的肌肤，打破了乡村自然的生活秩序。宁静了千万年的乡村突然骚动起来，改变了原来的节奏，变得焦躁不安。乡村、土地不知所措，茫然四顾。面对这接踵而来的灾难，我们只能呼唤与坚守。

无论我走到天涯或海角心里的底气十足，因为身后有一座坚硬的村庄。

黄瓜绿记

我爱吃黄瓜，它的清脆，可口，是无人愿意拒绝的。它的浓绿也是人们喜欢的颜色，看上去舒服。它的体形也是无一物能比的。它标准，匀称，敦厚，实在。它始终如一地保持着自己的个性。据说，它还能美容，这是女人的事情。我不知道黄瓜是舶来品，还是正宗的国产品，或者说，黄瓜作为菜，它的历史有多久我根本一无所知。

我们家每年都种上一畦，都是母亲亲手种植。开始，它只是吻痕般的一粒白籽，轻巧，掂在手心，有几只蚂蚁那么重。母亲用粗糙的手心捧着，右手端着小铁锄。谷雨节气到了，母亲就把它们点播在松软的润湿的土壤里，间距二十或三十厘米。距离的远近，黄瓜从来都不计较。七八天后，小头颅就拱破了头上的土层，钻出地面，向世界观望。样子特别好看，往往让我想到我弟弟钻出地窖的样子。黄瓜拱出地面的是两瓣小叶，身披鹅黄的薄衫，虽然单薄却不羞涩。谁也不去打搅，在它的世界里自由着快乐着。它在土壤里一下子潜伏了三四天，真让人担心。母亲一点儿也不着急，母亲总是在忙于另一种事情的过程里等待。其实，我也没有更多的时间去关注它。

一天又一天过去了，它的样子苗壮起来，看上去不那么柔弱，胆怯了，伸手可以触及它的头、身子。那是一种任何事物也代替不了的感觉，你不敢大胆，只是胆怯着去摸它，去体会一个弱者在你手心的挣扎还是顺服。又过了几天，它的个子一下子长高了许多，胆子也大了看上去像一个倔强的孩童。它的叶子舒展开了，黝黑、瓷实，向着阳光伸展肢体。在空气里与你一样热爱靓丽的生命。

母亲忙过了其他的事情，又把目光转移过来。弯下沉重的腰，先是松动了一番脚下的僵土，又找来许多的竹竿，插在黄瓜的脚边。为了牢固，母亲四根竹竿绑在一起。黄瓜嫩黄的小蔓也配合，不久伸出抓丝，想必朋友你也见过，细细的抓丝很有力量，生怕被抓住的事物悄然消失。黄瓜知道自己的弱点，以后的日子里，风雨无情，必须有一个能保证自己坚强活命、开花结果的依靠。

几天过去从它的叶径间长出了黄瓜的雏形，非常小上面有小刺，母亲称它"擦"，我觉得这个字用得非常好，但又不能具体解释。擦的头顶有一个小小的黄色的花朵，粉嫩的，让你欣喜与叹气，你叹气它那么小，好似不能触摸。

太阳一天比一天强烈，日子一天比一天温暖，黄瓜逐渐长大，叶子蓬勃了，它硕大伸展开来的叶子遮蔽住自己的孩子一样遮蔽住果实。不让你看见它的生长，它生长的速度总是在悄然的时间里给你惊喜，可是那些可气的蜜蜂，不知从哪里得到的消息，迅疾飞来，栖落在花心里吸吮它们的精华。朔黄的花朵无可奈何，只能忍受外界事物的干扰。在这时看到眼前的情景最容易让我们想到一个柔弱的女子被欺凌的情景。

不忍心看，不忍心看，还是赶紧离开吧。浇水的事情还是由母亲去做。十天过去了，我也不知道忙了些什么。有一天，母亲突然摘下一根已成年但头顶上还不愿意谢花的黄瓜跟我说，今年的第一根黄瓜。我自然欢喜。母亲说，凉拌吧。父亲说，黄瓜炒鸡蛋挺好吃。我知道父亲的意思，他的牙齿不好，他想就着这盘菜喝两盅酒。后来，趁他们不注意时，我偷偷生吃了。在乡下许多农人有生吃黄瓜的习惯，虽然它没有可口的甜，但它的鲜脆和多汁可以缓解饥饿和口渴。

往后的日子里小小的黄瓜花多起来，黄瓜也接二连三地生长了，蜜蜂也多起来，阳光也多起来。我们的饭桌上每天都有黄瓜这一道小菜，热炒的，凉拌的。凉拌有两种方法：一种放白糖，一种是切片放盐和香油。最重要的是，我们出远门，母亲就悄悄地摘几根放进我们的书包里。当饥渴难耐时，就想到了书包里的黄瓜，这时吃黄瓜就觉得味道比平时浓。

吃饭的时候，我的筷子始终在黄瓜的头上点将。

因为母亲种的黄瓜产量多邻居也过来采摘。我家的饭桌上有了黄瓜，才使我们心里踏实，日子过得丰实。

我偏爱黄瓜，母亲每年都种一畦。

第三部分： 秋天

下午到黄昏的村庄

当明亮的阳光从村子中央，开始倾斜，下午的时光便开始了。一些花开始收敛芬芳，那些跑远的芳香不再返回，花朵放纵了它们的天真。院子里的影子开始拉长，它们是树木的影子，驴棚的影子，猪舍的影子，丝瓜架的影子，还有枣树的影子。它们把左侧的葡萄架用影子罩住，那些青涩的葡萄情绪奔涌，毫不起作用，而阴影还是一个劲地蔓延过来，它们想跃过这里到达更下边的地方。

一把被上午的阳光晒烫的锄斜靠在葡萄架的立杆上，此时也被阴影安静地罩住。那些影子与实物有很大的区别，如果实物此时走开，我们就无法为影子找到证据。

影子还在继续，还没有到达最下边。此时日头已落到邻居家的房顶。

母亲与父亲都在田野里劳动，此时他们谁也不会回家，他们要等着这些影子彻底消失。影子如果早知道是这样，我想它们绝不会徒劳地做傻事。

母亲回来后，院子里的小黑狗肯定会叫上一阵，它一天都没有叫了，有些按捺不住了。如果是父亲先到家，它就不会这样，父亲打过它，它记住了疼痛，不敢随意在父亲面前摆态度。我也惧怕父亲，他也打过我，用沾满泥巴的手掌。有一粒泥土溅到了我的嘴里，我睁大眼睛怒视着父亲，同时把那粒泥土咬得更碎。后来，我有两个月不愿意搭理父亲。可是，我们都在一个田里干活，一个铁锅里吃饭，住在同一个屋檐下，这种抗拒是不可能持久的。但是现在遇到什么事情，我都像小狗那样不再先叫了。我总是被动地接受生活（除读书外），就像我们家的那头老驴。母亲多少看出点儿破绽，她就责备父亲不该对儿子下这么狠的手，儿子是根，没有根咱们很快就如树叶一样枯黄了。父亲没有点头，也没有摇头，只是默默地注视着一个地方，琢磨着。而我在距离父亲不远的地方把玉米粒撒给鸡，我在等父亲回话，我等空了，我没有听到父亲说话，只听到他拖着沉重脚步回了屋。

…………

下午还在继续，每天都这样，没有新鲜花样，我甚至渴望有一次大的变动，一场暴雨突然来临，或者一场地震突发，更或者邮递员突然送来喜讯。慢的时光，让村子里所有的事物都处在慢的状态，那些不再参加劳动的老人，语速也变得缓慢，他们好像延长着去死亡之路的里程。阳光一点儿一点儿弱下去，树木们右侧的光影也逐渐消失，变得暗淡。刚刚半后晌，就有一层薄雾似的阴影罩下来，我们根本不知道它们从何而来，不折不扣地罩住我们生活的地方。

父母们的劳作也减缓了，当然他们的影子也被拉长，影子罩住庄稼，又被庄稼摇落。新的劳动留下新的痕迹，一点儿也不凌乱，干净，新鲜。这种场面能保持到明天上午，如果暴雨不来，这是肯定的。

父亲想吸一根烟，借机休息一下，可是被旁边的母亲不停地催促。

终于在日落前把活干完了。他们走到水渠边，把双手洗干净，母亲又拣了一把新鲜的草叶，这是给家里的猪崽儿准备的。不知道父亲什么时候已把烟点燃，烟雾很快升到空中，父亲使劲儿吸着，仿佛这样能消除疲劳。

谁也不知道，太阳何时落下去了，西天上只剩下一抹红云彩。又一道薄雾似的黑笼罩下来，村庄变得模糊起来。二叔的羊群还在路上，只听到二叔不停的吆喝声，这就是村庄唯一的歌谣，单调，重复，没有韵味。村庄的每一户门面变得严肃。又有一道浓雾似的黑笼罩下来，所有的事物都看不到本来的面目，路也变得模糊，只看到轮廓，人只是影子在动。等到父母迈进家门，院子里下午发生的一切，都无迹可寻，他们都不知道发生过什么。

我在窗子后面合上书页（傍晚不适合看书，双目蒙眬）。

我从屋子里走出来，还是那么拐着，好似左脚掌下面插着钉子。父亲看了我一眼没有说什么就给羊喂水了。其实我根本没有拐，我找了一个拐的理由就拐了起来，因为这几天我太想看书了，没有机会，就找了一个理由，但我严肃的样子，父母谁也没有看出来。

村 庄 吉 祥

时值九月，天气逐渐变得凉爽，人们开始穿上秋天的衣服。树上见到了黄叶，葱茏茂密的枝杈间偶有那么几片黄叶，就像人的黑发之间偶有几根白发，给人的感觉是经历了岁月的成熟。天空像蓝宝石一样晶莹璀璨，大地像载满了货物的列车，沉重缓慢。劳动的人们脸上洋溢着丰收的喜悦，田野的路上人来车往。看家的老人内心泛起了更多的慈祥，孩子们放假了，围着隆起的谷物嬉闹。秋收正在进行，挖下的土豆垒垒成排，身上沾着少有的泥土，翻新的土块有着玫瑰的红色，沉重的谷穗安静地等着我们收获，我们用镰刀收割，不用机器。娇艳的高粱衬着碧绿的树、湛蓝的天，欢快的笑语灌溉心田。

九月的好时光里，村庄里没有闲人，都在与秋风赛跑，把成熟的果实运回村庄，村庄里有粮仓，有地窖。这是六月的汗水，这是五月的辛勤，这是春天的希望，这是勤劳的结果。在这个世界上一份辛劳换来一份果实，大地从来不欺骗农人。只要你把汗水滴在了脚下的土地上，就有一个心满意足的收获。

沉重的谷物，马从来不感到厌烦，相反谷物越重马的动作越潇洒，越优美。马奋力地拉着马车向村庄的方向疾走，谷物在车上晃动着，此时你会感觉整个秋天在车上晃动，整个秋天被马车拉着驶向村庄，那是多么气派、壮观的情景呀。于是，我又想到一个更大的场景，大地、秋天、庄稼、收获，劳动的人群，天空的瓦蓝映着生机盎然的村庄，村庄里一排排整齐洁净的农舍，鸡鸭羊吃着青草的饲料，儿童有的你追我赶，有的趴在明净的窗台前写作业。外婆手握拐杖赶着淘气的麻雀，猫头瓦的屋檐衬着夕阳的金光。这就是我的村庄，追溯他的历史已有百年或上百年，人们的勤劳造就了它淳朴的民风，时光的打造，岁月的磨炼使它雄壮、牢固。你看炊烟升起的时候，缭绕着一座吉祥的村庄，无论哪里来的朋友都会爱上它，都会深情地赞叹它。我的村庄它是美丽的，虽然它没有被百花簇拥，但它天长日久形成的那种气质足以与皇帝的气派媲美。是因为它的朴素的平房，还有它没有恩怨的人群的自然生活，以及它每一事物无不和谐的安然状态。总之我村庄的美不是用语言述说的，是用身体的感官感觉的。当你围着一座高高的粮仓转了两圈，当你站在一户农家的房顶向四处瞭望时，那种感觉真的不同于以往曾有的感觉。一座村庄是真的、美的、善的，无可非议。

岁月真的无情，每一月，每一天，都有它自己独特的色调。随着时间的前进，树木将是另一种模样，只需第一阵寒风吹来，顷刻之间就会枯黄，天空变得蔚蓝，但不久就会变得灰惨惨。空气中弥漫着一股秋末的气息，翻耕了的土地，马铃薯和向日葵散发出的芳香，游走在田野上。初冬的气息浸润着大地、村庄，一切以衰败的景象呈现在眼前，这并不妨碍村庄的魅力，我们从裸露的土地上更能感悟到大地的慈爱胸怀。经过冬季的寒冷一些害虫会冻死变成腐肥，翻耕的土地断裂了盘桓的根系，增加了活力，以便来年更好地生长庄稼。树木经过寒冷更加知道生长的不易，青草枯亡更加珍惜春天的好时光。

冬天来了，一望无际的田野，开阔了我们的视野，我们一眼就可以看到我们日日生活的村庄是怎样与大地紧紧相连。血脉相通的土地与村庄是一体的，永远不可分割。村庄因为大地的衬托才牢靠，踏实；大地因村庄的点缀才丰沛，富有诗意。没有恶意的冬季，阳光是慈祥的，照着我村庄的门楣，照着每一个从门里走出来的农人，照着刚刚学步的儿童，照着墙根儿下充满故事的穿黑袄的老人。他们晚年的幸福埋在心底，潜在地感谢着党的正确领导使人们走着一条幸福路。随着乡村的城镇化的潮流递进，乡村越变越美丽，这是不可改变的事实。

我的永远可亲可爱的村庄啊，我的血脉与你相连。你吉祥的光芒随着太阳的每天升起，笼罩年轻有为的心脏。

黄昏，我和父亲收工了

太阳快要落山了，我几次催促父亲该收工了，父亲好像没听见。一下午的劳动，我感觉浑身疲倦，四肢麻木。我早想坐在田埂上休息一阵，可是，父亲一直劳作着。父亲每次劳动都认真，把地平得像一张纸。我暗自想，有那个必要吗？庄稼长得好不好得看用的肥多少，可是每年庄稼施肥时，父亲都小气得要命。别人家一亩地两袋化肥，我们家一亩地一袋化肥。

那次给玉米施肥，我故意没有征得父亲同意多施了化肥，结果化肥不够了，父亲撅着难看的脸，他的怒气就在脸皮的后面，不注意就会爆发出来。我看出了事，就再也不言语了。每次撒化肥，我们父子就争执得面红耳赤。每次我都想愤然而去，到城市里打工去。可是，三弟总不断地打来电话，规劝我说，不要出远门，父母年岁大了，你一定要陪伴在他们身边，不要总想钱的事情，挣钱不是关键，父母抚养我们长大成人，劳动了一辈子，不容易。现在他们老了，我们做儿女的到了孝顺的时候了。三弟的一番话下来，我就没有了主意。我的愤怒消失了，又重新与父亲站在了一起。

也真是的，一块烂地你无论怎么侍弄也不会弄出花来。有时我忍不住就对父亲发脾气，父亲根本不理我，继续着他的劳作。这块地我们侍弄了一下午了，吃过午饭，刚放下碗父亲就对我说，我们去地里。我很不情愿，肚子里饱胀，我想休息一下，再说了我想看中央电视台的《国宝档案》。父亲说第二句时，我就动了不情愿的身体，起身了。父亲高血压，这是三弟一再强调的。我们来到地里时，身边一个人也没有，只有太阳在天空毒毒地照着，我们的头上很快渗出了汗水。这是一块只有七分地的沙土地，不拖水，不拖肥。用去的工费远远大于它的收入。我几次劝父亲把它给了种粮大户张春。我一提这样的建议父亲的脸色就立刻改变了。

父亲一走进地里，好似这里有干不完的活，他一直弯着腰捡拾丢弃的玉米叶子，他不愿意他的地里有一丝的杂乱，种子撒进地里，要长得顺利。这是他一辈子种地的方法，可是现在人们种地都粗心得很，庄稼却长得肥美。懒人有懒人的法子。父亲不，父亲要把地整得彻底了才下种。其实父亲的腰椎病，就是这么落下的，父亲种地太认真了。那年他住院，我把地整好了就等着下种，可他捎回话，说要等他回来看一眼再说。我已经五十岁的人了，种地也有三十多年的经验了，可是他还是不放心我，当时我就气得把铁锹扔了，回家睡觉去了。

一下午的时间，在我们的忙碌中度过，太阳由中天一直移到西山。天快黑了，我又催促了一句父亲，可是父亲根本不理我。父亲把鞋兜里的土磕出来以后，就扛上锹收工了，我急忙跟在身后，不敢言语。太阳快要落到山口了，九月的夕阳像一位和善的老人，目送着我们往家走。突然，我发现，父亲的背比前几日驼了许多，走路的姿势也比前几日更摇摆不定，没有了往日的雄健，威猛，难道父亲这就老了。走在父亲的身后，我耐心地端详着他的身体，这是我非常熟悉的肉体，为了我家的日子过得丰饶，不知流出了多少汗水，被肉体包裹的骨质，曾有两处折断。那是我七岁时，我们家翻盖新房，拆旧房子时一根梁不注意滑了下来，而父亲正在梁下捡拾旧砖。那根梁就重重地砸在了父亲的脊背上，父亲当时并没有在意，可是他的行动受限了，疼痛让他咬着牙。母亲几次催促他到卫生所，他才不得不去，后来查明他的两根肋骨骨折了。伤筋动骨一百天，可是父亲在医院待了四天就出院了，回家时医生叮咛要静养三个月，父亲休息了半个月，就下地了。父亲热爱他的土地胜过了他的生命。而且他的膝关节，患有严重的炎症，他的腰椎曾经让他在夜里失眠，他的右腿的疼痛和乏力让他的前额布满了汗珠，最近他的视力与听力急剧下降，这就是我现在的父亲，固执、倔强、苍老，一刻也不停止劳动。走在他的背后，我简直无法想象，就是这样残缺的身体，靠土地给我们盖了三座新房。父母吃的苦太多了。

现在他正吃力地走在我的面前，夕阳的一束光芒打在他的后背上，好像要矫正他弯曲的脊梁。哎，父亲真的老了，这曾经与丑恶对峙坚持本真的身体，这曾经不碰南墙不回头的硬汉，曾经让我当马骑的身体，已千疮百孔，维生素也不能修补，我真担心他走着走着被坎坷绊倒永远站不起来。

回村的路上已经没有人影了，太阳快落山了，夕阳的光芒疏淡了，整个田野夕阳的余晖渐渐收回。可是，我看见父亲模糊的身影依然被夕阳拉长。父亲扛着锄，他的白布衬衫在微风里晃动着。

父亲一生善良、秉直，没有歪门邪道，而是老老实实做农民。

乡 村 集 市

说到二十世纪的乡村集市，肯定有一些人脸上生出向往的神情。他们自小生活在乡村，熟知乡村集市的风貌。或者一部分出生在城市的人，看过《瓦尔登湖》这部书，心里滋生了对乡村的向往。

为什么乡村集市这么让人留恋。他的特点就是完全开放式的，你走在街道上可以尽情欣赏，那些货物就摆在街道的两旁，没有隔离感，没有堆积感。一眼就可以入目，就可以在你的思想里，在你的潜意识里选择你需要的。街上涌流的赶集的人熙熙攘攘没有拥挤感，也没有小偷惦记着你，在这里完全是，自由的，开放的。那些烦心事在今天已经不存在了，你完全放松了，享受着货物的真实感。刚编好的槐条粪筐，散发着槐条的清香，被切开的荆条的斜面露着白色。卖粪筐的老者在一旁招揽着顾客，即使你不真心买，打个牙祭也是蛮欢喜的。卖扒糕的，在一处阳光充足的地方摆着小方桌，上面放着几个醋盘，几瓣蒜。有一个身背工具兜的六十岁模样的老者正尽情地吃着，他还备了小酒。这是他的一个嗜好，也是一辈子的一个嗜好，在这样的嗜好里，他享受着幸福。

跟随人群继续往前走，有卖干货的，有卖日杂品的，每个摊位前都站立着人挑商品，这个人刚刚放下，另一个人就顺手拿起。有讨价还价的，有已经付过钱把货物塞进袋子里的。我还听到一个中年妇女说，一来就买东西，控制不住，家里已经有了还想买，一边说着一边笑着往前边走去。

不大的集市，应有尽有，卖熟食的，卖各种肉类的。猪肉，羊肉，牛肉。卖布匹的，卖窗帘的，卖鞋的。理发的，剃头的。这个集市剃头的是一个哑巴，刀子用得熟练，剃一次头好像是一次心灵的洗礼。他的责任心真是一百一，每次刮脸怕丢掉一根胡子似的，看着完全没有了，还得用手仔细摸摸，不称心的地方继续。找他理发也是一次享受，都是些五六十岁的人，在椅子上一躺，两眼一闭，一个小时后照镜子完全是另外一个人。有的人不认识自己似的对着自己情不自禁地露出笑意。然后满意地拿出钱交给理发师，理发师一边接钱，一边目光注视着你的头，看有没有不满意的地方。

还是到牲口市场看看吧。

牲口市场，我记事起就有了，很多人来这个地方。我愿意看斤记的诡异神态。他们穿着整齐，戴着一副石头眼镜。给人一种持重老成的感觉。在市场里他们一会儿看看这头牛的牙口，一会儿摸摸那头驴的脊背。斤记比一般人精，他好像是一个完全懂得行情的人。买卖的成交也取决于斤记的手段。他穿着一件半旧的大褂子，交易时双方的手指在他的褂子下伸张，蜷缩。成功后的那种愉悦掩藏在沉着的背后。

猪市的交易更为热闹，小猪吼叫，大猪浪叫真是热闹。有人看猪的长势，有人看小猪的精神。想买一头小猪回家喂养的，还要看着舒服。喂猪是娘们儿的事，看着舒服娘们儿也高兴，喂养勤快。最重要的是猪有没有毛病，买一个有病的猪那是自找倒霉。解开绑着猪的绳子，让猪崽儿在地上走一走，病猪一眼就能看出来。看猪屎也是一方面。有人看好了，过秤的时候猪崽儿叫得更欢，好像往它身上扎刀子，也难怪，这样的事情猪崽儿头一次经历，人间的事情凶险难测。

接下来是羊市，兔市，鸡市同样热闹。我就不叙说了。

去集市最好的办法是步行，如果是在冬天，没什么家事，步行去集市是美差，几个人伙行，一边走一边说着话。我想有很多人已经体会了其中的奥妙，很多人去集市已经改成了步行。集市不远，距离也就四五里地，步行刚合适。冬日的田野空旷，太阳温暖地照着大地，走在没有遮拦的去集市的小路上真美。

小　成

看见小成，我冲着他的背影喊了一句，小成。喊出口我觉得有一丝好笑，小成已经是两个孙子的爷爷了，我居然还小成、小成地叫。

笑意还未收完，小成竟转回头看我，他看见我就笑起来，就叫，意哥。我比小成大一岁，我们是同班同学。

我说，你不是去了北京？他说，我又回来了。那么高级的城市为什么不待着？小成急切地说，我实在待不下去，憋，单是解手这一项我就不习惯。

小成的二小子大学毕业后就分配到了中字头的大单位，并在北京找了媳妇，媳妇据说是大户人家的千金。儿子成家后，很少回家看小成。小成非常理解儿子，工作忙。想孙子了小成就坐上高铁去北京一趟，一个小时零十七分钟，也不过夜，下午就返回来了。

小成身子转向我，我第一眼就看到，小成的褂子的扣没有找对，也就是错襟了。我就指给小成看，小成低下头看了一眼急忙纠正起来。我看着价格不菲的酱褐色褂子说，小成你一定要注意形象，你儿子是咱们乡最大的官，你要保持整洁。小成整理好衣服没有回答我的话，只说你们今天要去哪里玩。我说今天休息一天，昨天我们去了水库。我们有一个自行车团队，每天骑行，附近的村庄都去过了，我们的旅途目标又扩大了，我们向山区进发了。

小成你也加进来吧，其实我已经给小成做过好几次工作了，小成就是对骑行不感兴趣，小成一直保持着爱劳动的习惯。他也没有地了，地包给了合作社。

没有事干，小成的身子就痒痒，后来小成就帮助合作社义务劳动，社长给他钱也不要，后来社长就给他买奶，以及奶类的食品，他没法拒绝就收下了。那些好东西，小成还没有养成吃的习惯，就省着。小成总觉得自己的身子壮实不需要那些东西补营养。不吃，时间长了就变质了，过了期就是垃圾，小成每次扔掉这些垃圾就心疼得没有办法。每次都自言自语地讲，小芳啊，你要是活着多么好啊，现在真是好时候啊，不缺吃不缺穿，国家每个月还给零花钱。小芳啊，我现在什么也不缺呀，就是缺一个说话的，你死得太早了啊，但我绝不再找人了，你知道我们是共患难过来的夫妻，没有人可以代替你呀，我发誓一辈子不找了，只想你一个人。每次扔掉那些高级垃圾，小成就唠叨一阵子，号啕一阵子，号啕时小成是在屋子里蒙着被子号啕的，号啕一阵子小成心里就痛快一阵子。

小成这样子不知谁告诉了北京工作的儿子，儿子专门从北京回来要接小成去北京一块儿住，每次去，小成就偷偷跑回来。儿子没有办法就给他买了一个智能手机，没事的时候就与小成视频，小成在被窝里就能看到儿子。那是我们村第一个智能手机，谁也没有见过这个小东西，更不会使用，小成的儿子也真有办法，白天上班，晚上回家通过远程遥控教小成使用，如果是礼拜天，儿子就从北京赶回来手把手地教。整整闹腾了一个月小成才学会。那段时间，小成家也确实热闹，村里人往他家跑，乡长也来他家看，那么高级的东西谁见过，都觉得好奇。现在普及了，我们村除去老头儿老太太，年轻的都有。谁也不觉得新奇了。

小成不加入我们的骑行，我就敦促他加入村里的象棋队。看上去憨气的小成没有半年就成了村里的象棋冠军，现在经常代表我们村去外地参赛，每次都夺冠。真没有想到一向默不作声的人，下棋竟是高手。

天上突然响起了几声小雷，看样子要下雨。小成对我说，今天咱们不干别的了，天气不好，走，到我那里去喝酒，你侄子过年带回来的好酒还没有喝。

我是一个爱喝酒的人，搭上小成的肩就往他家走去……

再见炊烟

许多年没有看见炊烟了，炊烟已随云彩飘逝殆尽。

那天我看见裴叔，用车往河滩地拉拆掉的炉灶，裴叔笑着对我说，与旧的时代告别了。我知道这不是裴叔的心里话。

天然气的黄管子通到村子的各家各户。冬季取暖烧天然气是硬指标。那些不习惯烧天然气的光棍们，用硬道理抵抗。不顶事，让你烧就烧。

于是，炊烟在莫名其妙中与我们断绝了联系。炊烟走了，走得无影无踪。

当我走进裴叔家，看见裴叔满脸愁绪地将那些码好的干柴垛拆散，一根一根将几个冬天捡拾的干柴装上车，要运往河滩地。运往河滩地就意味着扔掉，我们村的人养成了这个说法，只要是运往河滩地就是废弃不要了。

裴叔有一搭没一搭地装着车，完全没有了过去干活儿的精细和严谨。我看着裴叔的样子，不敢多说一句话。裴叔突然说话了。裴叔说，一座村庄如果没有炊烟升起还叫村庄吗？没有鸡鸣狗叫，没有蝉噪雀飞，那只是形式上的村庄。我觉得裴叔说得有道理，完全赞成裴叔的观点。

我想是这样的，炊烟升起是一座村庄诗意的存在。无论炊烟升起得多么蹩脚，看见炊烟升起就看见一座朝气旺盛的村庄、一座活泼的村庄、一座意蕴犹存的村庄、一座温暖的村庄。历代文人墨客对炊烟情有独钟，都有独到的意蕴深远的典章。画家画一座村庄，画面上少不了一缕炊烟升起。因此，炊烟是一座村庄的地标。没有炊烟升起，一座村庄往往会被到来的人胡乱猜测。这样的尴尬，我想也是一座村庄不愿意看到的结局。

我本人也极喜欢炊烟。在我的多篇诗章里，我曾详尽描述过炊烟。

下面是我描述过炊烟的一个短章。

我喜欢炊烟，喜欢炊烟升入天空时的潇洒、悠然。瓦蓝的天空，有那么一束洁白的炊烟挥洒着介入，那是一幅无名的天地大写意，我想任何一个知名的画家都无法做到。

冬日的炊烟，像冬日的农人一样悠闲，它不急于升入天空。它缓慢，自在，好像漫无目的，却内有主宰。好像毫无章法，却内有定律。有时像少女舞长袖，有时像小儿荡秋千。它真似一个顽童，在天空曼妙，曼妙成无数吉祥的云片，融入白云的白，蓝天的蓝。

朋友，看吧，一座安详的村庄刚从梦中醒来，黎明的晨曦扑在屋舍相连的庄园。一幅吉祥的图画，好似缺点儿什么的时候，突然，一缕炊烟升起来。它在有红晕的天空背景中慢慢升高。

村东的炊烟和村西的炊烟是血脉相连的亲戚在半空里拥抱、攀谈。

炊烟是村庄的气象，看炊烟升起的脉象，可以觉察到村庄的健康状况。一座祥和的村庄，无论冬夏春秋，房顶升起的炊烟，都是淡淡的，袅袅的，蓝蓝的，干净的。让人一看就心底明净。神清、气爽。这样的炊烟升起时从来不匆忙，而是大方、美丽。像那个叫小芳的姑娘，既不扭捏，也不张狂。在缺乏时间刻度的时代，炊烟是时钟,它清晰、准时地召唤着田里劳作的父亲。

另外,看炊烟升起,就可以知道谁家女人的秉性。一个急躁的女人,烧起的炊烟也是匆匆忙忙,好像心中有几百个事在心里堵着呢,仔细想想,农人过日子有什么着急的呢,你匆忙地过几天,以后还有数不清的日子在后边等着呢。有的女人心量宽广,一副泰然的表情,比男人还大度,遇事冷静。烧炊烟时,一点儿一点儿往灶洞攒柴,不猛烈。柴草燃烧得完全,没有生柴。饭熟,柴尽。干净、利索。让许多男人服劲。

漫长的雨季,炊烟并不急于升入天空,而是缓缓地向村庄蔓延,匍匐。让村庄里大街小巷弥漫着柴草淡淡的清香。弥补着被雨水冲淡的村庄里的特有的乡土气味。偶有微风吹起,这种淡淡的清香就会传播到田野里,让劳作的人精神一振。唤起心底深处埋藏的欲望。然后炊烟像一个美丽女人的衣袖,轻扫一下你的敏感部位,便拂袖而去。摇曳升入天空,还不忘回头一看。这时你的劳动充满了愉快和力量。

最壮观的炊烟是,几百条炊烟同时升起来,齐头并进,直上云霄。显示出村庄的雄性之美。这样的景象,比任何一幅山水画卷都优美。让你无法忘却。千百年来,炊烟不灭,村庄永在。那些羁旅的游人,无论行走了多么遥远就是凭了那一缕炊烟辨认故乡的。炊烟连接着生命的血脉。只有从一缕炊烟打开记忆的闸门,进入脑海的枝枝叶叶才是真实的。我们孩童时的游戏,中年时的层出不穷的故事，都来自炊烟覆盖下的村庄。

1985 年 8 月 20 日的炊烟，怎么也升不到天空了，像一条抽去骨头的蟒蛇趴在了大地上。母亲在厨房一阵忙碌，用嘴吹，用扇子扇，母亲的眼被逆烟呛出了泪花，这种不常见的情况，让母亲莫名其妙。母亲忙碌一阵就跑出烟雾弥漫的厨房，一边用手揩泪，一边举头仰望，天空一片黑云在作怪。

我知道，母亲的炊烟升不到天空，在田里劳作的父亲就不知道开饭的时间，母亲显出不安，她开始烧我们家最好的柴。那些柴，父亲曾经说过，是给我结婚烧大锅饭用的。

半个小时后，天晴云散，一阵风把趴在地上的炊烟扶了起来，一直扶到天空的顶端。

我从来没有见过这么好的炊烟，又高、又直、又白。母亲终于松了一口气，脸上露出了微笑！

这么多年了，母亲就是这样与父亲配合，完成了一年一年的春播秋收。

我已经很多年没有见到炊烟升起了，现在人们都用上了电器。电器做饭快，省时、干净。但是，过去的那种慢生活我还是时常怀恋的。我觉得一座村庄如果没有炊烟升起，做陪衬，就不是一座完整的村庄。炊烟好比一个剧目中的戏眼，没有戏眼，人们就觉得无聊，看不下去。

炊烟像一个楔子，别进了我的记忆。

其实我的性格与裴叔相反，对于那些到底有希望的事物，我会悄然保留的，比如升起炊烟的灶膛。

在我闲置的一座老院它存在了几十年，尽管老伴以前用过，现在不用了。但我也不会把它拆掉。它见证了我们的生活史，见证了我们的婚姻，见证了我们的贫穷和富足。它就在我们一大家子过去吃饭的房间存在着，看见它仿佛还有柴焰的气息。那时，孩子们还小不懂事，往往在吃饭的时候，打闹，占地盘，品尝饭的味道，稍不如意，其中一个就推碗摔筷子，表情倔强地任你怎样解释也不听。大人上火，孩子不听话。孩子不知道大人吃完饭还要去地里劳动，故意刁难父母。生活真是悲喜交加。当他们呱呱坠地来到人间，当父母的高兴得合不拢嘴。当他们不听话，有时火烧到脑门恨不得打死他们。哎！现在想想，没有了抱怨，没有了责备，没有了无缘无故的气恼，这就是生活本身，酸甜苦辣咸俱全。

现在他们都已长大成人，大学毕业，生活在了城市里，很少回到柴烟升起的村庄。偶尔回来一次，带上了孙子。孙子聪明，在我还没有教的情况下，就学会了往灶洞里添柴并燃柴。

在我去超市买东西回家的路上，看见我家的烟囱，急匆匆地往天空冒着烟。我一下子就想到是孙子们干的好事。我理解他们，理解他们对陌生事物的好奇与探寻，因此我也不急于制止他们。没过多久，我血液偾张，不由得加入了他们的行列。由于我的加入，孩子们更加没有约束，他们兴奋地找柴，续柴。由于很长时间不燃柴烧灶，灶膛对于柴火有了陌生感，对于新的物质的介入感有了排斥。我仔细拨通了烟道，烟火才顺利钻入了烟囱。

孩子们太兴奋了，他们因有能力参与了一个事件的过程而显得有优越感。火焰在灶膛内正式燃烧起来，显得无拘无束。这是几十年的一个接力，我认为，其实就是一场村庄接力的延续。后生可畏的现实和明证。

我去院里望了一眼房顶，浓烟顺着烟囱像火车头一样急遽地升上天空，无拘无束。而高远的天空因不知名的事物的介入一下子显得冷漠。

不一会儿，院子里聚集了好多人，邻居，老人，最重要的是还有村主任。看见村主任，我想做一个完备的解释。

村主任显得特别不耐烦，冲我摆摆手说，你什么也不用解释了，准备钱吧，我救不了你……

炊烟升起的日子，田野是明亮的，在田野里劳作的人心情是愉悦的。每个男人心里都有小心眼，吃饭的时间他们会潜意识里抬头望一眼村庄里的屋顶，看炊烟的状态就能知道自己的婆娘的心情。升起的炊烟洁白，清秀就心里痛快。知道这时自己的婆娘心里干净，心里一直装着自己一人。男人也就心里敞亮，干活儿也有力气，当然也出活。队长突然感到活路猛地向前走了一段就知道怎么回事，心里明白，但不说透。

炊烟升起的日子，鸟的叫声也清脆，它们会无休止地在庄稼人的头顶伴随着清脆鸣叫飞来飞去。阳光也被叫得明朗，光芒万丈，没有一丝尘埃。

说也怪，那时的炊烟也影响着牲畜，炊烟升得高了，牛的步伐也稳健，拉车也有劲。虽然牛没有抬头望一眼村庄，但它的感觉非常微妙，它熟知村庄里的一切秘密。

冬日，只要炊烟升起，炉灶内必有滚烫喷香的红薯。无论我们在学校还是在田野，吃饭前赶回家，灶台前必有几块喷香的红薯等着我们。那是母亲在红薯堆挑选适合烧烤的红薯。烤红薯也是有讲究的，根据灶里的剩柴多少，判断红薯的块茎的大小。余火少就拣小一点儿的，余火多就拣大一点儿的。关于这点母亲掌握得特别到位。

昔日那烟囱升起的袅袅炊烟的景象，令我怀念，已经六十岁的我，时常沉浸在往昔的记忆里。因为我知道炊烟是连接村庄生命的血脉之线。

第四部分： 冬季

初冬的大地

初冬的大地显得安详，太阳缓慢安静地照耀着，树木的叶子掉落得已经稀疏，那些熟黄干净的叶片，错落着，叠落着，铺满脚下的大地。看上去很美，但也有一丝淡淡的忧伤。季节的更替让它们脱落了母体，脱落了筋脉，过不了多久，就会枯竭，就会被旷野的风吹得四处都是，最后消失。

土地这时显得轻松，但是它们永远不离开，等待着寒冬过去，来年的春天勤劳的农人。我在田野上散步，踏着落叶和干枯的柴草，踏着留有车辙痕迹的乡土路。我在这里生活五十多年了，没有崇高的理想，我家几代为农，我的父亲和叔叔都是勤劳的农人，不怕吃苦，不怕劳累，他们种植的庄稼堪称是村庄里的典范。也有人不爱种地，荒废一生。

种地是很有意思的事情，在合适的季节里，种上合适的农作物，然后管理，清除杂草，合理施肥，庄稼就长得很美。在与庄稼的接触中，我懂得了很多道理，也悟出了不少的人生真谛。庄稼的生长有规律，行距与株距是非常重要的，见光透风是必须的，水是植物的血液，它输送着植物营养。另外大地上还生存着万千禽虫，它们在合适的季节里繁育，爬行，歌唱。它们快乐着，生存着，度着自己有限的时光。我看不见它们的忧愁，看不见它们的疾病。看见它们的时候都是匆忙地奔波着。我不能为它们做什么，我只是安静地看着它们，爬行，储藏食物，它们的食物无非是草叶，露水。而草叶露水正是自然之物。我看到有一只累了，休息了片刻，然后又继续努力。它们的行旅中一定有山河，风雨。

在农事过后我是一个闲人，没事的时候我就去田野散步，广阔的田野给了我生命的辽阔，我在这里吸收生命的原浆，使我的生活富足，精神饱满，富有创造力。我时常感恩土地和父母。他们给了我生命和生活的源泉。

我感受着自然之物的启迪，太阳每天升起，照耀河山和人类，照耀我们虫蚁之类。没有偏心，绝对公平。

我走着，初冬的微风吹着，这肃杀之物，清理着大地上的杂物。我看了一眼身旁我的土地，它保留着我劳动的痕迹。我劳动时的一次激动，一次愤怒，一次倾斜。年年我重复着种麦子、玉米，种蔬菜，大豆、土豆。这些平常之物养育着我的生命。

冬天大地的空旷是不可避免的，我有幸走在这空旷里，感受这大自然带给人类的幸运，无论你有过怎样的灾难和坎坷，在这样的空旷中就会化为乌有。我愿意在这样的空旷中缓慢行走，向远方，向我未知的远方。一个人只有走向远方才能充实自己，才能感知更多的生命信息。我踏着冰冻的大地向前，既不感到渺小也不感到伟大，我是一个实实在在的身体，血肉之躯，感知外界事物纷扰的躯体。真实的存在，真实的感觉世界的美好，期望。一个回归自然的人，响应自然的召唤，遵从自然的规律，与自然融合。

一枚飘零的树叶，落在我的眼前，我感知了它的心绪。它缓慢飘落，最终投向了大地的怀抱，找到了最终归宿，心情释然了。在这个世界上有多少事物和人一生漂泊，浪迹天涯找不到理想的港湾，他们的心绪是茫然的。

空旷的田野上，我看见那些远离的飞鸟是孤独的，孤独中渗透着胆怯，而雄鹰在孤独的飞舞中渗透的是王的威严与不可一世的傲慢。这种有证据的傲慢不会让人类感到讨厌，相反人类心灵所投射出的是敬畏的表情。空旷是鹰的疆域，只有无边的空旷才能展示王的风采，那利剑般的冲刺，只有在辽阔里才能完成。而那些小的事物会胆怯辽阔得无边，会时时担心边际问题。他们从小中而来最后又回到小中而去。

我没有目的地往前走着，土地连着土地没有尽头。我心胸开阔地感受着，大地，村庄，带给我的美好与生活的便捷。

夏天里，我在田野上游荡的时候，会采到野葡萄，然后看到笨鼠在地面下爬行。还有一种叫米布袋草，匍匐在地面，这种植物的果实可以食用。吃时用牙齿往外挤压，那些米粒大的果实就进去口中。味道鲜美，有淡淡的香蕉味道。温和的黄昏时刻，有长翅的小虫在落日的余晖里尽情飞舞。有时兴致浓烈时我就在田野里过夜。找来干燥的茅草，铺在身子下面，我并不急于入睡，而是侧耳倾听田野里的虫鸣，万千虫子因为生活得很好，发出快乐的歌唱。而在午夜时分还能听到猫头鹰和山鸡的鸣叫。后半夜，露水打湿了衣服，我没有一点儿懊悔的心情，相反为自己有过这样的经历而自豪。

乡村的夜色非常平凡，如果不仔细品味，你不会感觉到其中的魅力。天空在明亮的月光里显得高远，几抹云彩在那里走着，一会儿遮住月亮，一会儿又漏出，仿佛捉迷藏。天空的深邃和明澈加深着你的想象。你就会想到自己完全是一粒尘埃在大千世界游荡。你就会有放弃什么的想法，其实一个人需要放弃的很多。

我们这个村庄据说有二百多年的历史了，生育，成长，生老病死。始终以二千人自居。察考村庄的历史发现，没有杰出人物，也没有罪大恶极之人。现实是出过几个小老板，他们回家都有老板的派头。村庄的人多以农业为生，也有几个手工作坊，榨油的，做挂面的。人们脸上都有知足的表情。民风淳朴，人性敦厚。一代一代传承着村庄的精湛的技艺，延续着村庄的历史。在现实的生活里，人们对抗着生活的风雨和雷霆。在岁月的小巷里，哽咽着命运的苦和乐。

我 家 小 院

到了冬天，我家小院显得凄清，院子里的枣树，槐树，柿子树落光了叶子，只有树枝在北风的吹拂下发出呜呜的声音。劳动的工具，我一并收拢在棚子里面，棚子是用旧檩条搭建的，上面放着石棉瓦，遮风避雨。阴雨天我就把自行车推进去，还有一些干柴。院墙已经很旧了，跟我们的房子一样的旧。我喜欢这样的旧，这样的色彩，是一种朴素的色彩。冬季的院子里很空阔，没有了绿叶，那些夏日里繁茂的瓜藤，现在正在干枯着。院中央有一个水管，我们吃的水就是从这里流出来的，水管在冬季要进行防护，不然就会被寒冷结冰，刚种下小麦的时候我就用破被套裹住了，水管显得非常臃肿。我的生活观点是冬天不要好看，只要暖就行。

晴朗的天气，阳光直接照着我家的一草一木。照着屋檐，照着妻子糊了窗纸的窗户，在屋子里阳光透过玻璃把光线投在土炕上，照着我家炕被上的一对红鸳鸯，这是我们结婚时母亲在集市上买来的。照着外祖父使用过的一根马鞭，这是我为了纪念外祖父留下来的唯一一件东西。以前外祖父赶马车，到了冬天地里不忙，就到建筑工地给人家拉砖。阳光还照着院子里的一只栗色猫，一只苍色小狗。猫整日蜷缩在院子里的旧椅子上，小狗就卧在旧椅子一旁，小狗从来不睡觉，而是睁着两只眼睛观察着院子里的一切，一旦有什么异常就猛烈地叫几声。猫太懒惰了，即使有声音震动也不睁开眼睛，一直睡自己的懒觉。我觉得猫太自私了。有时我故意逗它，故意把一把铁锹摔倒，或者用一根木棍猛击椅子，这时猫就睁开眼睛观察一下周围的情况，冲着我的眼睛叫几声继续睡觉。猫真是世界上最会享受睡觉的动物。在这样的好天气里，我不会让时光白白从身边流去，我会认真地读几本书，梭罗的《瓦尔登湖》弗罗斯特的诗集以及沈从文的著作，还有法布尔的《昆虫记》。在冬天的窗台前，阳光的微照下，我阅读并不认真，时常被麻雀慵懒的叫声吸引。冬天，麻雀们的日子也不好过，没有了夏日的躁狂，好像显得矜持，实际上是天气太寒冷了，它们的食物也少，吃不饱肚子，当然不会有精神了。它们有一声没有一声地叫着，从一根树枝上跳到另一根树枝上。

这样的天气是妻子整理芝麻、豆子的最好时机。豆子、芝麻，在房顶上晒着，经过风吹干透了，豆荚裂开了口子，露出了熟黄的豆子，那些豆子像眼睛向外面张望着。芝麻也裂开了，它们在黑暗里待的时间太久了早想溜出来。芝麻虽小，但榨出的油是最香的。冬季的房顶是饱满的，玉米、花生、高粱，还有刚才提到的豆子、芝麻。她用棒子把熟透了的果实从荚上敲下来，棒子敲打时发出砰砰的深邃声音，这声音听起来一点儿也不烦人，这是乡村另一种声音。

一场北风又一场北风吹过去，天气就一天比一天冷了，院子里所有的事物都冷静下来，没有了夏日的温情与热烈，蕴含了冷的味道，态度也生硬起来。你随便攥住一把锹，或抓住一条绳子，都觉得那么生分。炊烟也不柔软了，一根木料也扳起棱角分明的脸目。

有一天，突然下雪了，雪很大，覆盖了院子里的一切。水管，狗窝，树枝，磨石，还有简单的农具。我喜欢雪，雪一来我就不睡懒觉了，急急忙忙起床，拿起扫把先把院子中间扫开一条道路，然后延伸到小巷口。扫开的雪沾染了大地的土，又把另一些雪污染。洗脸水也会把雪弄脏，洗脸水泼在雪上，雪好像遇到了克星，迅速让开了道路。

房顶上，棚子上都落满了雪花，整个院子被映得明晃晃的。

随着冬天的临近，一座村庄越来越清晰

从村子出发向南走

我和狗皮没事的时候就在村庄散步，我们都是六十岁的人了。我爱好写作，闲时写一点儿东西换油盐酱醋，狗皮有退休金，他原来在化肥厂上班。

我和狗皮在村庄散步，从西面的照壁那里往南走到沙河边上再从另一条路折回，途中经过井台，电线杆，旧鸡房，还有两座变压器。

这条路我们村里的人不知走了多少次，春天去地里撒种子，秋天收获庄稼，冬天埋人，清明扫墓。最重要的是这是一条通往市区的路，人们去城市打工就走这条路。如果下午散步太阳落山的时候时常会碰见打工的人骑着电瓶车急促地往家赶。这条路经历了好几任村主任也没有修成柏油路，到了雨季泥泞一片，只见车子的轮胎打滑的痕迹，也时常看见车误了，开车的人站在车旁无奈地等着救援。冬季凹凸不平的路面时常铺着霜花，我能从霜花的车辙上分辨出有几辆车进了城。我们散步时走着凹凸不平的路面心里常想如果这条路筑成水泥路多么好啊。

路两旁有伐木时丢下的树根冒出的枝丛茂盛，先前路两旁是茂盛的白杨树，高大的白杨树枝叶繁茂夹裹着路，走在路上有一种歌曲里唱的走在社会主义大道上的感觉。现在没有了，路旁时常看见不懂事的人丢弃的旧衣服、旧包装袋、旧瓦罐、旧床板、碎玻璃和拆旧墙丢掉的废砖瓦。凡是村子里过去有过的东西这里都有，看见这些东西心里很不舒服。我不知道社会发展到现在为什么有的人的素质还这么差，没有我们共同生活在一个家园的观念。鉴于此，我给村主任提了一个建议，我的同学黑棍愿意一年拿出五千元钱给村里修整道路，我把黑棍这个意愿给村主任说了，村主任一直没有点头。后来我就把这事给丢下了，村主任是一村之主，考虑的事情比我全面，我们考虑的是局部，而村主任考虑的是全部，村主任也有村主任的难处。我理解了村主任从此再也不提这事，后来遇到黑棍，黑棍问起此事，我只好摇头作罢。黑棍也不忘揶揄我几句，哎！你还是作家哩，这么点儿小事也办不了，肯定是只披着一件作家皮，我冲黑棍笑笑无言以对。

　　我和狗皮沿着这条路走到河边，就看到巨大的墓地，这里埋葬着村庄里几百人的尸骨，高高的坟冢上长着数不清的刺槐。清明之日从四面八方赶来上坟的人把小汽车摆放一片，看上去好像另一座村庄。坟头上插上的纸花五颜六色，如果遇上风就被风吹得猎猎响，好像墓地里的人有什么冤屈。供香扔得满地，没有几天就被鸽子老鸹啄完。有几户有钱的人家已经为父母立了石碑，老远一看显得气派。有几堆坟冢已经塌陷，没有修复，也许是后代远迁他乡也许是断子绝孙。断子绝孙是无奈的境况，是谁也不愿意要的结局。我觉得一个人必须不断地读书，加深自身的文化素养和生活自律，有了文化办什么事就会顺理成章，可有的人天生不愿意看书，天生愿意捉兔子，认为捉兔子是天下最美的事。

走过墓地，就到了杨树林。这是一片有人故意栽种的杨树，是有补助的。现在已经碗口粗了，无论是故意还是无意栽种，它现在已经具有了美感，纵深的和深入的美感。我们走到这里就会休息一会儿，茂盛的树冠里住着鸟儿，没事的时候鸟儿就鸣叫，当然鸣叫是鸟儿的语言，小鸟的鸣叫是因为找不到妈妈了，大鸟鸣叫我认为是在调情。调情本来是存在于人类的情感世界但肯定也存在于动物飞禽。这方面我觉得我们与动物没有区别。

夏天的时候白杨树投到地上浓厚的阴影看不见一缕烈日的光芒，一些小虫子就在阴影里自由地活动，交谈，商量家事。有时我们看到它们随意地乱飞。

我们坐在树荫浓厚的田埂上休息一会儿就往村庄的方向折返，村庄的整个面容就呈现在眼前，如果是在阳光猎猎的中午就看到大门的门楣上的鎏金大字闪闪发光，"吉祥人家""财源滚滚""家和万事兴""年年好运来"都是经典的充满寓意的好句子。可我认为最好的一句就是"家和万事兴"我认为福气都得从和而生。兴，应该代表着人兴，家兴，事业兴，六畜兴。这都是我们的先人从无数次失败中总结出的经典语录，实际上这也是自己的切身经验给我们提个醒。可是有几个人站在堂皇的门廊下端详过这几个字，然后用脑子仔细琢磨过其中含义呢，没有。我发现都是急匆匆地早上出门，晚上而归，没有时间思考的样子。但要是真正思考一下我觉得不会吃亏的。是的，匆忙地过日子没有错，停下来思考也是必要的。

如果在太阳西下的时候返回村庄，村庄就会被夜幕笼罩得混沌，这时候往往会看到村庄一身的疲倦，看到一群群鸟儿返回村庄的屋檐下，看到鸡鸭回归笼里。一座疲倦的村庄在夜幕降临的时候不但要呵护我们的肉体还要呵护动物们的灵魂（暂且不知道动物们有没有灵魂），一座村庄不但承担风雨还要保护我们的性命，延续性命就是延续村庄的历史。一座生长百年的村庄走过怎样艰涩的路只有她自己明白，但她从不述说，一切表现得无所谓。我们应该对村庄充满敬意，保护她，她有母亲般宽厚的胸怀，我们应该爱她，在异地，只要想起村庄我们就会滋生浓浓的乡愁，这是我们把一座村庄放在心里的缘故。

太阳落山了，我们也融入了夜色笼罩的村庄……

村庄越来越清晰

随着立冬节令的到来，村庄万物逐渐进入冬季，树木掉光了叶子，青草变成了枯草。田野里的庄稼被农人收割完毕，鸟声稀疏，路上的一块石头也变得清晰无比。一群人离开了村庄去了城市，一座村庄变得清晰无比，在河边上我们就看得清清楚楚，有人串门，有人坐在向阳的墙根儿里晒太阳，有人在房顶整理烟囱，有人打扫屋顶，当然也看到修理锅底的工匠坐在一块高地上不停地敲打着铁皮，还有无所事事的鸡追逐另一只鸡，二伯的两只羊由于喂得饱在栅栏里不停地抵架。最显眼的是一群白鸽子在村庄的上空不停地盘旋，它们像一支训练有素的精良的部队，转弯，上升和俯冲做得十分到位。由于是集体行为它们有了凝聚的白色，转圈、高升、降落，不同的角度太阳的反光不同，因此呈现出的美感不同。它们的存在给村庄增添了动态的美，看见它们飞舞我心里就豁然开朗，一座村庄就立刻提升了朝气。这是陈富有养的鸽子，三十多年了不改初衷。我当然知道陈富有的心思，有些人不理解。我每次看见陈富有都为他竖起大拇指，一方面赞同陈富有养鸽子，一方面向他表示敬意。他是村庄二十世纪六十年代的大学生，也是我们村庄第一个走出村庄的人，他学的专业是美学，可是毕业后分配到勘探队。他急了没处说理就自己退职回到村庄当起了农民，一辈子做事都是按照美的规律去办。二十世纪八十年代就养了一群白鸽，给鸽子精心制作鸟笼，制作籽料，那时只有几只，现在发展到二百多只。陈富有肯定是为了增添村庄的色彩，平时他就做一些有利于村庄环保的事情，自己买涂料把那些墙面上乱写乱画的小广告涂掉，村庄的街道上有块不顺眼的石头他都捡起来放到不碍眼的地方，他平时穿衣服都十分讲究，他常跟我说，我们的举止言谈一定要得体，我们出去无论干什么事情都代表着村庄的形象，虽然我们村庄穷但我们穷得应该有志气，我们不能让城市里人看不起我们。由于他的感召，我们村庄的年轻人都做得十分具体，认真，并严格要求自己。陈富有就是这样一个热心的人，他没有因自己的失落消沉过，而是胸怀满满的期待，希望我们的村庄一日一日美起来。

村庄里有好多人都十分热爱自己的村庄，房子旧了抓紧修葺，谁也怕一座村庄因自己的房屋破旧而影响整个村庄的风貌。只有东北角的一座房屋破旧，主人叫雪雪，多么好的一个名字呀，一个干净的名字，一个能让整个村庄干净的名字。可是事实完全不同，雪雪完全没有了期待，完全丧失了生活的意志。原因很简单，就是因为他娶了一个四川女子，女子长得非常好看，干活儿又有力气。雪雪爱那个女的，每天爱，天天爱，爱的时候恨不得爱到肉里头，爱时就把自己的家底一字不落地告诉女子，后来女子把他的钱财骗光了就跑了，原来那女子家里有男人，有孩子，就是为了骗钱才来我们村庄的。那女子跑了之后，雪雪就彻底崩溃了，像被狐狸吸干了血，雪雪怎么也想不通他把心给了对方，对方怎么说跑就跑了。一蹶不振的雪雪，干活儿吃饭都没有了精神。由此，我想一个人活着就是精神活着，雪雪没有了精神，就任自己的水自流，地也荒芜了，房屋也破损不堪，就这样胡混日子。村主任发现雪雪这个样子就主动找到雪雪劝解，可是怎么劝也不起作用，村主任是一个好心人，他不愿意雪雪这么好的一个人烂下去，可是又没有办法。雪雪的房子因为今年雨水多在夏季的某一天晚上坍塌了，坍塌时雪雪就在房子里被土墙压着，只露出头颅，人们要救他他却挣扎着不出来。他撕心裂肺地喊着小敏，小敏就是那个四川女子，最后雪雪一直被土墙压死，却没有一点儿遗憾。我说这段故事的意思就是我们村庄的男人都是忠于爱情的，都是一心一意地爱自己的女人。

站到村庄的北面只看到村庄的背影

有一次我追赶一只出逃的兔子来到村庄的北面，因为房屋面向南，我看到的是房子的后面。我很少有机会看到过如此情景，感到诧异。这景象像看到一个人坐着的背影，那么老到和深沉。

这里生长着百年老树，因为不属于某一家，谁也不去照顾。任树木自由生长，树木完全靠天，雨水大了雨水小了，树木全不去计较，树枝也是愿意怎么长就怎么长，但整棵树显得并不丑陋。因为高大，有几只陌生的鸟愿意在这里生活，它们从低处飞到高处或从高处飞到低处，完全是它们自己掌握，没有章程。粗糙的树皮上有鸟儿白色的粪便已风干，刚刚落下的还保持着潮湿。我发现这些树木榆树居多，而在村庄里榆树基本没有了，庭院里都种上了景观树：柿子树、石榴树、银杏树、苹果树、梨树、石榴树。榆树做栋梁的时代已经结束，现在盖房子都是水泥浇筑，不用檩条了。因此这些不被人重视的榆树在这里得以生长。榆树是保留村庄原生态唯一的标志，看到这些榆树就想起从前的村庄，因为我们童年时经常爬到高高的榆树上捋榆钱，捋下的榆钱绿绿得像小指肚那么大，交给母亲中午我们就能吃上苦累，再拌上香油和蒜泥吃起来就不放筷子。这都是二十多年的事情了，现在人们都不吃了，因为不缺粮食了。

紧挨着房屋的后面有一条道路，脚印稀少。人们没事的时候都是走向村子的南面，谁也不来这里。紧挨着我们村庄的李庄的人却日日看着我们村庄的后面，我也不知他们什么感受，就像看着我们的脊背，知道我们的身体的健康状况，但从来没有一个人跑到我们村庄告诉某一个人，你们村快发生问题了。我知道问题往往出在不被人注意的地方，我们整日陶醉在阳光映照的村庄的南面，没有闲暇走到村子的北面，因此我们村子的一些情况全掌握在邻居李庄人的手里。懂事的人看见李庄的人毕恭毕敬就是为了从李庄人的嘴里探听到自己的一些情况，因为他们看我们村子的时间比我们自己还多，他们不需要专门抽出时间来，只是一抬头的工夫就办到了，而我们还得绕过整个村子来到后面。

他们来到我们村子，我们像待客一样和气，几十年上百年我们两个村子的人都没有犯过脸红。

后来有一个人对着我们村子里的人无意说，你们村子开一个南北街多么好啊，阳光一路照到村子的北面，我们来你们村子也方便，按风水上说气场通了，干什么也好。在场的人都惊讶地说，对呀，这么简单的问题怎么就没有想到呢。于是有两个人就迫不及待起身找村主任了，可是已经十几年过去了这条街也没有打通。有人理解村主任认为村主任一人负责着整个村子里的事太忙了顾不上，有人认为村主任根本不愿意管。无论村主任怎样的态度，这事就这么撂下了。后来那个人再来我们村庄里，就说，给你们指一条明路吧！你们谁也不听。口气生硬，好像他说过的话百分之百对，听的人也不往心里放。后来那个人再也不来我们村庄了。

有一年冬天，下过雪已经两个多月了，我没有什么事就走到了村子北面，结果发现这里还储存着上次下雪时落在这里的雪花，它们大都在房跟的背阴处，还是原来那么白，上面有猫的脚印，但分辨不出猫的大小，也有狗的脚印乱乱的肯定是两只狗或者更多。没有发现耗子的小脚印，和麻雀的小脚印。这么冷的天耗子和麻雀肯定不会出现在这里，枯草被雪埋了半尺深，枯草的枝杈上还挂着从北面村庄刮来的垃圾，纸袋，塑料包装袋，还有孩子们擦嘴用过的湿巾，糖纸以及衣服包装袋。有几只风化过的化肥袋，而那几只已经陈旧的塑料包装袋被风吹得鼓鼓的并发出嘶嘶的声音。从这些物象上能猜测出后面这座村庄里人们的基本生活状况。我继续往前走，在小学校的围墙后面的雪上发现了一堆灰喜鹊的毛骨，灰喜鹊凌乱的尾翼，以及细小的灰白相间的胸毛，翅膀也无力地瘫软着，没有多少血迹，一定是被更大的猛禽吃掉了。"残忍"二字在我心里闪现了一下，紧接着心里作呕起来，我马上离开了。

有一次我走在村子后面，突然有了一个怪异的想法，我把耳朵贴在墙上试试是否能听到墙里面的人说话，听了半天什么也没有听到，过去我们村子盖房都是用土坯夹层，由于经济条件差只有外面用单砖包裹，既保暖又隔音。我没有听到任何声音就放心了，若不然北面村子里没事的人有了我一样的怪异想法，把耳朵贴在我们村子的任何一处墙上就会窃取我们村子的秘密，我无奈地笑了一下。

我是一个多事的人，没事的时候就到村庄后面走一走，看有没有问题发现。

冬天的里里外外

1

冬天，院子里一些东西好像等着什么，好像我随时会招呼它们。可是我有什么事情会突然招呼它们呢。我出出进进，忙于抵制寒冷，忙于零星的写作。妻子在城里居住，时常给我打电话，好像用电话跟踪着我，我是一个安分的人，不会在妻子不在的情况下做出格的事。听到电话铃声，无论我在忙什么，都会放下手头的工作，迅速拿出手机接听，以证明我的清白。因此每次接她的电话，我都期望马上结束。

一个人的生活真安静，一个人扫院子，一个人做饭，一个人吃饭，真好。没有人给你发脾气，没有人发表与你的意见不一致的见解，没有情绪的激动，安静的时光适合写作。时间是我自己的，可以任意调配。我早上烧一次火炕，晚上烧一次火炕。虽然麻烦，但不累。煤炉也活着，也有空调，空调今年就用了一次，那是在夏天，妻子担心空调长时间不用，怕坏了，试了一次。炉子一直用煤封着，屋子里有一点儿暖味就行了。一进屋不是那么清冷就可以了。农村人不需要太高的温度，一般室内温度在十摄氏度就可以了。

我有时一边烧火炕，一边做早饭。

我把那些放置很久的木料，裁断。当然很费事，有时找来锯子，用锯子锯木料很费力气，它考验的是一个人的耐心。我想这是一个锻炼人涵养的活。越着急越锯不断，只有慢慢来，看着锯末飞落在地，最后形成薄薄的一小片，很新鲜，看着舒服（我喜欢看锯末落在地面上的样子）。一些木料好像很有用，我就放在一个可靠的位置，等着机会。机会往往很少，多少年之后你又重新端起那块木料打量，觉得实在没用就重新放进灶洞。世上很多美好的事物，没有机会绽放本事。

我的房间很乱，东西放得没有次序，我觉得次序需要维持，今天次序好了，明天又乱了。因此，我想我的生活不应该把时间用在不断地维持秩序中。我应该汲取我需要的东西，开阔眼界，汲取新的事物思想，感受自然事物带来的美感，把自己的感悟用文字记录下来，然后整理。我有我的缺陷，书放得没有秩序，需要的时候四处乱翻。可以说乱七八糟，有时找不到就心急如焚。

我一个人的家很清静，妻子不知道什么时间回来，电话里从来不问。我忙于自己的事情。

修理夏日里出故障的一件电器，把门前一棵枫树的枝枝杈杈剪一剪，把院子里的几块夏天用过的砖头聚拢起来，给核桃树施肥，或者是把一段歪墙拆掉重新垒起来。没事的时候去母亲那里看看。总之，冬天里也闲不住。

舅舅在冬天里也不闲着。他养着两只羊，羊在羊圈默默地吃草，从来不发出声音，独自吃着，互不干涉，吃累的时候就在有阳光的地方休息一会儿。羊圈的一侧有一堆晒干的红薯梗。天气不好的时候他就把这些草料用塑料布盖住，天气好的时候就把塑料布掀开。我们住在一个胡同，我时常听到他从外面回来，脚踏大地"嗵嗵"响。他穿着一件十几年的二大衣，颜色颓败。是一件以前的铁路制服。冬天他的工作是修理坐坏的凳子，修理用了几年的炉膛。锯掉不喜欢的柿子树。剥花生的壳。整理一下院子里的低洼处。最重要的事情就是守着他的羊，有时无缘无故会训斥羊一顿。他不喜欢散步，也不喜欢打麻将、打扑克。一日我突然发现他衰老了。

时间在这里仿佛流得很慢，我们把一些杂事做完了，还有那么多的时间。

习惯的生活方式，让我们从来没有强迫过生活，没有追逐过生活，该来的来，该去的去。就像下雨了我们躲避在屋檐下，下雪了扫雪。

这个冬天还没有下雪，我不希望下，也不希望不下，下雪是天空的事情。

2

宽阔的街道有些清冷，很少人在街上站立，只有买东西的或送孩子上学的人走在大街上，匆匆忙忙，有尽快完成一件事躲进房子里的心绪。

村主任大步走向村部，村主任是村里起床最早的一个人，有什么需要村民注意的事情就在大喇叭上喊给村民。村主任是穷苦出身，知道珍惜粮食，靠勤劳致富。他承包着三十亩地，也不雇人，自己和妻子干，孩子在城里。收获的时候我经常看见村主任一边走一边啃馒头。村主任是一个尽职尽责的人，很受村民爱戴与敬重。再过一年他说就不干了，让年轻的干。

村主任走进村部，不一会儿喇叭上就喊，村民注意了，买了炭块的户，要调换成煤球，煤球村西的牌楼那里有，刚拉回来。这是上级的指示，一定要执行。接着又喊了两遍。大喇叭筒冲着空旷的街道声音洪亮，好像对着街道交谈。随后，村主任走出村部回家吃饭了，他高高的身影踽踽独行着，如果从背影看不像七十多岁的人。

八点钟，街道上有两个穿着环卫服装的环卫工打扫卫生，有一个杏黄色车斗的三轮车里装着刚扫的尘土。据说每个人一天三十元，钱虽然少，但是工作量也不多。

清冷的街道上，连一只鸡都没有，偶尔驶过一辆小车。最近一日的晚上闹了一次贼，把门锁铰断，进去拿东西，什么都拿，花生种子、电冰箱、被子、电视机，凡是感兴趣的都拿走了。就是因为主人到了城市居住，拿的放心。没有一点儿线索，有人说肯定有内线，人们谈论这件事的时候脸上有恐惧的表情。很怕贼闯进自己的家里偷东西。街道上五年前安了摄像头，根本不管用，有人说，如果是外村的人偷，根本不认识眉目你哪里去找。就是自己村庄的，摄像头的分辨率不高也看不清。其实摄像头两年前就坏了，只是一个摆设。

清晨有买玉米的三轮车在街上喊叫着，"买棒子"声音高亢。前几年喊，买玉米。现在玉米在棒棒阶段直接卖掉。三轮车在街上一边慢行，一边喊。盼着卖主出现在街口。

村庄里早起锻炼的人不多，人们还是贪恋睡早觉。

田野里的麦苗顶着霜。冬天的麦苗不好看，完全是黑色的，麦叶粗糙，毫无生气。有几个人走在田间路上，只顾说话，谁也不看麦苗。田野上，有几棵树不知什么时间伐掉的，白的截面还很新鲜，周遭的地上有些许的木屑。白的截面好像向路过的人展示委屈。这几年村庄里人越来越少，树木也少了。一些树仿佛感知到了前途的悲凉，整体沉默着。

田野上有一片烧过的痕迹，灰烬还很新鲜。这是一些闲人实在无聊的作为，他们净搞一些破坏性的行为，比如把一个完整的啤酒瓶摔碎到路上。好像不搞破坏这一天就过得不舒服。舅舅说得对，林子大了什么鸟都有。

在田野里回头张望村庄，可以看到村庄的全部面目。这几年新房多起来，新房的样式也别致，装修风格也不同，村庄看上去很美。这些成就是一些城市里的退休人员的功劳，他们手里积蓄了一些资金。老了愿意返乡，发挥余热。

漂亮的瓷砖反着亮光，每一户都有一座漂亮的门楼，正中央镶嵌着鎏金大字，"家和万事兴""财源滚滚来"等吉祥用语。树木在冬天的时光里静立着，等待着春天的来临。

灰喜鹊在落光了叶子的枝柯间起落，鸣叫得依然热烈。

一个老人是我的远房亲戚，八十七岁了，他有四个小子，一个闺女。大儿子到北京看孩子了，三儿子到深圳看孩子，四儿子做买卖，二儿子承包土地。平时谁也没有时间陪伴老人，老人感到孤独，夜里睡不好觉，不想活了。本来他的福气够大了，只因为孩子们不在身边，就觉孤单。

村庄里，只有谁家娶媳妇才热闹一阵，给个份子，做一场酒席。嘻嘻哈哈几个小时过去。然后村庄又归于往日的平静。只有少许的炊烟安静地升上天空，给村庄增添一抹色彩。没有牛叫声，也听不到羊叫，现在的羊因为食物充足就不叫了。羊很懂事。麻雀也很懒，人们不起床，它们也不起床，实在等不过人了，才出窝叫几声。寻找食物是它们每天的工作内容。

村庄的时光好像看得见，因为寂静，因为空阔。

冬 天 之 美

我喜欢乡村的冬天，这从我的行动上可以看出来。我散步的次数要比夏天、春天多。冬季万物退隐，我们的目光可以瞭望很远，可以看到西边不知多远的山尖，如果天气晴朗还可以看到山腰蜿蜒的小路。那些浑黄的砖青色的岩石一动不动，没有表情。永远像一个智者。

冬季阳光的明朗，让一些老年人非得坐到墙根儿晒太阳。平原上干枯的植物被寒冷的北风吹着发出尖厉的琴音。

这是在夏季或秋季没有的。那些飞舞的鸟类在冬季变得深沉，不再狂躁，它们也领悟世间的沉浮。寒冷让生灵智明。

那些在炎热夏季臭气熏天的烂泥，在冬季根本没有出现。明智的人应该在乡下度过一个漫长的冬季。

只有在冬季我们才能享受到火炉边的天伦之乐，那些在炉膛熊熊燃烧的煤球昭显着它的优势，我更喜欢趴在炉口看那些不动声色的暗红的煤球，这是火焰降下来之后的状态，它们发出的热才是持久的。老人们兴致盎然地讲述着过去不远年代里的一个故事。我们聚神地谛听着，老人多少加了一点儿额外的情节。这当儿旁边一个人自觉地加了一些煤球放进了炉膛，这并没有打断老人的讲述，一切恢复正常。火炉继续散热，故事继续进行。

说到底我喜欢在冬天的炕洞放一些干柴，尽管我点燃的次数多一点儿，这并不妨碍我的热情。在干柴燃烧的中途我会动一动它们的姿势，这样会增加空气的流量，我一边趴在书桌上写字，一边听到干柴在炕洞发出"噼啪，噼啪"的声音。这是它们胸膛里爆发出来的快乐的歌吟，完全契合了我的愿望。

漫长的冬季，避免不了一场大雪的来临。这没什么，更增添了冬天的景致，增添了树木的肃穆之美。厚厚的白雪覆盖田野，增添了田野的辽阔之美。空气变得凛冽，吸进胸腔里的空气清凉无比。没人不喜欢，我发现遇到的每一个人脸上都暗藏微笑。

大雪覆盖了原野上的一切，暂时没有任何痕迹，不一会儿，会有小脚的印痕通向远方的杨树林。可能是野兔，也可能是耗子。那些平日里叽叽喳喳的喜鹊，在雪天里减少了鸣叫，它们的影子不知藏在了何处。

冬天因没有活计多了闲散时光，我就有机会走到一棵树前抚摩它。它的皮肤光滑而冰凉，这是它对抗寒冷的结果，是一棵树经历四季风霜雪雨的结果。一棵树静静地站立在冬天的荒野里，没有奢望，只是守望，守望春天的再次来临。刺骨的寒风不停地穿过它的身体，把它吹冷吹凉，把它咬疼。但是信念的永不动摇是它的秉性。如果你此时站在它的身边，你一定会像我一样被感动的，也一定有所感悟，为一棵平凡的树心生悲悯。

冬天里一切事物冷峻，理智。不像夏天万物放纵，平时学到的淡定你几乎在它们身上找不到。冬季能感觉到它们都很冷静，旁观。只有在这个季节，我们才能了解一个事件的来龙去脉，了解冬去春来季节交替的坎坷。

冬天，我们居住的房屋凸显出尊严，屋檐清晰地展现在视线里，紧凑严密，保持着房屋的完整，而我们正是在这样完整保护里生活了半百时光，我们的一行一动完全在一展屋檐的注视里，我们的歌哭、哀怨以及短暂的欢乐，都在一展屋檐的记忆里。谁都知道我们从来没有关心一次我们所处的居室，只知道在它的檐下避雨，消灾。它在冬天的清明和障目，让一群善良的白鸽在那里自由和舒展。白鸽的微温与老好的脾性，增添了一户农家的吉祥气氛。

因为寒冷河边没有栖息的百灵，白雪会在太阳一电线杆高的时候，在阳光下发出璀璨的钻石般的光芒，现在没有什么东西能够比雪更加美丽。人们在村庄里走动着，没有人因为一场雪的寒冷而闭门不出。我约了几个人，我们想踩着厚雪去田野走一走，没有目标，就是想在雪上走一走，我们有过在雪地上走路的经验。一边欣赏着冬天的雪景，一边保持着身体的平衡，不然那些坎坷的路会借助雪的滑力把我们摔倒。雪的炫目的光芒有人无法忍受，我看见他们向远方望时，眼睛眯起来。我在他们中间，我看着满地白雪，想到了报春花在雪层下面一定微笑呢。

冬 日 散 记

村 庄

我们这里属于华北平原的中南部，冬天不是太冷的。晴朗的天气多于阴霾的天气。

晴朗的天气，万里无云，阳光好像全部集中到了这里，直接照着田野与村庄。没有遮拦的田野可以一望几十里，可一览田野里的树木，田埂，秋天收获剩下的庄稼茬子，在田野里飞动的山鸡。冬天的田野像在空气中放置了几天的面包稍微显得生硬，但它可以放纵目光的优点着实是痛快的。

晴朗的天气里，明朗的阳光照着闲适的村庄，如果站在田野里的高处看村庄，村庄好像在摇篮中沉睡的婴儿，幸福、安详。

随着气温的降低人们穿上了棉袄，但并不显得臃肿，没有袖手缩肩的样子，不做事情不戴手套，谈吐也不嗑齿，显得饱满、富有。气温最低的时候也不过零下四五摄氏度。不过这里的树木确实掉光了叶子，露出骨头一样的枝杈，向天空伸着，好像向天空乞求什么。

牲口的叫声显得嘹亮，可能因空气里的灰尘减少，声音无阻。牲口的叫声，没有夏天的肆意，听得舒服。大公鸡的叫声也是一样明丽。麻雀的叫声虽然矜持了一些，但不僵硬。谁家放倒了一根木料，声音也很清晰。总之冬天里事物发出的声音是美的。

我们这里睡的是土炕，没有那么多的讲究，你去串门即使屁股上沾着泥土，主人也毫不在意地让你炕上坐。坐炕的感觉与坐沙发的感觉完全不同，那是温温的，并且有稼禾的味道。沙发不同，我们都有过坐沙发的经历，沙发的塌陷感，让你有迅速调整姿势的动作，调整以后还是塌陷，与正常的生活习惯完全不符。坐炕不是这样，坐炕可以任意调换姿势，正着坐，歪着坐，盘着腿都行。你坐在炕上，主人家刚好正剥花生的壳，你可以随手捡起几粒放在嘴里，也可以帮忙剥。如果没有要紧的事，你可以一上午地坐着，与主人一起随便剥着聊着。土炕的温暖与那种难得的冬天休闲，是沙发床永远也不能企及的。

庄稼茬子晒干以后是冬天火炕的燃料，虽然生着煤炉子，但是母亲还是愿意每天晚上烧一把。茬根子易燃，点燃的时候还发出淘气的爆裂声。那烟也觉得亲切，烟是纯粹的烟，没有化学的成分，烟中含着庄稼的馨香。灰也是好灰，均匀细腻，可用来保暖冬天的水管、花苗的根，我家那只叫明明的白狗经常钻入火洞内取暖，搞得白毛成了黑毛。

冬天村庄的街道也干净，妇人们的洗菜水泼在街上，经过一晚被冷冻结冰，薄薄的一层，冰亮。踩上去立即粉碎，并发出咯嘣咯嘣的声音。我小时候上学，特别乐意踩这种薄冰，那种易碎的感觉听着别致、舒服。现在不踩了，现在剩水都倒进了下水道，而且村主任一再在大喇叭上强调不让往大街里泼水，可能是考虑到老年人走路不方便的缘故。

我们这里冬天虽然不太冷，但是下霜也是常有的事。冬天没什么事，夜又长，睡不着了，起床散步，走到村外田野里，麦子上全是霜，枯草的径上，田埂上，马粪蛋上，鸟的屎上凡是能落脚的地方全是白霜，白霜静静地包裹着物件，好像包围着敌人，耐心得很。

路面上也有薄薄的一层，走过去落脚的地方有明显的脚印的痕迹。谁也不管它只顾朝前走。空气是新鲜的，在肺腑里刷新着，有人用手机放着歌，歌声在早晨的空气里很美也很甜，愿意听，听不够。两只灰喜鹊飞着，一会儿落在电线上，一会儿落在田埂上，也不吃食物，好像婚外有情。

我们散步也是围着田野转，累了就往村庄的方向走。

母　亲

母亲在冬天依然健朗，她穿得很不讲究，里大外小的棉衣，袖口有缝补的迹象。我们花不多的钱就能给母亲买一件像样的棉衣，可是母亲不同意。在冬天母亲也不闲着，扫里扫外。袜子破了就用针线补一补，手套脏了洗一洗。如果你要出门有一个像样的聚会，一时找不到口罩，母亲就会说，上次的那副我已经洗干净了。回家时常看到母亲两手沾着炉灰，母亲又伺候火炉子了，母亲在炉膛里给我们烤了红薯。烤红薯是我们现在常常吃不到的，外面有卖的，可是那怎能比得上母亲烤得香甜。我们已经吃了母亲烤红薯半辈子了，我们小时候母亲就给我们烤红薯，晚上我们睡觉了，母亲就守着炉台烤，一颗颗红薯烤得香味扑鼻，第二天一早我们就能吃上还冒着热气的香喷喷的红薯。再看母亲的双眼已经红肿。

冬天母亲的手是皲裂的，干燥的，像父亲的木锉。冬天母亲的白发是蓬乱的，目光是更坚毅的。我们谁也不嫌母亲脏，乱。窗纸是母亲初冬时糊上去的，白白的，阳光照射到上面是冬季的明朗，温馨，暖意浓浓。炕沿处铺着一副小褥，专供来歇着的人暖脚用的。有人来了，母亲就让人家赶紧暖暖，就像进了自己的家，谁也不客气。母亲善良，言谈举止都让人感到亲切，和蔼。母亲七十多岁了，一条腿跟不上行走，其他没什么大碍。我已经是五十多岁的人了，一进家门就喊"娘"这已成习惯。如果某一次听不到母亲答应，心里就"咯噔"一下子。

父　亲

父亲把花生壳剥完以后，把那些农具逐一检查，是否松动，或者有一个木楔不在原来的位置，父亲就用一个用了几十年的小锤砸着。小锤的锤部已经翻卷，但是，用起来得心应手。父亲干什么事情都认真，其他人不是这样。有时我不喜欢父亲的过分认真。实在没什么活了，就捅烟筒，一不小心鼻子上就抹上几点子黑。

冬季父亲好像衰老了许多，可能是穿上了棉袄的缘故。妹妹给他买了羽绒服他穿不出门。鞋子都是我们穿过的。

在乡村，没事的人乐意赶集，尤其是冬季，农活少，集上人多，热闹。父亲没有赶集的习惯。

再没事的时候，父亲就到田野里转。那么大的一个田野，就父亲一个人在那里转悠，很显眼。如果距离远了，好像一颗黑豆。由于他的习惯，人们看到田野里的人影不用猜就知道是恒春，恒春是我父亲的名字。夜里，父亲用手锤给母亲捶腰，这已是几十年的习惯了。如果仔细听，好像有人在夜里跑步。

叔　叔

叔叔的两个儿子都在城市里打工，但叔叔还种着八亩地，他已经七十多岁了，收获很费力。庄稼熟的季节，他就打电话给城里的儿子回家收粮食。平常他只是打打药，浇浇水。他与婶婶住着很宽敞的房子，冬天没事，吃了早饭就围着火炉，沏一杯茶水看电视，看完电视就到街口去与别人聊天。他没有别的爱好，中午了又吃饭，休息。他今年没有喂奶羊，去年养的两只奶羊，被人偷走了。受了打击就再也不养羊了。他穿着一件大号的棉衣，走路时两手插在大衣口袋里，时不时哼几句小曲。

村　主　任

冬日村主任更像村主任，他穿着一件羊皮大衣，走路开着怀，头戴一顶狐狸帽。别人冬天没事干，可村主任忙得很。谁家娶媳妇了村主任要去捧场，谁家老了人村主任要去悼纸，安排后事，谁需要盖公章了要找村主任。上边查环保了，他要在喇叭上吆喝，一遍两遍。

村主任走在大街上一边抽烟一边思考问题，你给他搭话，他有时都不理你，没有听见。偶然事件发生，比如小二被车撞断了腿他要出面调和，哪个猛小子在外边喝酒多了打了架，被公安拘留了，他要出面。一个村子里，乡里乡亲，有事了，作为村主任就该义不容辞，村主任就是这么想的。

村主任早有了退休的计划，可乡亲们不同意。村主任两个儿子都在北京，一个是博士，一个是老总。儿子们早就不愿意老子为大家伙儿卖命，该清闲享受生活。村主任善良，搁不住几句好话，就又干上了。村民们说，村主任不缺钱，村里的事总得有人管，而且他又无私就让村主任干吧。

大　舅

舅舅在冬天里也不闲着，他养着两只羊，羊在羊圈默默地吃草，从来不相互干扰。独自吃着，吃累的时候就在有阳光的地方休息一会儿。羊圈的周围有一堆晒干的红薯梗。天气不好的时候舅舅就把草料用塑料布盖住，天气好的时候就把塑料布掀开。我们住在一个胡同，我时常听到他从外面回来，脚踏的大地嗵嗵响。他穿着一件十几年的二大衣，颜色颓败。是一件以前的铁路制服。冬天他的工作是修理坐坏的凳子，修理用了几年的炉膛。锯掉不喜欢的柿子树。剥花生的壳。整理一下院子里的低洼处。他不喜欢散步，也不喜欢打麻将，打扑克。没事的时候就蹲在羊圈里看羊，有时冲着一只羊大声吆喝，可能因为那只羊不安分。

一日我突然发现他老了。

二　舅

舅舅是一个非常勤劳的人，他今年七十六岁，身体还行。还能搭理一些家务，孩子们都远离他。他时常在院子里走动着，他的小院堆满了庄稼的秸秆，和河堤上捡来的树根。这些都是用来抵御冬天的寒冷的。

舅舅有六个孩子，两个女孩儿，四个男孩儿，都已成家。过去的年代，为了养活这几个人，舅舅真是吃尽了苦。年轻的时候，利用中午歇班的时间，他顶着炎炎夏日，到田野里拔草，太阳过午了他就背着满满一筐青草，走在回家的小路上，日复一日。这些青草回家还要晒干，然后垛在一起，等冬天了，农活少了就用人力车送到石家庄奶牛厂。那是一个漫长的行走，一百多里地，一车青草有两千多斤重，一步一步走向目标。其中的辛苦只有体会者能知。

舅舅一辈子没有穿过新衣服，都是别人穿过的旧衣服。

旧衣服的颜色与冬天的颜色很和谐。他养着一头肥猪，没事的时候他就蹲在猪圈旁看肥猪，他想些什么我不知道。舅舅是一个爱整洁的人，那些劳动工具被他安放得很有条理。舅舅是一个俭朴要命的人，一件东西在他这里可以用十几年，甚至几十年。坏了还要反复修补。他的院子里的东边搭着一个小棚，小棚里装着各种杂物。劳动工具，有的用绳子吊在小棚的椽子上面。当然，包括镰刀，锄，锹，木耙，还有许多。还有几种木工小工具，他只懂一点儿木工常识，家里的木器坏了，他就自己修，从来不给别人做，因为水平太差。

舅舅是一个不善表达的人，情急时会憋得脸红红的。因此，他很少与其他的老年人在一起说笑。

他养着一只小黑狗，小黑狗的叫声，会让这座农家小院充满吉祥。

一　个　人

在寒冷的时光里，一个人早早吃完早饭，来到田野不停地忙碌着。走近了才知道，他在整理土地。从前他这块地是河套，上游有一座村庄被洪水冲垮，遗留了很多砖头瓦片。这个人叫瓦二，是一个办什么事情都非常认真的人。他总觉得他的庄稼长在瓦片上，心里不舒坦。于是下了决心，用冬天闲暇的时间，一锹一锹把那些碎砖，碎瓦挖出来，然后用人力车运到不长庄稼的河滩。很多人看见瓦二干得这么凶，就嘲笑他，"瓦二，快完工吗？"瓦二不屑地看那人一眼，继续自己的劳动。瓦二挖出的瓦片不一会儿就染上了白霜。

在零下的气温里，瓦二只穿一件秋衣，而我们穿着厚厚的棉袄还觉得冷。许多的人只站在村庄的边缘向田野瞭望。然而视线中经常被瓦二劳动的身影遮挡。瓦二干得很有劲，很有耐心，没有烦躁的样子。

石　碾

置于街中，灰黑，苍老，渴望。布满尘土，鸡屎。时间的渣子，一个旧故事的结尾。年年岁岁巴望着旧时的快乐重演。无奈，痛痒，不知道今昔何时，生成了一段有声有色的岁月。让性情中人怀揣，抚摩，痛惜，回忆，留恋。好像已沉睡久远，实质脉动着经久不息。成为一个村庄生活的沉默旁观者。婚嫁丧娶，一个个不小的事件。出生、意外、祸端、婚外情、丢失，被它一一记录，无一笔漏。

有时成为人们愤怒的目标，它的庞大、坚硬、固执、不能移动，以及它永久的傻样。

它曾经的快乐，它解决了一个人们头疼的问题。把那些坚硬的籽粒碾碎，碾成面，碾成人们最受欢迎的形式。人们站在它的四周，惊讶、好奇，枝杈八角的东西一一征服。过程中所发出的声音，尖厉得让灵魂感到震动。即使在空无一物时，它也乐意永不停息地滚动，发出的声音充满了整个村庄的天空。人们从声音中感受着它给村庄带来的莫名的亢奋。

锄

锄的来历无从考证，锄是土地最亲的兄弟。土地的皮肤痒了，就叫锄去搔，锄从来不拒绝。

锄一生奋斗不止，好像没有血液只有骨头，硬朗得让人摸上去搁心。

大多是槐木柄子的锄被父亲攥出了油。锄刃渐渐缩小，但锋利得明亮，看一眼你就觉出锄心是豁朗的。

任何一把锄就能敲出收获的歌谣，矫正你的一段弯曲的生活时光。

独来独往的锄在任何一块土中都能找到祖先丢失的那粒种子，或一枚骨殖。每每触碰都会让你惊讶得感佩不止。

月光下，锄的安静让你放心，它斜倚在墙角距一座新谷仓不远，它投下的一小段阴影，仿佛一段伤痛和忧伤。而它的利刃明亮得让村庄的目光误认为是一张小的琴键盘，不停地敲击，却没有想象的乐章出现。

面对一把休息的锄我是害羞的，锄在安静中，它的劳累一点儿一点儿从疲倦中溢出，它是那样的从容，大度，任何声音和主张都不能改变一把锄的想法。它的最高理想就是属于一个勤劳的农民，一囤新鲜的粮食。它时常蔑视一个年轻后生的张狂与虚妄。它的老成与持重与生俱来。有时它咄咄逼人的目光，让心怀叵测的人，胆战心惊。

然而锄是孤独的，辽阔的田野，广博的天空，让锄的每一奇想，都自生自灭。这种不安的情绪时常变成锄劳动的动力。

　　秋天是锄与农人最喜欢的时光，那时锄要休息，并在休息中享受劳动带来的快乐。成堆的粮食被农人运回院落，泛着金黄的光芒。锄就在不远处，漫不经心地注视着，它的喜悦一般人不能察觉，更不能共享。

　　大地呵，岁月呵，我和锄共同生活在你的母性怀抱和时光里。这时锄就在我的肩上，我们一同走在田野的小路上。

麻　雀

　　寒冷的冬天，麻雀们不再像夏天一样快乐，清晨它们起床很迟。站在掉光了叶子的树枝上，寂寞着。冷风一阵一阵掀起它们褐色的羽毛。它们的激情被寒冷冷却到最低点，连食物也懒得去觅。迟升的太阳照在它们身上，像照着一块冰冷的石头。只有偶尔的一声巨响，它们才从假寐中睁开眼睛，观察一下周围的情况，或者飞到另一棵树上，重新打盹。

　　空旷的田野上没有剩余的谷粒了，所有的粮食都堆到了房顶摊晒。玉米，花生，大豆。它们在房顶上很舒服地接受着阳光，把多余的水分排出来，颜色加深，熟透的颜色总是诱惑人的。让人忍不住把手指伸到它们的腹部，感受它们冬季的冰凉以及小小的要求。在你伸出手的一刹那就会感触，你太爱这些粮食了。可是过不了多久它们将沿着自己的道路行走，它们中的一部分就会离开你，永远地离开。

兔　子

我的邻居养着兔子，我有机会看到了兔子在冬天的活动。兔子们好像对冬天不敏感，还是一副老样子，沉稳，安静地吃着食物。好像知道地球永远也不会崩塌，所以永远安静。冬天的风经过它们时，只吹动了它们的细毛。它们安静地吃食物时，好像品评食物的味道。只有那些不安分的兔子（公兔），追逐着情兔，满地乱跑。当然，它们的繁殖期是在炎热的夏季。由于旺盛的生殖，一个月一窝。

兔子一生爱惜自己的皮毛。干练，洒脱。我从没有看到过兔子洁白的皮毛上沾着灰尘。

小　狗

我养着一只小黑狗，冬天里就不爱动。它在窝里蜷缩着，头深深扎在胸间，好像睡觉。当你看它时，它的两眼目光亮着。寒冷使它懒起来，给食物也懒得吃，只有阳光升起来了，它才缓缓移动。有鸡在它的食盆里啄食，它也懒得驱赶。好像一个得了感冒的人，对什么都不感兴趣。

马

冬天在马的身上体现不出来，它们从来不因寒冷颤抖。冬季它们吃草料的样子与夏季一样潇洒，冬天的马更向往一场遥远的旅途。只有旅途中马才能实现自己的目标。马的目标可能是飞驰，奔走。最好的马渴望一个好的骑手，只有骑手与马的配合才是马的最高境界。一只形影孤单的马，怎么能踏出人间最美的绮丽，魁伟。只有骑手在马背上撕心裂肺的吆喝，与摇动马鞭的动作，才能激起马埋在胸膛里的焦望。

一年或几年的沉默会使一匹马快速衰老。一匹马在无垠的草原奔驰，毫无阻隔地飞奔近似狂飞，那是何等的惬意呀！胸腔里的肺叶急促地扇合着，它闪电的影子，惊飞鹰雀。踢触大地的声音让松鼠张望，湖泊打翻了镜子。青草急遽向后，石子阵痛。马感知了大地的恩赐，骑手的陶醉。这时一定有一列整齐的杨树向马致敬，一定有一条清冽的河水在终点等待马柔软的唇。有一片白云在天空看的很久了。

粮　仓

冬天的粮仓，在一户农家高高垒砌。籽粒没有了夏天的浮躁。陈实，不语。一粒紧挨一粒，没有隔阂。那么多的籽粒没有怨，多么和气。全在一个屋檐下睡眠。全在一个屋顶下倾听我们家的秘密。它们是喂养我们的，当我们把白白的面粉制成馒头，放在嘴中咀嚼时，粮仓从来不诧异。

粮仓是围席围成的，这是父亲的聪明。透风，透气，光也可以光顾。耗子望而兴叹。我喜欢粮食入仓的那一瞬间，那么多的谷物从高处流进粮仓，好像流进了我们的心里，惬意，得意。我愿意学着父亲的样子把手掌伸进粮食的深处，感知粮食的心跳、呼吸。

冬天我们有的是时间，可以随时打开粮仓。冬天的风不吹粮仓。粮食的气息充满院落。奶奶因为有粮仓的陪伴才度过了一个又一个寒冷的冬天。我看见奶奶脸上的自豪。

杨　树

村外的一排杨树，树枝上没有一枚叶子，它们全掉落在冬天的土地上，这是对的。叶子归还了生养它们的土地，枝柯庄重地伸向天空，树皮反着寒冷的亮光。北风吹过时发出瑟瑟的嘶鸣。

杨树在北方是最先发芽的树种，也是最后落叶的。它们亲历了冬天的末日，也通晓了寒冷的开端。它们是土地四季的执勤人。它们是华北平原极易存活的树种，它们光滑明亮的树干，搂上去让你敬畏。笔直的树干，有不屈的性格，好像任何阻碍都不能影响它们对脚下这一片土地的热爱。土地只有土地才是它们得以生长的基石。它们在华北大平原里，没有怨言，没有委屈，坚卓地生存着，给大地一抹绿色。与平原上的农人一起抵御着狂风与飞沙，守护着我们的家园。

它们就是当家人，是大丈夫，顶梁柱。它们的威严与耸立让鸟类有了得意的栖息地。夏天那些鸟在它们的蓬勃里鸣唱，树枝托起鸟儿和谐的家。冬天它们伸展的臂膊依然是鸟们栖身居所。

尽管天气寒冷，我愿意打开窗子瞭望站在田野里的那一排白杨，高耸，挺拔，威严不可屈辱。敬意油然而生，我时常把它们比作我的父辈。

第五部分： 童年趣事

上 学

不知怎么一晃到了上学的年龄，七岁。

上学的第一天，外祖母用家里的鸡蛋换来的钱给我买了一块石板、石笔和一个深褐色的洋布书包。我十分爱惜这些与文字有关的东西，放学后很工整地把书包挂在屋子的北墙上，墙上事先钉了一个大号铁钉。

在学校（其实是大队弃置不用的一个磨坊），教我们的老师是一个姓白的高个子老头儿，眼睛很大，讲课时焦急处眼珠子凸得很高。

赵老师教我们写字，用粉笔写在小黑板上，字迹端庄，饱满。我们照着在石板上写了二十遍，然后赵老师又领着我们念了五十遍。我很快就学会了，赵老师还让我给大家做了示范，从此我就喜欢这位赵老师，觉得上学挺有意思，从没有旷过课。

我们班的学生人数最多，听老师们讲，在我们村有校以来最多的一年。小米，小刚。都是老学生痞子，他们跟不上班是留级生。

小米，小刚他们都挺好，性格和善，从不欺负我们。有时候在课间，给我们做各种游戏。学狗叫，学兔子蹦，学驴吼。有时把教室里的扫帚夹在屁股后面学狼来了。有时把棉帽翻过来，身上的棉袄翻过来，用麻绳捆住棉袄，再找一根玉米秆当拐杖，胸腹前倾，头还不停地颤抖，样子可怜极了。这就是喜儿他爹。逗得我们哈哈大笑。因为他们比我们大，学校里有什么活，总是他们冲在前头。

　　上学实在是好，我一本正经地走来走去，一日，三舅叫住我："立。"我回头看时，三舅一手挺着碗，一手用筷子在地上画字。"这个字念啥？"我认真地看了一眼，很响亮地说："井。"三舅说："好，很好，好好念书吧，长大了做官。"我想象中的官，就是在电影里见到的那种坐轿的人。前边有兵开路，上下轿有一个特别听话的人掀帘子。

　　在我上到二年级的时候，我们搬进了正式的学堂，这原来是一家地主家的房屋。宽敞，明亮，檩条子像孕妇那么粗，椽子摆放得整齐，整个屋子给人的感觉舒服极了。我们的学习桌子是用水泥抹成的板子，三尺长，一尺半宽，下面用土坯垒起来的腿子，距离地面三尺高，每个人坐着一个小凳子，学习起来很方便，尤其在夏日里，外面的空气灼热，凉爽的水泥板子趴上去特别舒服。板子的温度低，又光滑，那种凉爽的感觉从我们的胳膊，传到肺腑，传到全身。可到了冬季感觉就完全相反了。我们趴着这样的书桌坚持了六年。到最后离开时，整个桌子，简直不堪入目了。都是些钢笔留下的痕迹，有数学题，有生字，有狗和羊，有美国的军舰，有苏联的飞机，还有日本的三八大杠。有钢笔跑水时墨汁印下的核桃大的印痕。有八路军打鬼子的激烈战斗情形。还有小猫，小狗的单纯图案，当然这种图案是女生的杰作。让人可恶的是，小米的桌子上画着一个光屁股的女人，小刚的桌子上画着一个硕大的生殖器。

升入三年级换了老师，白老师又去教一年级，新换的老师姓杨，一个女老师，大学毕业，不过还奶着一个婴儿。杨老师对我们非常和气，从不发火。上课讲得很认真，很怕我们学不会。有时一个问题讲好几遍，我们从不厌烦。听说杨老师会跳舞，从来没有见她跳过。她的两条三尺多长的大辫子实在让某些女生羡慕。杨老师没有住在学校，而是住在离学校不远的一个五保户家里，五保户是一个老太太，她们相处得很融洽，特别像一家子。我们班上的很多女学生帮杨老师抱过小孩，这样杨老师就有足够的时间吃饭，批改作业。

我们从来没有见过杨老师的男人，一个同学很认真地说，杨老师的男人造导弹。一天我们看见杨老师哭着离开学校，还是那个同学偷着告诉我们杨老师的男人不要杨老师了。我心里立即生出一种愤恨。从此杨老师永远地离开了我们，到现在也不知她居住在哪个城市。

在我们群龙无主的几天里，突然来了一个五十多岁的男老师，是一个公立老师。这个人姓马，我们喊他马老师。马老师最典型的特征就是爱流鼻涕，讲着讲着课鼻涕就流下来了，有几次我很担心鼻涕流在他的衣服上面。马老师也真有办法，用宽大的手掌一抹就行了，掌上的鼻涕，有时蹭在讲课桌的一边，有时蹭在黑板的边上。时间久了鼻涕干了，用板擦也擦不掉，很显眼，看上去心里极不痛快。马老师每次上课让我们注意力集中看黑板，首先看到的是鼻涕留下的强烈痕迹。有一个女孩子突然不上学了，据说是一看到干鼻涕就反胃，胃神经过敏了。有一次我值日，费了很大的劲也没有擦掉，我突然拿起火镩干脆除掉了。除掉鼻涕的地方露出了白灰明晃晃的痕迹。马老师抓住了我，问我为什么破坏黑板，我一直沉默着没有言语。因为我不想说出马老师不卫生的事，我不想让他当众出丑。

以后这个马老师就记恨起我，时常没有缘故地训我，擦着鼻涕说我成不了气候，以后还是一个种地的泡儿。那段时间我痛苦极了，我想退学。我悲痛地望着学校里的大杨树，想了很久，当我看到那么多的鸟儿在杨树枝上飞来飞去时，立刻有了一个坚定的决心，我要继续上下去。最后顶着马老师的常见的怒斥坚持下来了。不久我们就升入了初中，离开了这座学校，离开了我恼怒的马老师，到一所崭新的学校读书了。

捉 蝎 虎

小时候，农村实在没有好玩的。星期天，大人让出去捉蝎虎（蝎虎的样子与壁虎一样，就是颜色比壁虎好看），捉到的蝎虎，用铁丝穿起来，太阳下山的时候，带回家喂鸡。蝎虎全身是肉，鸡爱吃。把捉到的蝎虎分别撒给老母鸡，第二天老母鸡便下蛋了。老母鸡下完蛋，跳出窝在你的面前，不停地叫，等待你给它蝎虎吃。可是眼下还没有蝎虎，老母鸡叫急了，你就伸出脚踢老母鸡，还骂鸡，不要脸。下一个蛋有功了，到处张扬。

很多的情形是这样，放学后，母亲还没有做熟饭，不用母亲说，就自觉地拿上昨日用的那个铁丝，再捡一根竹扫帚条子。这时我们的手里已经卡上了一块玉米饼子，饼子中间是用菜刀拉开了，中间放上盐粒，再滴上几滴香油。一边走一边吃。

老巴是我的邻居，我们同岁，更是同学。老巴吃饼子时，特带劲。老巴有鼻涕，常年挂，老巴每咬一口，鼻涕上就沾一粒饼子渣。咬五口，就沾五粒，饼子吃完了，也不擦。让人看着心里不舒服。有时我们故意丢弃老巴，二盆子出主意，我们就把老巴甩了。第二天，老巴又来找我们也不生气，左右不离身。老巴胖乎乎的，我们有时喊他墩。他爸是汽车司机，在省城运输队，他爸拿回了苹果，糖块，老巴就毫不小气地分给我们吃。他们家不缺钱，只喂着两只母鸡，下了蛋，他和母亲就吃掉了。有一次我去他们家借管钳用，见老巴母亲正用油煎鸡蛋。香味四散，惹得人不停地吸鼻子。我们家很少吃鸡蛋，只有谁感冒了，母亲才让吃一个。

老巴捉蝎虎，纯属玩哩。

我们一边走一边寻找地块，昨天去过的今天就不去了。麦子有一皮鞋高了，葱绿的麦苗，在春风的吹拂下摇摆着。

我们肆无忌惮地在麦地里追赶蝎虎。蝎虎跑得很快，我们要赶好几步才能追上，手里的竹条不停地摔下去，蝎虎不停地狂奔。有时击中了，蝎虎就停止了飞奔，斜着身子在地面上颤抖，有的四脚朝天，剧烈地抖动，估计蝎虎很疼，肯定疼。用竹条猛力地击打，如果打在身上，谁也受不了。

蝎虎的肚子都是白色的，很干净。跟蛇的肚皮一样白，但没有蛇肚皮的恐惧。我们迅速捡起来，用铁丝从脖子穿过去。一中午能打八十多条。

有时蝎虎慌不择路，跑到了鼠洞，老巴就伸手去掏。二盆遇到这种情况就放弃了。二盆是一个胆子小的人，不过坏主意很多。

老巴不停地把手伸进鼠洞，一边伸一边说，我看你往哪里跑。有一次老巴掏出了一条一米多长的草蛇。把二盆吓坏了。老巴捉着蛇尾巴，往二盆脖子里放，二盆脸上立即没有了血色，瘫在了地上。其实老巴只是吓唬二盆，并不真的放。从此二盆再也不敢捉弄老巴。我们当中就老巴敢掏鼠洞，有时老巴好像故意做给我们看。

有一次，队长气呼呼地把我们拦住。二话没说，一个人踢了一脚。被搞得莫名其妙，刚要论理，队长就吼叫起来，你们是吃粮食的人吗？你们看看麦苗被你们几个兔崽子搞成了什么样。今年别想分小麦吃。如果以后我再看见你们蹚麦苗，把你们的蛋子挤出来。我们谁也不言语，低着头，只有老巴不服劲似的，扭着头。队长嚷起来没完，如果再嚷下去下午我们肯定赶不上上课。二盆爹过来了，二盆爹是牛经纪，每到三五日必到镇上的牲口市转一圈。挣钱不挣钱都要在集市上喝两口。二盆爹还没有走近，我就闻到了他嘴里喷出的酒味。二盆爹给队长说，都是孩子们，干啥生那么大的气。二盆爹给队长拿烟的当儿，并暗示我们快跑。二盆先开腿，随后我和老巴跑，我们向村庄的方向猛跑。跑到村庄边上，发现蝎虎已经丢完了。一中午，我们白忙乎了。回家也没顾上吃饭，又拿了一块玉米饼子，用菜刀把中间隔开放了点儿盐花，这次没有放香油，边跑边吃。跑到学校，发现二盆与老巴已经被校长在教室门口罚站，我自觉地站到他们中间。

捉 耗 子

捉耗子是我们常干的活，一堆新土平地而起，上面排满了耗子的小脚印，颇分明，不忍心马上去搞乱。确定无疑，这是一个新耗子洞，别着急，先找到窗户，窗户是耗子的出气孔与暗门，在危险状态下迅速逃离。狡猾的耗子有两三个这样排列不匀的洞孔。在紧急状态下耗子们协同家眷从此道逃之夭夭。

找到了窗户，用砖块压住，或令一人看守。便开始了搜寻，先刮去平地而起的小土堆。在地面上会显出一个填满新土的小洞迹。用手指轻轻按一下，柔软可扎。沿着这个痕迹挖下去，不一会儿就会得到两个三岁小孩胳膊粗的洞穴。俯望洞内光滑如一把锹柄。一个洞口通向仓库，另一个洞口通向窗户。新洞一般没有仓库，耗子一整夜的力气全用在了建造房子上面，是不会再花力气去寻找食物的。

只要沿着通往窗户的洞挖下去，便很快捕捉到一只普通的耗子。挖出来的耗子胆子特别小，浑身战栗着，不知所措。如果遇上一只老耗子洞便有很多收获。光是仓库就有三个或四个。仓库里装得满满的，有高粱，玉米，花生，豆子。人们使用的耗子都要享受。记得有一次，我们竟挖出七八斤黄豆。很干净的黄豆，交给豆腐王，秤给我们十来斤豆腐，吃起来我们笑得合不拢嘴。

游　泳

20 世纪 70 年代，农村没有电视，没有篮球场，没有儿童玩具。星期天玩够了捉鸟，无事可做。就盼望下雨，望着干裂的天空下雨吧！

村子南面沙滩地，有一个深十多米的大土坑。这个坑是村主任率领全村男女老少一个冬季挖成的。这里的土质好，把土一车一车拉到了沙滩地，为了扩大土地面积，把这些土压在沙子上面。这在当时叫开荒造田，因为是好事，人们干得非常邪乎，干自己家里活一样，大冬天里只穿一件褂子。距离村庄很近也不回家，中午在沙滩地上吃大锅饭。

像盘山一样，盘旋而下，上来时三个人一辆车，前边驾车的像牛，后边推车的人弯着腰，屁股撅得老高，上到坑沿，大汗淋漓，水洗过一样。中途没有一个人放歇。工地上空，笑声，歌声不断。村主任也干，村主任有一件狗皮褡子，不干活儿时，穿在身上，像森林里的老猎人。

一个冬季，就是一个冬天的时间，挖了有五千立方土。坑中遍布车道。那些土都是前人没有用过的土，生涩，凌厉，与人们还没有情感。都是被动地被人们摆弄。年后，人们都去忙别的事情了，大土坑显得极其单调，无聊，清寂。偶尔有一只鸟在那里盘旋。由于岁月风尘的侵染，那些曾经新鲜的痕迹，慢慢变黑，变旧。

每到夏季，雨水争先恐后奔入坑底。坑底土质黏腻，雨水很久不渗，经烈日的暴晒，水温温和，引起了我们玩水的浓厚兴趣。

一天中午放学后，我们到沙滩地拣拾干柴，一边走一边吃放进盐花的玉米饼。我们走得汹涌，路上我们就决定玩水，没有一个不同意的。我们走近路，半个小时就到达了。

水的神秘，狡黠掩藏在水里，我们谁也没有发现。我们看到的是水的温柔、平静还有大度、宽厚。我们忽略了危险。

二林迫不及待地脱掉衣服，跳下去。二林是我们的头，我们也跟着跳。我们跳下去时，那些水很礼貌地打开了门，并用水花欢迎我们。这些水我们谁也不会玩，就连一般的狗刨子都不会，很多人吃水吐水。由于好奇我们向深处移动，脚下感觉滑腻，待水到达鼻子时，就不再向前。但二林胆子大，二林继续向前，没几步，二林挣扎起来，但也没有喊呼救，就不见了头发，工夫不大，水面就平静下来，也许二林在水面下挣扎。我们吓坏了，彻底吓坏了。都噤待着、蹇涩着。急急上岸，但想不出办法，在原地打转。有人提议到林场叫人，林场到水坑一千多米，疯跑着过去，话也说不完整。林场的几个人看我们焦急的样子，知道了怎么回事，跟我们一起跑到了水坑边。他们都是大人，大人也没有办法。只有两个人会狗刨，跳下去，只在水面刨了两下，又上来。谁也不敢潜到水底。后来消息传到了学校，我们的数学老师会游泳。他下水时，腰里捆着一条绳子，本来他不让捆绳子，是一个上了年岁的人硬让他捆上。绳子的一端攥在岸上的人们手里，每个人都攥得很紧，谁也怕在自己的环节出事。

谁也没注意，岸上这时已聚集了很多人，都是噤待着。没有更好的办法。数学老师很快走进深水，潜入水底，不一会儿露出头，喘口气又下去。第三次才托起二林的身体。

岸上的人看见，更是不敢猛烈呼吸，待着。拖至岸边，知道万无一失了，人们才七手八脚将二林的身子拖到岸上。此时二林已双眼紧闭，嘴唇发紫。数学老师用挤压排水，人工呼吸都不起作用。二林依然紧闭双眼，好像故意不睁开眼，让人们着急。这时，二林母亲突然一声大叫，我的儿子……

从此我们再也不敢靠近这个坑，每逢雨季都躲在家里不出门，因为我们这里有找替死鬼一说。

那个大坑，坑了很久。后来不知是谁把它填平了，一定费了很大的劲。五千多立方土，一个人干得需要多大的耐力和财力呀。确切地说是窑主俊生干的，政策开放后他在外面闯荡了几十年，攒了一大笔钱，他就在那里开了个砖窑厂。

每逢路过砖窑厂，二林的影子总是抹不去。

焖 红 薯

20 世纪 70 年代以前生人，有过乡村记忆的人，都或多或少地有老味的情趣。老味包括，焖红薯的味道，烧豆子的味道，燎羊毛的味道，做豆腐的味道等。老味就是真，就是现在品尝不到的那种味道。

品尝老味，是因为现实社会的一些食品大量充塞添加剂造成的，彻底改变了原色食物的本味。一些食物吃起来你根本品尝不出什么味道，那是几种味道混合，骚扰胃口的味道。现在的小鲜肉们，没有品尝过老味，没有可比性，因此钟情于现在的化学味道。

如果街市上突然挂起一牌匾，老味什么什么，总会有一部分人趋之若鹜，冲着牌匾上的老字，过去品尝一下口味是否与老味一致。

老味焖红薯，就是把一块块新鲜的红薯用烧红的土块依偎起来。过上两三个钟头。再去扒开凉凉的土块，焖熟的红薯还没有现身味道已入口中。小时候我们没少干这种事。放秋假了，地里的活大人不会让我们这些毛孩子干的。距离我们村庄不远的老沙河里有生长多年的槐树，那里就是我们的战场。我们火急火燎地先把干柴捡满筐，然后就张罗焖红薯的事。我们说话的声音也降低了。生怕有人听见，这可能是做贼的基本心理特征。我们猜想着哪里有红薯地，哪里的红薯地距离最近。然后有小满分工，一个人放哨，两个人实施挖红薯。另外两个人负责垒窑子，点火。我们的所有行为都是秘密进行。我是放哨员，我趴在一处高岗的后面，被茅草遮住头颅，然后不停地转动头颅，把目光射向原野，尤其是村庄的方向。我一边审视着挖红薯的小立，老软。一边把目光伸向远处。我看到他们两个像战士偷袭敌人的碉堡，又像两个真正的小偷。他们两个猫着腰，在红薯地逡巡着，寻找着目标。找到之后就迅速蹲下身子挖起来，我看到老软似乎害怕，他的动作迟缓。小立好像有了大展风采机会，动作麻利。不到半个小时，他们各有收获。每个人在怀里捧着新鲜的红薯折回，当然动作还是迅捷而悄然。这时小帽已经垒好了炉灶，那些均匀的土块垒起来有排列，层次之美。我的放哨工作有小立和老软的顺利折回而完结。随后小满就指派我找干柴，我没有怨言，因为放哨毕竟是轻松的工作，在我离开的刹那我看见小立，老软斜躺在小帽的旁边有立功的得意表情。

我很快找来干柴，小帽又从附近找来引柴用火柴点燃。火柴是头小满带来的。搞到火柴也并非易事，家里的火柴是有数的，都是今天取几根，明天取几根攒下的。一下子搞很多母亲会发现的，母亲发现了就会把问题反映到父亲那里，父亲知道了就会发怒，就会一查到底。谁也禁不住父亲严厉地追问，都会点头默认，随之引来的是父亲的横骂和棍棒，肌肉的钝痛会持续好几天。因此搞火柴也是需要大费一番脑筋的。当然使用火柴时得十分小心，得看风向，如果其中有一根火柴划燃后又被风吹灭，我们都会绷紧神经，遗憾、惋惜、叹气。因此点燃柴火这事都是小帽干的。小帽有处事不惊的本事，遇到犹豫、徘徊不定的事情我们都是交给小帽干，小帽干的成功率在百分之九十。

引柴被点燃以后，接着放大柴，刚放进去的大柴会一时把引柴压的火苗翻不起来，这得稍等片刻，等火苗舒展了再放大柴。大柴引燃之后火苗就旺起来，就有不可阻挡之势。火苗舔着土块，土块似乎透明了。一部分火苗从土块的缝隙里蹿出来，直奔空中。当然蹿出的还有浓烈的柴烟，远远看见像是做一顿大餐。这景象里蓄着危险，这是纸里包不住火的事情。如果多事的人看见就会报告给队长，队长就会眯起眼睛看这一团浓烟是什么情况。如果队长有急事就会放弃这一次的瞭望，如果没事就朝着冒烟的地方奔过来。有时为了驱散目标，小满就命令我和老软脱下褂子在前方把浓烟驱赶。有时驱赶时那些浓烟就是不散开故意扑面而来，呛得我们两个眼泪都流了出来。也有遇见队长的时刻，老远就看见队长骑着他那辆破永久自行车向我们这里而来。我们像看见了老虎一样紧张，这时小满就急忙命令我们把窑子踹卧。然后稍微处理一下现场逃之夭夭。当然在撤离的过程中遗憾至极。这种情况不多见。

这次我们的行动不会出问题。因为我们早有探报探知，队长去了城里联系化肥的事情，那需要很长时间队长才能返回村庄。如果队长遇上熟人，再去桥头饭店喝几盅，回到家天气就黑了，那时我们已经吃完喷着香气的红薯回家睡觉去了。

我们没有顾忌的行为显得松弛，熟练地掸着干柴，火苗汹涌地向外喷发着。而太阳在西天上注视着这一切。我们在下午温和的空气里干着我们喜欢的事。两个多小时过去了，土块被炽热的火苗舔得发红了，柴烟经过的地方被熏得煤黑。小满用唾沫子检验土块被烘烤的温度，这里关键是温度，温度要达到一定高度，然后停止燃烧，然后放进红薯，然后用脚把高温的土块踏卧，然后上面封存松土。等待时间一秒一秒过去，开炉，吃。这一系列的过程，全在时间里，只有等待时间失去，效果才能显现。要知道红薯完全处于不透风的密室里，被高温的土块煨熟，那是一种亲切的，没有任何隔阂的暖。

小帽在燃烧窑子的过程中，小立和老软不离半步，因为他们是功臣，小满也不去计较，任他们休息。不过他们是闭不上嘴的，不时说几句荤话。

他们看小帽把红薯一块一块放进炉灶，动作稳重，这也是唯一有技术含量的步骤。红薯要放得紧凑，而又不能把临时的炉灶撑破。

就在我们得意忘形的时刻，不知谁突然喊了一声，"队长"。我们急遽地抬起头颅向村庄的方向望去，没有发现队长的影子。突然老软手指左方，那里！我们又急遽地扭转头颅向他手指的方向看去。果然队长气势汹汹地向我们这里走来。小飞一脚踩灭火势，紧随其中的还有我们烧熟的土块。小满猛喊"撤"。就这样我们期待已久的一场盛宴在毫无准备的情况下结束了。我们向另一个方向撤退，但我们听到了队长的怒吼……

小　卖　部

与学校仅一墙之隔，老板不在时，它厚重的门板紧闭着，让人实在扫兴。那一把打铁锁，灰黑，冷漠，极负责任的样子。老板是一个上了年岁的老头儿，因为与村主任有关系被安排在这个清闲但好似权力不小的地方。许多的日常用品通过他白皙的手掌，传递到我们手上。铅笔，白素本，橡皮，乒乓球，摔炮，原子珠笔芯，还有女同学用的皮筋。当我们递上有限的硬币，老板认真数数的情形让我们想入非非。很长一段时间，我们进行着正常的交易。通过他我们感受了一些事物的新鲜。是他维持了一个村子人们的生活。油盐，酱醋，火柴，镜子，腰带，毛巾，袜子，鞋带，等等。

水泥筑的柜台冰凉，夏日散发着爽人的凉气。硬币放上去发出的"嘣"声，让人非常满意。那个干净的老头儿留着短发平头，他面容严肃，认真，生怕丢失的表情看上去有时让人觉得好笑。就是他我不太喜欢的一个人，启蒙了我们钱是好东西，能换到我们喜爱的物质。

在没有电的情况下，小卖部的煤油灯光渗出窗纸，让村上所有的人都知道"原子能"还没有睡觉。

到石家庄卖草

十五岁，我跟着外祖父到石家庄卖草。

正在读初中，因为渴望到石家庄大城市，在寒假里，便要求跟外祖父去一趟，外祖父答应了。吃过晚饭，备好外祖母准备的烙饼，我们出发了。开始我很兴奋，帮外祖父拉车。我们村距离石家庄一百多里地，得走一整夜。我们沿着行石公路，向石家庄走去。路上行人很少，天上一轮明月照着我们要走的路。黑夜里响着我们脚踏水泥路面的沙沙声音。我在外祖父的身边，拉着从车帮伸出来的一根绳子。沉重的车子外祖父必须用尽全身的力气，才能稳住。我闻到了从外祖父身上溢出的汗腥气，外祖父的额头被月光照得明晃晃。我提议休息一下，外祖父不同意，他说过了正定我们再休息。到了正定，我已经疲乏的腿都不愿意迈了。把车停在路旁，拿出凉的烙饼吃起来。我怎么也吃不下去，饼在嘴里翻来覆去嚼，就是咽不下去。我们带的水已经结冰了。外祖父说，你等着我去找点儿水。只见外祖父向远处露着一点儿灯光的地方走去。不一会儿外祖父讨来半缸面汤。面汤还温乎，我喝着面汤硬是吃了一角烙饼。

休息了一会儿，我们继续赶路。不幸的是我们刚刚走了不到二百米，轮胎没气了。深更半夜的想找一个烫胎的是不可能的。我们站在原地犹豫着不知怎么办。这个地方没有朋友，没有亲戚。后来外祖父提议，让我看车，他到桥头那个看铁路的小房里问问。桥头距离我们这里很远，七八里地。外祖父走过去再返回来少说也得一个小时。没办法，只得这样了。我等着。一个小时过去了还不见外祖父的影子，我焦急了，根本坐不住，就站在原地打转。又半个小时过去了，还是看不到外祖父的身影。我急不可耐，在我胡思乱想间，抬头猛然看见远处有一个身影抖动着向这里走过来，我定睛一看果然是外祖父。但不知为什么他走路成了这个样子。走近了外祖父才说，路旁的一块石头把他绊倒了，脚上起了一个大包。我撩开看时那个大包又黑又紫。接着外祖父说，那个小屋关闭着门，我喊了十几声没有人答应。这怎么办，我在路旁找了一块砖，扶着外祖父坐下来，外祖父说我们只有等到天亮了。天已经是后半夜了，月亮落下去了，有冷风吹起来。我感到了寒冷，偎依着外祖父，想不出办法。就这样我微微战栗着，不知过了多久才挨到了天明。这时才看到距我们不远的地方有一个修车店。我的心里划过一丝欣喜。

修好车我们继续赶路。外祖父的脚也好一点儿了，依然是他驾辕我拉套。不知怎的，我像经过了一场炼狱，浑身一点儿力气也没有了，只有抬腿的力气，没有伸腿的力气。腿像装了铅，实在走不动了。外祖父看到我的样子，就让我上了草车，一车草一千多斤，本来就很重，又加上了我。现在想想真是……上午十一点，我们终于到达了石家庄第四奶牛场。卖了草以后，我根本没有心情观看石家庄的高楼，而是急切地返回了村庄。

小　豆

　　小豆和我是同学，学习最差。小豆长的猴样，小鼻、小眼、小嘴，个子比我高一头。小豆虽然学习差，但热爱劳动。班里有体力活老师最先让他去干，而他决没有一点儿怨言地走出教室。如果活多了，需要帮手，小豆绝对不叫我，他看不起我。我们上学那儿，学习成绩好不是炫耀的资本，看劳动结果。拔青草、拣棉桃、拾麦穗，都是经常干的。小豆每样都干得出色，他得过好几个"劳动模范"奖状。不过奖状不等走到家就被小豆撕掉了，也不知为什么。

　　有一次，我们到河滩地拔草，我的筐系断了，小豆就帮我背回家。我当时对小豆特别感激，心想着日后怎样报答小豆，一次我偷出了父亲的香烟，小豆不要，不知什么原因。

　　上学实在太没意思了，劳动，搞批判专栏。我觉得特没劲，于是时常跟着小豆到河里捡石头，到距离村子远的地里焖红薯。焖红薯是小豆的拿手活，我不会，跟着小豆学会了。焖红薯特别好吃，又香又甜，往深里说还有我们乡间风土民情的味道。没饱地吃，如果红薯允许的话，吃了一块又一块，吃饱了还想吃一块。城市里的人估计很少有人吃过这样焖熟的红薯吧。

　　偷西瓜也是我们常干的事，预谋好。小豆在东头，我和缸子在西头。小豆明目张胆地抱起一个西瓜就跑，瓜主看见了没命地追，跑到二百米外，小豆丢下西瓜继续跑，瓜主捡起瓜气喘喘地往回走。看到我们在东头不停地摘瓜，气得有气无力地喊叫，不起作用。瓜主抓不住我们，只听见满口脏话，而我们在不远处吃着甜甜的西瓜快要乐死了。有一次特别逗，我们晚上偷瓜，故意把声音弄得剧烈，就是不见瓜主动静，不一会儿就听见瓜主吆喝，渴了就吃吧，老子今天顾不着跟你们玩，原来瓜主正和老婆快乐呢。

有一次我们是彻底失败了，那是闭着眼抓蜂巢。夏天热，我们常在村头湾里游泳，一天游泳后，在湾边石堰洞里发现了一个马蜂窝，上面有六七只马蜂。蜂的幼虫是很好的鸟食。我们几个小朋友都想把蜂巢弄下来，可又怕蜇，不敢动。这时小豆对我说，只要闭着眼去抓蜂巢，马蜂就蜇不着，你闭着眼去猛抓就行。我不知好歹，慢慢靠近蜂窝洞，看准了猛一伸手就把蜂窝抓了下来，手没蜇着。但还是来不及走开，马蜂就朝我蜇来，痛得我把蜂窝一扔，赶快跑。可是马蜂紧追不舍。脸上、头上、身上到处被蜇，我边哭叫边跑。这时有人大声说，快跳水。我一头便扎入水中，潜游了老远，才敢露头，几十个蜂子还在那里围着丢下的蜂巢转。匆忙中，我听到小豆还有缸子他们捧腹大笑。我已顾不上反斥他们，上岸后，赶快跑回家。结果，头和脸全肿了。母亲用肥皂水洗，不顶用，赶忙到药铺请先生。先生说中了蜂毒了，不及时治能死人。内服了先生开的三服中药，疼痛才慢慢好了，后又服了三服中药才妥帖。

远处的灯光

我从小喜欢灯光，灯光像一个诚实的人，指引你走出黑暗，奔向目标，使自己获得成功的喜悦。或找到自己久居的家，与父母团聚。

深记得小时候自己的一次迷途。那是我怀着奇特的幻想，到距离村庄五六里地的森林采蘑菇。由于陶醉在采摘的快乐中，不觉一抬头，太阳接近了山顶。森林里的黑暗缓缓落下来，一种迷蒙蔓延了整个森林。我想立刻逃出去，可是方向在急躁中迷失了。急不可耐，向任何一个主观确定的方向奔去，其结果大失所望。我欲哭无泪，心中惶惶不安。虽然森林里没有猛虎禽兽，但黑暗蔓延的恐惧使我恐慌到了极致。后来我又试着奔突，结果还是无果。我彻底失望了，坐在原地，任恐惧侵袭我的全身。我开始莫名地胡乱思想，心也在惊惧地狂跳着。不一会儿黑暗侵吞了整个森林，我几乎看不到距离我两米远的老槐树。那些在浓密的树冠里居住的鸟不时发出裂肺的嘶喊，我彻底绝望了。那时我还没有处理困难的能力，不知怎样挨过这漫长黑夜。正当我急剧难熬，坐立不安之时。我突然发现了一束灯光。从远方穿过森林的阻碍射了过来，映入眼睛。我欣喜若狂，忽地站起来向灯光的方向奔去。我不知道那一束微弱的灯光穿过了多少层黑暗在荒野找到了我，它也许知道我迷失了方向，不分时间向我寻来。此时感觉血液如波涛汹涌，我不顾一切地向灯光奔去，我甚至想到灯光会突然消失，我应该在最短的时间内，奔到灯光处。那个我未知的安全地方。我跌跌撞撞，穿行在黑暗的森林中，胳膊、腿，已被丛生的荆棘划破。我已经顾不了这么多了。一个多小时后，我走出了森林，来到了边缘，再往前走就是平原。心里"嗵"地一下子放松了许多，我走出了困境。

平原空旷，没有了森林里的浓黑和阴暗，脚步立刻轻松了许多。再看那灯光依然执着地亮着，并没有因为我走出了森林而变弱。而且为我走出了迷境欣喜呢，也因为又一次指引了一位迷途者而自豪。

我脚步轻松地穿过平原，来到灯光处。有一处草棚在平野中孤立着，有一扇门虚掩着，灯光是从陈旧的窗格中射出来的。我来到门前，镇静了一下，伸手敲了门，不一会儿一双粗糙的大手，把门拉开了，面前出现了一位沧桑的老人，没有询问我是干什么的就把我迎进了屋，我发现屋子里面还有一位沧桑的老太太，正在灯光下收获豆角的种子，她一粒一粒把种子剥开，然后把褐色的籽粒放回到一个小布包内，等明年开春重新种到土里。她的面前是一盏微弱的油灯。因我突然进屋带来的微风而晃动。我心里明白，正是这盏微弱的灯光指引了我，让我走出了困境。原来它是这么微弱，我真担心它被荒野的风吹灭时，我还在森林的黑暗中。我正要向老人解释什么，老人摆了摆手，老人说，你不用解释，先前已经有好几位迷途的人，在它的指引下来过。他们的神情与你相同。你放心，我不会把它熄灭的，几十年了我都是让它彻夜长明，为了俭省灯油，我把灯头调到了最小。我知道黑夜中，有迷失的旅人。

我的心里一股热流急遽地流遍全身，我急促地追问老人。在这荒野之地，为什么不回村庄与孩子们团聚。老人声音很粗壮地说，这里有半亩地，孩子们不愿意耕种，我们就在这里种种菜，过路的人谁愿意吃就吃一把，也是我们老俩儿老有所为。最重要的是为了这盏灯，我们在它就发出光芒，就能指引迷途的人，走出迷茫。听老人所言激动得我也曾想有这样一盏灯为迷途者指引方向。后来，为了不再打扰老人休息，我询问了村庄的方向，不到半个小时就回到了家里。

这事已经过去了三十多年了，我常常想起它，想起把灯光点亮的那两位老人。

第六部分：亲人

母亲的烙饼

我们最爱吃母亲的烙饼。母亲的烙饼是有特色的，浅黄色，暄，透熟，香喷喷，内瓤层次分明，筋道利口。吃起来没有饱的感觉。每次遇上母亲烙饼，我们就围在厨房周围，找个理由不离开。母亲一人在厨房里忙乎，也不让我们帮忙。有时遇上不好的天气，烟往外冒得不顺畅，母亲的眼睛被呛得流泪。我们看着母亲的难受样子，就说，我们今天不吃烙饼了。可母亲根本不改变主意，因为她已经答应我们中午吃烙饼了。母亲拿着擀杖一边擀，一边转动，那些面团瞬间成了面饼。

接下来母亲自然要开始烙饼了，大铁锅烧到恰到好处，放上花生油，然后将面饼放入锅内，定时移动，为的是受热均匀。在面饼的表面观察火候，饼的上面熟透时就将面饼翻转过来。不一会儿，面饼的表面就呈现金黄色，以及油泽的褐色。撩人的香气袅袅升起，迅速弥漫厨房同时也弥漫到我们的鼻孔。好香啊！在心里默念着。诱惑使我们张开嘴巴。母亲蹲在灶旁，一边往炉膛续柴，掌握着火候，一边不时翻转锅内的烙饼，烙饼的香味越来越浓。我们的目光被母亲的一举一动牵扯，心里充满了焦渴的等待。

母亲烙饼的手艺是跟着外祖母学的，外祖母就生了母亲一个人，但不娇惯母亲，凡是农家的活很早就一一传给母亲。母亲很小就学会了烙饼。母亲腿上一个很深的伤疤就是烙饼时不注意被柴火烧的。那时母亲太小，外祖母去队里上工。母亲为了给外祖母一个惊喜，就自己主张烙饼了。结果，饼没有烙成，把自己伤着了。外祖母见了伤着的母亲不但不心疼，还严厉地责备母亲。

吃母亲烙饼时，我有这样的感觉，第一口吃的是浓浓的家的味道。第二口享受的是母亲的慈爱。第三口吃的是母亲的手艺。母亲天生和善，无论谁来我们家串门赶上我们家正吃烙饼，母亲总是毫不吝啬地给人家几角。这时我的心里就有几分不安。那么好吃的东西，随便让别人吃。

母亲的烙饼虽然好吃，但也不能天天吃。因为我们都已成人，开始立业。弟弟在青海工作。我也经常出远门讨生意。弟弟给母亲打电话时第一句话就是，娘，俺吃烙饼。母亲就立刻回答，好！我给你烙好了让你哥寄过去。弟弟吃到烙饼时就说，香得都不想睡觉。家里有人去那边，弟弟就打电话叮咛带几张母亲烙的饼。弟弟还说，繁忙的工作，吃到母亲烙的饼，不但是一种享受，而且也是一种放松，仿佛母亲就在身边。吃烙饼的滋味，只有我们弟兄能解。我每每回到家，母亲必烙几张饼。吃着母亲的烙饼心里的美呀是无法用语言表达的，那是家的温暖，是母亲的慈爱，是心灵的休息。

母亲就在身边，健康。还时常挂念着我们。那种幸福滋味真是人生难求。没有人给我们脸色，完全是其乐融融的气氛。那是母亲全身心的爱是我们全身心的享受。是一种很多人缺少的幸福。因为我们每个人与母亲在一起的日子并不多。少年上学，青年工作，中年持家。时间都用在了时间上，与母亲在一起都得抽时间，抽时间那是一种什么概念，那是受限的时间，我们必须在前定的时间之内赶回岗位，匆忙的时间里即使与母亲面对面坐着心里也不踏实，脸上的表情也是不安的，急躁的，好像被什么一直追赶着。一句话，心里不干净。以这样的心情，陪伴母亲，不但不能安慰母亲反而会给母亲增添不安。这哪里还谈到孝敬母亲，这简直是走的一种形式。所以说我建议一些人，不要这样，要把自己的时间真正拿出一部分来，给母亲。母亲已经老了，时日不多。不要以为给母亲几个钱，就是孝敬。

老人，需要的是一种亲人陪伴的人气。是团圆，是坐下来任时光慢慢流去，是没有目的的闲聊。其间，也许母亲会伸出干枯的手指拂一下你衣服上的小尘埃。或许母亲还会问你一句，吃爆米花吗？母亲的目光突然落在你头顶上的一根白发上，母亲仔细辨认着，母亲没有说话，母亲多么不愿意你有白发呀，可现实是你真的有了白发，你早就知道，你故作惊讶。可母亲什么也没有说，伸手把它采了下来。然后母亲就转移了话题。母亲不愿意让她的儿女变老。母亲老了，没有用了，再也不能为儿女创造财富了。我们已经大了，不需要母亲的财富了。是我们报答母恩的时候了，母爱是滔滔江河水无边无际。

每一次吃母亲的烙饼，我们都不选择方位。站着，蹲着。一手拿着还有些烫手的喷香的烙饼，一手拿着大葱。我们的吃相难看极了，母亲有时责备我们八辈子没有吃过东西。让我们坐下来慢慢吃。可我们根本迫不及待，食欲让我们产生了利己。

我的朋友很多，他们来我家，我就让他们吃母亲的烙饼，有的时间已过去两年了，还在电话中赞叹着母亲的烙饼，有机会还要品尝。

母亲的烙饼香。金黄、匀称、暄腾，吃起来没有饱的感觉，是母爱的味道。

小 菜 园

母亲已经七十多岁的人了，在我们的强行说服下才脱离了土地。脱离了土地的母亲实在觉得无事可做，就把我们家的院子开拓出来种上了菜。

我们家的院子，比较宽阔，先前种着树，后来由于水位下降，树木不易成活都锯掉了。母亲就利用了起来。

菜地的肥料用的是草粪，没有用化肥。是母亲平时捡来的牛粪，马粪。母亲不让我们帮忙，她一个人撒上草粪，用铁锹一锹一锹把土翻一遍，用齿耙把土耙平，分成几个小方块，看上去既美观又整齐。母亲做什么事情都认真。

然后从卖菜籽的老头儿那里买了茄子、黄瓜、茴香、豆角，白菜的种子，还有韭菜的。辣椒和西红柿是母亲在早春把种子撒在了花盆里培育的，我看见它们时有麻雀腿那么高了。

一切准备完毕，母亲只等"谷雨"这个节气的来临。谷雨前后，种瓜点豆。是我们这里的农谚。有一日我给母亲买了一盒天麻丸送过去，看见母亲早把院子里整理成了标准的菜田。那块种黄瓜，那块种豆角，母亲心中早有了数。母亲站在菜田的边上指给我说时，我心不在焉地听着，因为我们都不同意母亲再劳动。我们都长大了有了自己的家，生活富裕了。母亲一生辛劳，到了晚年我们都想让她安度，可是母亲一直都不肯歇息。

母亲经历了社会的各个时期的生产运动，拉大车，修水库，改良土地。

母亲是经历过苦难的，经历过重度饥饿。在粮食贫乏的年代，吃过树叶树皮、红薯叶、棉花籽，吃这些东西的结果是浑身浮肿，全身无力。她的一个伙伴还死掉了。

经历过极度的饥饿，就永远记住了饥饿的味道。在母亲的潜意识中永远害怕那种味道重新来临，永远心存戒备。其实祖国的飞速发展，经济的繁荣，人民富裕了。我们国家再也不会有人吃不上饭了，再也不会经历饥饿了。

但是，无论我们怎样给母亲解释，也无济于事。只要母亲健康，他永远处于劳动的状态。

我们首先吃上的是白菜，母亲撒上菜籽以后，就用塑料布罩上了，为的是增加地温。在其他菜还没有上市的季节里，白菜长得嫩绿。母亲一棵一棵拔下来，择好、洗净。我们煮面条时或拌疙瘩放在锅里，既好看，又增加食欲。

紧接着，豆角长熟了，黄瓜也大了，茴香也绿了，我们变换着吃。真是美极了。吃不清了，母亲就送给邻居们。

最引人瞩目的是西红柿，五月以后，西红柿开始变红，鲜艳的颜色藏在浓绿的叶子后面，透过叶子的缝隙向外面张望，诱惑得人们垂涎欲滴。西红柿是一种熟了才能吃的果实，不熟吃了对胃不好，而且味道也差。我们就在极度难忍的欲望里等待着。

黄瓜可以生嚼，脆里还带着淡淡的甜味。每天收工回家后，由于口渴，就先摘几根黄瓜咀嚼起来。那是地地道道的农家菜的味道，那更是一种家和万事兴的味道，是日子中被祥和淡淡笼罩的吉祥，是再也不被生活所困，生活永远丰实的一个见证。

有一次，一个邻居油在锅里热着，跑过来慌张着择菜，母亲看见，急忙帮忙择。看着母亲的乐趣，我们心里也高兴。

我大伯家的闺女在石家庄上班，每周都要回来择菜，她说母亲种的菜环保，味道好，是城市里的菜市场的菜比不了的。母亲一听好话，更高兴。就决定明年扩大种菜面积。

现在各种菜正争相拔节，豆角殷实，辣椒青红鲜明，黄瓜交错攀缘，星星点点的小黄花缀满了藤蔓，极像我们丰富多彩的生活。

看见母亲种的满院子里的小菜，心里很愉悦，看见母亲劳动我们会主动拿起工具帮个小忙。

第一次背娘

娘右膝关节痛，走路很不方便，我们早早劝娘到医院检查。可娘坚决反对，娘执拗地说这么点儿小毛病不值当上医院？我们一再强调说，现在有医保花不了几个钱。娘还是说，不去。那神态非常坚决的样子。我知道娘怕花钱，无奈，只好买几盒止疼药片先让娘吃着缓解。一连几个月过去了，不见好转，病情有所加重，我们不得不强制性地送娘到医院。

经过多方面的检查，医生说，要开刀做手术，母亲很是惊讶，她还是担心医疗费用。医生说，花不了几个钱，有五千元就够了。我们弟兄三个，觉得花五千块钱不是大事，可母亲还是觉得那是一笔不小的数目。母亲一生花钱最多的币值还不到一百块钱。相对于五千这个数字简直是天文数字。母亲的脸上一直表现出怜惜的神情，后来，三弟发火了，母亲才放弃了原来的固执。

经过多方会诊，母亲的身体达到了手术的条件，决定手术。进手术室那一刻母亲脸上是一脸的坚强，没有一丝畏惧。母亲一生经历的坎坷太多了，吃了常人不能忍受的苦。我们弟兄三个恰好出生在最困难的二十世纪六十年代。吃的没有，穿的没有。吃树叶，吃树皮。那时父亲在县机械厂当临时工，一个月才五十块钱，还要照顾奶奶，爷爷死得早。母亲白天在生产队里拉大车，晚上给我们缝补衣服。为了多挣几个工分，母亲晚上还加班。

我长到十三四岁的时候，队里实行黄土搬家，现在，人们提起黄土搬家，就觉得心寒，那是多么错误的路线，整个冬季，社员们用人力车把黄土堆成个山，来年开春，积肥。把黄土垫进猪圈，泼上水第二天挖出来，再重新拉到地里，这是何等的荒谬啊。

为了多挣几个工分，母亲让父亲买了辆人力车，到距离村庄很远的地方装土，母亲一个人拉小山一样的土块往家走，遇到上坡，母亲要费几倍的力气，母亲的衣服都湿透了，那是在寒冷的冬天，汗水浸湿了额头，浸湿了头发。我们的学校在土场旁边，我亲眼看到母亲拉着沉重的土车艰难往上爬的样子，如果赶上下课，我就飞也似的跑过去帮助母亲。那年一块硬土滚落下来击伤了母亲的腿。

手术很顺利，两个多小时，母亲被护士推出了手术室。母亲从睡意中被我们唤醒，母亲第一句话就是，麻烦医生了。母亲好像觉得自己亏欠医生的，可我们付足了医疗费。

由于腿部做了手术，行动不便，我第一次背了娘。活到五十岁我还从来没有背过娘。我弯腰在娘跟前蹲下，娘伸出双臂搭在我的肩头，轻轻地伏在我的脊背上。我小心地起身，迈步，原以为会很吃力，没想到娘轻飘飘的，就像背着一袋玉米轴。我感到了娘的骨骼硌我脊背的不自在。娘已经七十多岁了，已是风烛残年，可我们感觉娘还没有享过福，我的鼻子酸楚起来，我强忍着没让眼泪流下来。

这是我第一次背娘，以前都是娘背我，我们弟兄三个，我体质比较弱，时常得病，娘就背着我到乡卫生院，到距离村庄很远的一个村庄找巫师。还有一次我提出了一个额外的要求，那时我得病刚好，要求母亲背我到二十里外的县城看了一次电影。现在想起来，心中多么懊悔呀，我是那么不懂事，还额外给母亲增添负担。

我多么愿意病房距洗手间的路很长，背着母亲走很远，很远。

春 天 舅 舅

每次去舅舅家他都十分忙碌，当我走进小院时，舅舅正整理过冬的白菜。这些白菜是他的大儿子老毛中午从地里挖回来的（老毛没有媳妇，他与舅舅一起过日子）。经过冬天的白菜都很难看，叶子全是白的，没有一点儿绿色。这跟往年相比是不一样的。这都是因为年前的一场早降的大雪造成的。所有的麦苗都冻死了，到现在已经惊蛰了地还白着。你想象整个村庄，一千多亩地一棵麦苗也没有全是白的，那是怎样的悲哀。我碰见的每一个农人都愁苦着脸，他们就怕间年，就怕绝收。尽管每家都有余粮，但还是不能补偿他们的缺憾心理。地还白着，可种子公司趁机把花生种子涨到了六元多一斤。一亩地下来少说也得三四百元，可是去年种小麦已经下了不少的本钱。白的地里不知种什么，有的人干脆什么也不种，等着夏播玉米。我不愿意给舅舅提麦子的事，上次提起舅舅很生气。他说种了一辈子地没见过这种情况。

舅舅一边整理着被冻坏的白菜，一边说，看，越好的白菜冻得越厉害。我专心地看着舅舅托在手心里已被舅舅整理光洁的那棵。是呀，已经冻到根部了。那里发阴与黑糖水的颜色一样。舅舅的右手拿着一把菜刀，菜刀的刃上已经有好几个豁口了，像一个年轻人掉了几枚牙齿，很不好看。

舅舅把托在手掌上的那棵白菜放在已整理好的白菜垛上。地面上已经有了一堆烂的白菜叶子，就在舅舅的脚前。我想干完之后舅舅一定会把它们扔到一个无人看见的地方。舅舅还在整理着剩余的白菜，脸上的表情还是那么难看。我想让舅舅高兴起来，我说，舅舅我给你讲一个笑话吧。舅舅立刻反驳说，你麻烦。舅舅说过这句话之后我就有一会儿不敢说话。我坐在上房梯子的第一个小凳上。舅母在用手捻几穗陈旧的玉米棒。玉米棒盛放在一个用废铁皮做成的小簸箕里面（这是舅舅做的）。玉米粒与玉米棒在一起，让人看着很不舒服。可是刚捻下的玉米粒还是很好看的。舅母很少说话，只是听我们说话。院子里的那只很瘦的黑狗正在打盹，我看了它一眼就把目光转移到别处。我突然看到窗台上放着一把很小的锤子。这把小锤的样子很不好看，太小了，顶部已经卷边了。我灵机一动，过去拿起那把小锤，自言自语地说，这是我舅舅从北京带回来的吧。舅舅立刻从白菜上面移过目光看我，脸上流露出不可拟制的笑容（这是我的一个小计谋，为了让舅舅高兴起来，我知道我这么一说舅舅肯定高

125

兴。那是舅舅人生历程上一段光辉的历史。其中最大的原因可能是"北京"二字吧）。我故意把北京二字说得清晰，响亮。舅舅笑着说，是也。但是他故意把"是"说成"戏"音。这是舅舅高兴所致，里面含着骄傲的意思，我理解舅舅的用意。舅舅这是故意往脸上贴金。旁边舅母突然说，你听你舅舅放屁吧，舅舅的话被舅母揭穿。舅舅反而更高兴了，舅舅笑出了声音，他本来红润的脸上又添了一层红晕。我的目的达到了，舅母的话我没有接。只是说这么烂的小锤还不扔掉，我给你一把新的。舅舅虽然贫穷，但很少接受别人的施舍。舅舅又开始整理白菜，一边说，谁稀罕你的，我的还用不清呢。

　　舅舅站起来要把整理好的白菜移动到窗台下面，那里阳光好。我想帮他，他不让。我就站在那里看着他干。舅舅已经八十岁了，不断地劳动他的身体状况还很好。舅舅弯下腰放白菜的时候，我看到舅舅的屁股上那块补丁已开了线，我趁机走上去，用手拽了一下。说，舅舅这里破了。舅舅说破就让他破吧，本来就是破的。舅舅的上衣褂子是老毛从兵营的垃圾站捡来的，舅舅还穿着棉袄，戴着棉帽子。这个棉帽是我当兵时的一个军帽，绿色已经褪尽了。我曾多次劝舅舅把它丢掉。舅舅说，很好的干吗丢弃呀，你们年轻人呀不知怎样想的。

　　我在一旁站着实在不好看，就上前帮舅舅一棵一棵把难看的白菜放到窗台下。那些被剥得精光的白菜，让我感到了凉意。白菜叶子是湿的，很快潮了我一手。

当我们刚整理好，老毛回来了。他拉着一车干柴。老毛没有文化，在舅舅眼里老毛缺把火。二八。

舅舅自言自语地说，当家的回来了，我去给人家做饭。舅舅的话里含有讽刺意味。我给老毛打了声招呼，就迅疾走出了舅舅家的门。

夏 天 舅 舅

舅舅的麦子终于收回家了，我们大家松了一口气。之前，舅舅站在门口，看见别人家不停地往家拉麦子，心情急躁。老是埋怨麦地不该用那么大的化肥，麦穗还青。当下还不能收割，舅舅简直心急如焚。去年的麦子，被雪冻死了，颗粒无收。庄稼熟了没有收回家，就不是自己的。舅舅在院子里不停地走动，老天也不作美，天又阴了。阴天与晴天区别太大了。天气晴朗，阳光直照，那些晚熟的麦子就会很快黄起来，可是天空阴沉沉的。天气预报说只是阴天，没有雨。这就使人放心一大半。谁不怕连阴雨呀，麦粒熟透了，一连几天的雨水就会让麦子发芽。发芽的麦子难吃死了。

舅舅还是不停地在院子里走动，他的眉梢紧蹙着。舅舅还是那句话，明年绝对不能用那么大的化肥，其实舅舅只不过是多用了几车老四鸡场的鸡粪。我随着舅舅走了几圈，蹲在地上，看着舅舅，不要着急吗？你看我的好几亩麦子都在地里长着呢？我就是等着干透了，收下来就入库，不用再晒了。舅舅听到我这样说，不屑地看我一眼，讽刺地冲我说，你是作家，谁能跟你比。我知道没有劝动舅舅，哭笑不得。舅舅已经快八十的人了，我们谁也不愿意惹他生气，我不言语了。突然听到邻居倒麦子的声音，邻居家刚刚收割了麦子，都扛到了房顶上晾晒。舅舅耳朵早就不好使了，他还没有看到邻居扛麦子上房。为了不让舅舅知道这事，我把舅舅哄到了屋子里。

舅舅在炕沿上坐下来，我也在炕沿上坐下来。我看到舅舅的白头发又长了，我说舅舅我给你剪一剪头发吧。舅舅口气钝粗地说不该剪哩，其实我想缓和一下舅舅的焦急心情。舅舅的心里只装着他的麦子，表弟老三，老四都去收自家的麦子了。老二在外地打工，家里的地已经不要了。老大就是老猫，有点儿智障，与舅舅一起过日子。老猫不停地从家里走到麦地，又从麦地走回家里，一言不发。我又补充说，舅舅，麦子熟得晚可能是品种的原因。舅舅没有思索地说，不是，就是化肥大的原因。我再也没有言语了。我突然想到了我的麦子，确实应该到麦地看看了，我听到了收割机的隆隆声从田野里传过来。我确信舅舅没有听到。我给舅舅说我要走了，到麦地看看去。舅舅说去吧，该割就割，等什么。

我走了……

第二天，路过舅舅家的门，我看到舅舅已经把麦子割了，舅舅说是夜里割的，机子过去了就割了，不然剩下你一家，叫机子就很难。我看见舅舅脸上已经没有了焦急，放松多了。我不能离开，我得帮舅舅把麦子弄到房顶上，不然舅舅会骂我的。我看着装得满满的一三马子麦子，想办法。我就是这样一个爱耍小聪明的人，想着一个既省力又省时间的好方法。舅舅的房子是老房子很矮。我看了一会儿就说，舅舅咱们把三轮车掉一个头，车尾站在房檐下面，我们几个蹬在三轮上面往上递，让老猫在房顶上面接。舅舅说能行吗？院子这么小，车能回头吗？我一边用脚量着空间，一边用手指画着说这样完全可以。舅舅还是半信半疑，并说小心点儿，别把我的水管压了。我立刻拿出手机，给老四打电话，让他掉车头。老四正在吃饭，可能是累的原因，说话的态度很消极。最后老四说，知道了，吃过饭就过去。

我点了一支烟吸起来，舅舅不吸烟，舅舅不知什么时候已经爬上了房顶，他在清扫房顶上面的杂物。老猫从屋里走出来，我看到老猫的嘴角上面还挂着米粒，一边走一边用手揩去。老猫什么事也不发表言论，让怎样干就怎样干。

老四过来了，脸色难看，过来就说，这么点儿麦子用肩扛起了。这么小的地方不好掉头。我认真起来，我说这样就完全可以了。老四不情愿地发动起来，的确很难掉头，前后移动了三四次才掉过来，在掉头的工夫，我把老三叫过来。

我们三个同时站在了车上，一伸手就触到了房檐。我比画了一下，觉得没有问题，就开始了。老四，老三往上面举，我烧火。老猫在房顶上面拽。因为开始力气壮，我建议先举装得满的袋子。舅舅的麦子袋五花八门，有化肥袋子，有鸡料袋子，还有牛料袋子。有的袋子上面还缝补着蓝颜色的布，白线的针脚细腻，结实，我知道这是舅舅的杰作。

麦子越来越少了，可是也越来越费力了，因为我们站的位置越来越矮。车底上的是几袋牛料袋子，足有一百五十斤重，舅舅建议倒出一半来。我们采纳了舅舅的意见。我看见舅舅光着脚丫子把倒出来的麦粒踢散，舅舅完全放松了，平静的心情以及收获的喜悦交织着呈现在脸上。

农民一年最快乐的时候就是收获的时候。舅舅越来越小了，我不知道他的身体还能坚持多长时间，毕竟快八十的人了。

冬 天 舅 舅

天不太冷，舅舅就穿上棉袄了，酱褐色的。外面套一件深蓝色旧褂子。没过几天刮了一场风舅舅又穿上棉裤。舅舅被棉衣包裹，显得臃肿。其实舅舅一直很瘦，他只有一百一十斤。没过几日又刮了一场风，舅舅就戴上了棉帽子。舅舅彻底变成了冬天的人。

舅舅戴着棉帽子，帽檐从不翻上去。舅舅的棉帽是栽绒的，已经旧得没人要了，是我父亲在县机械厂上班时戴过的。我父亲不戴了，就给了他。舅舅已经戴了二十年了。帽顶的布已经裂开，舅舅又用针线缀上，但是痕迹很明显。帽檐部分的栽绒有的地方已经脱落。我很不喜欢舅舅戴这个帽子，我愿意让他戴我去年给他的那顶军帽。那是我当兵时发的，我只戴了三个冬天。帽子保存得还很新，我送给舅舅时，舅舅很高兴。后来舅舅就放到了衣柜里。舅舅没舍得戴，他还保存着。我不止一次奚落舅舅，舅舅你都八十了，在世上还能活几日，舍不得东西，最后还得扔掉。我上前取下舅舅的旧帽子做出撕裂状，舅舅急了，舅舅要给我发火，于是，我不得不放弃了让舅舅戴新帽子的念头。

舅舅就那么戴着旧帽子，在院子里晃动着。舅舅不打扑克，不打骨牌，不会搓麻将。没事的时候就到自己的麦地里转一圈。冬天，老猫没有到窑厂上班，窑厂已停工。他又不能干其他的工作，于是冬天就到沙滩里拾树枝，每次捡树枝回来都很晚，舅舅得等他回来一起吃午饭，其实时间已经过了下午三四点了。

舅舅把老猫捡回来的树枝，一根一根折断，码齐放到院子的西墙根。舅舅折那些树枝时发出"咔嚓"的清脆声，树枝都还绿着，伐树的把树身取走了，就把树枝丢弃了。

在院子里放一叠树枝也很好看，它新鲜的颜色给院子里的空气带来了活力。长久的寒冷，使空气都快凝固了。我每次到舅舅家，就先看那里。我喜欢看树枝不太规矩的乱乱的自然美，美在那里不断增高。

院子里堆的东西实在太多了，都是一些不值钱的东西。那些堆放的很久的树根已经变成了黑色，它们太大了，不能放进灶膛，所以就一直在那里堆放着，但是没有散放，都是垛起来的，也就是立体的。这样就缩小了占地面积。这也是舅舅的杰作。

舅舅没有什么事的时候，就到房顶锥玉米。玉米棒晒干以后，舅舅就用锥子锥玉米，他从来不用脱粒机，他舍不得掏十元钱，有一次我给他钱脱粒，舅舅急了。

邻居说舅舅是土鳖财主。舅舅冬天大部分时间在房顶上。三亩地的玉米要用锥子锥，那得用多长时间呀。有一天，我去给舅舅送挂历，喊了几声，舅舅就从房顶上探出了头。我看到舅舅的一只手里攥着锥了一半的玉米棒，另一只手里拿着锥子，身上沾满了玉米的小皮。

　　我看到舅舅的头发已经很长了，很乱。我想给他理一理。放下挂历，就攀上了房顶。我说，舅舅你的头发已经很长了，应该理一理了。舅舅说不长，等到年底了再理吧。舅舅的固执，我没有办法。有时候我就这样给舅舅说，你得注意形象，我大表弟是工人，二表弟也是一个有头有脸的人，我还是省作协会员，你也得照顾一下我们的面子呀！

　　舅舅不耐烦地说，你是作家，咱是老百姓，给你坐不到一块儿。舅舅的固执我又一次没有办法。

　　我看见舅舅的裤子破得狠了，屁股上补了一个丁，就给了舅舅一条新的军裤，可是，舅舅就是不穿新的，我们也没有办法，我们总不能摁倒舅舅扒下他的旧衣服，换新衣服吧。

　　有一次我看见舅舅的袜子实在破得不得了，漏着两个脚指头，没有经舅舅同意就迅猛着把他的破袜子脱下来，用剪子剪掉两段扔了。可是舅舅急得脸红红的与我争执，我是无言以对。

　　我也理解舅舅。舅舅经过了贫穷，经过了饥饿，就知道了贫穷的滋味，饥饿的苦。知道过日子的艰难，因此爱惜粮食如命，爱惜工具。别人家放弃的东西，在他这里还要用上几年。破了补，补了破又补，反复使用。除非是烂了，不能再补了，舅舅才遗憾地把它丢弃。

有一次舅舅他们家吃团圆饭，儿子回来了，媳妇也回来了，饭桌上有红薯。别人吃红薯，就把红薯皮剥掉了，放在桌子上面，舅舅的目光一直盯着那一堆红薯皮，目不转睛的样子。最后舅舅终于说，把红薯皮给我，我去喂了狗。舅舅哪是喂狗，而是躲在墙角一块一块把红薯皮吞掉了。那天正好我赶过来，看见了舅舅吃红薯皮的样子，我刚想喊出声来，舅舅用手势把我制止了。我理解舅舅的心情，他爱惜粮食的境界我们谁也达不到，他好像一直担忧着什么。他担心什么呢，我们国家粮食充足，经济发达。

让我感到欣慰的是，舅舅的身体一直很好，冬至前后那几天舅舅感冒了，不停地咳嗽，吃了几天药不顶事，大家一直建议他打吊针。他说，打吊针麻烦，再吃几天药试一试（其实他是怕花钱），后来，舅舅又吃了几天药，让医生加大了药量，再加上舅舅喝了很多的白开水，终于康复了。

舅舅家的院子

那天我去舅舅家找木钻，突然发现院子比以前高了十多厘米。舅舅正用铁锹平着刚拉回来的一堆土。土是拆房子的旧土，有沙子，有白灰的颗粒，还有旧砖块。附近的邻居正在拆房子，旧房土堆成了一座小山。没有地方安置，舅舅说要垫院子，人家就爽快地答应了——正愁挡得心慌，干活儿不方便。舅舅就让老猫给砖窑上请了一天假，用人力车一车一车往回拉。老猫一个人装车，一个人拉车，一个人卸车。舅舅只管平。舅舅已经八十岁了，重体力干不动了，就干一些力所能及的活。

突然长高的院子，人走上去很不习惯，可能是习惯了从前的低处。

院子里乱七八糟，南边堆了一座玉米秸。东边堆满了放置很久的槐树根。那些槐树根是人们买走树身以后留下的，老猫没事干，就用冬季农活不忙的时候，用镐挖回来的。树根刚挖回来时特别新鲜，耐人寻味。可现在已经被岁月染成了黑色，没有了当时的尖锐。由于其他的柴火充足，这些槐树根一直没有被烧掉。舅舅时常开玩笑说，等我死了过丧事用。是呀！不管白事还是喜事都烧很多的干柴，一百多号人蹲在院子里等饭吃，大灶上，四五个男人忙得很。乡下的事情都是在家里过，跟城市不一样。在院子里支起一口大锅。灶口一个胖女人，用铁锹直接通到里面放柴或扒灰。一旁还有吹风机，吹风机的开关打开，灶洞里一片火海。火势凶猛得很，距离灶口近了就被烤得火热。你想那样的火势得需要多少干柴供应啊。

舅舅一边平着土堆，脸上露着笑容说，这回雨水痛快地往外流吧。还一边蹲下身子望院子的坡度，并让我也看一看。我一蹲下去就见有很大的坡度，就说肯定流水痛快。正说话间，老猫又拉回了一车土，老猫的头上已经有了许多的汗水了，我走过去要帮他卸车。老猫说，你不用管了，我自己来。老猫已经五十岁的人了，体质还是那么强壮，他没有上过学，不识字，不会算数，因此没有女人肯跟他。他穿着一身旧制服，他一辈子没有穿过新衣服，都是穿别人穿过的。他的工作很简单，在一家砖窑厂干杂活，一天二十元。另外他还负责地里的农活，冬天砖窑厂停工了，他就拉上人力车，围着村子捡垃圾，拾柴。他是一个闲不住的人，如果让他在家闲一天，就觉得无聊。他有他的生活方式，有他的话题。他一般不参与我与舅舅讨论的话题。他喜欢狗，有时为了让他不至于孤单，我就跟他谈论狗的事情。一提狗的事他就兴奋。他说北庄一家刚掉了小狗，六七个，等大一点儿了，我要回来一个给你。我答应了，其实我不想要，我家有一只狗。他说的北庄一家，也就是他的伙计，他们都在砖窑厂干杂活。

有一天晚上，我到舅舅家，老猫很兴奋地说了一件事给我。他说窑厂安装了摄像头（老猫以为我没见过或根本没有听说过的，在他是新闻），我故作惊讶地说是吗？老猫以为我对他说的事感兴趣，就接着说，你干什么老板都能看见，有一次我假装嘴渴，到老板屋里喝水，从视频上看见有个人光着屁股在茅坑里蹲着假装拉屎，不干活儿。喝了水我跑到厕所，嚷起来，你还在那里蹲着哩，你还要工钱吗？老板一直用眼盯着你呢。那个人被搞得莫名其妙，赶紧提上裤子跑出来了。装拉屎的是一个老头儿，他根本不知道摄像头是怎么回事。老猫讲得非常兴奋，我不愿意打断他。舅舅接腔说，一个窑厂还安那个。舅舅也没有文化，说话也不讲究。

其实舅舅也不知道摄像头是什么玩意儿。

由于院子里堆的东西太多，一下子不能全部垫好。那些地方只好先放着，等闲下来再垫。舅舅把垫好的地方洒了水。

用水很方便，我们这里每家都安装了自来水管。后来，舅舅再去接水，水的流速明显降下来。舅舅说，不放水了，看这回怎样收钱吧。又说，安一个水管八百多元，全村二百多户得收十七八万元，他们捞多少钱呀？为了减少舅舅的气愤，我说，光打井都好几万，再加上管子，水泵，他们捞不到多少钱。其实，还有上边补助的十万元，据别的百姓讲，他们每个人要捞两三万。这些话我没有给舅舅说，我不愿意让舅舅听一些不愉快的事情，他都八十岁了，在世上还能活几年。

突然，自来水管又冒出水来，很匆急的意思，冲得水桶唰唰响，好像弥补刚才的短缺。舅舅又开始泼起院子来，舅舅说，他×的这是怎么回事，发神经了。我说，我也不知道怎么回事。

泼了几桶差不多了，舅舅关掉水管，到屋子里看了一下表，五点多了。舅舅说要蒸馒头了。

我知道舅舅爱做饭，他蒸的馒头很好吃，每一次我走巧了，他都让我吃一个。以前谁家有事，舅舅也是干大灶的。

舅舅用小帆布围上了腰，胳膊上戴上了套袖。舅舅每次蒸馒头都这样装束，他怕把衣服搞脏了。舅舅是一个干净的人，虽然衣服很破，但洗得很干净。我看着舅舅穿着破衣服走来走去，不好，就给过他好几身衣服。他总是搁着不穿，也不知怎回事。

舅舅的个子不是很高，他戴上小帆布围裙，很像一个铁匠。舅舅把案板放在炕沿，把醒好的白面从盆里一点儿一点儿取出来，面很筋，有一部分粘住了盆底。舅舅就放一些干面，把剩余的面筋搓干净。舅舅把面坯子放在案板上后，还要用力把面和熟，还要放上碱水。舅舅用力地和着。我说舅舅蒸馒头有绝法吗？你教给我好吗？舅舅不理我。我又说，舅舅你用刀拉开一个切面，看上面的小孔，均匀了就是碱放的差不多。舅舅从来听不进别人的话，我说的一本正经，舅舅还是听不进去。我又补充说，我在部队蒸馒头就那样。舅舅还是听不进去，让我滚一边去。我赶紧改了话题，我说舅舅蒸的馒头是一流的，谁家的馒头也不如舅舅蒸的馒头好吃，县长也吃不上舅舅蒸的馒头。舅舅高兴了，舅舅拼着嗓子说，那是。随后，舅舅来了一句杂腔，我也不知道舅舅唱的是什么。

舅舅一般是用刀切成卷子，只有几个揉成馒头。面坯子做好后，舅舅就到厨房里往锅里放水，然后就点燃干柴。我跟着过去了，厨房很黑，刚过去看不见舅舅在哪里，稍微镇静后就能看清厨房的面目。舅舅坐在比院子低得多的屋地上，拉着风箱，柴烟很快充满了屋子。我说，我帮你拉风箱。舅舅说，谁稀罕你。我觉得无聊就给舅舅说我回家了。舅舅说你走吧。

当我穿过院子时，我看到老猫坐在院子里的猪槽上休息，他脸上的汗水不住地往下滴。

补充一下，舅舅四个儿子，两个闺女。

不知道什么时辰了

父母之爱，每时每刻，正是由于对我们的关爱太多，我们就习以为常，不觉得那爱的分量。对于我们经过的每一件事，只要认真去想，就觉得父母之爱的博大。

我记得在县一中上高中时，我的伙食费用完了，以往总是父亲早晨顶着霜花步行到学校准时送到。可这次一直看不到父亲的身影，恰巧是周六我决定亲自回家去取。

回到家里已是中午时分，我看见父亲急匆匆地从外面回来。看见我，父亲有点儿疲劳地说："回来了。"我说："回来取钱。"父亲再没说话，径直奔向母亲，小声说："已经借过好几家了，都没有借上。"声音虽然很小，但我听得一清二楚。家里已经没有一分钱了。我立即有了退校的想法。后来又听见父亲说，下午再去试试吧。

中午饭，我们一家都吃得非常安静，谁也不多说一句话。吃过饭，父亲用手揩了一下嘴，就又急匆匆地奔出了家门，我知道父亲干什么去了。

下午，天很晚了，父亲才回来。脸上一脸的茫然，这一次父亲没有走到母亲跟前，而是蹲在屋前的台阶上发呆。目光直直地不说一句话。母亲看到父亲的样子，走到父亲的身边说："这样吧，你明赶个早，到城里把咱家的两只老母鸡卖了吧，火烧眉毛顾眼下。"这时，我看到用它们的蛋换钱供养我上学的老母鸡，正在墙根儿啄玉米叶子里的小虫子。我看它们时其中一只刚好目光与我的相遇。这时我心里升起一股热浪，我快速走到父母面前说："父亲，我还是退学吧。"我的话音还没有落完，父亲就怒不可遏地说："给我住嘴！"我知道在父亲面前再也不能说第二句话了，就快快地回到屋里。

吃过晚饭后，我躺在炕上听到了父亲母亲捉鸡的声音，其中一只叫得很厉害，仿佛是杀它似的。为了节省煤油，我早早睡了，可我始终睡不着。我听到母亲对父亲说，你别睡误了。我们村距县城三十多里地，要想赶早集，就得早早起床。

家里没有钟表，又没有燃香看时间，天上没有星星，整个夜空阴沉沉的。不一会儿我听到父亲起炕的声音，后来又听到母亲说时间还早，再睡一会儿的话语。父亲到院里转了一圈，也没有主意，回到屋又躺下了。不一会儿，我又听到父亲起炕的声音。又听到母亲说，天气还早呢，慌什么慌。这次父亲拿定了主意，他提上母鸡径直向院外走去，我听到了母鸡拍打翅膀的声音，后来，我就进入了梦乡。

不知过了多长时间，天亮了，吃早饭的时候父亲回来了，父亲的眉毛和胡子都染上了白霜。我看到父亲的脸上有一丝的笑容。父亲很高兴地说："特别顺利，我来到市场上还没有人，恰好有一个人要找老母鸡给他妻子做鸡汤补补身子，他妻子刚刚坐完月子。那个人走到我面前问我什么价，我说要卖十五元。那人没还价付了钱就急匆匆地走了。"

后来父亲偷着对母亲说："我在市场上等了有两炷香的时间。"

父亲把钱交给母亲，母亲又把钱卷起来交给我，我接钱时眼睛发热，但是，我始终控制着没把眼泪流出来。

告别父亲，母亲，为了赶上下午的补习课，我跑步奔向了学校。

第七部分: 在村庄生活久了忽然想到

树的一辈子

我是一个喜欢观察树的人，我觉得树是最高的智者，与世上的任何事物无争。无论生长在何处，树都一言不语。树没有终极欲望，没有设定的目标，该生长时生长，该停顿时停顿。它们从来不为自己的未来担忧。其实我们人类究竟是以什么态度对待树的，大家有目共睹。城市的街道，花园里，人类为了自己的嗜好，无端地锯掉一棵树的头颅，或者臂膀，让它长成我们想要的样子。有人用锋利的刀子在新鲜的树皮上刻上爱情的誓言，妄图通过树的长久见证自己的爱情。有的人在树的周围无端地燃起一把火，火焰舔着树的皮肤。让一棵树在痛苦中扭曲，最后慢慢死掉。

我们在一棵树的身旁生活了几十年，其实我们的道德，修养一部分来自身旁的这棵树。这棵树也许是我们自己种的，也许是别人种的，也许是自然生长的，无论以何种形式长在这里，都庇护了我们。我们一次次躲过的灾难或生命里的无数劫数，都是因了身旁的这棵树，我们出门远行，树早知道你的去处。它无言相告，只是目送你的背影渐渐远去，并在心里默默地为你祈祷平安。树就是这样一种植物，它一生善良，从不为鸡毛蒜皮的事争执，它有着大海的胸怀，天空的辽阔。

人站在一棵树面前，从来不考虑一下一棵树的履历，最近有什么想法。

当你旅途归来，树首先看到了你疲惫的身影，它就用树荫遮蔽你被烈日灼烧的不安，安慰你旅途中的不愉快。也许你一辈子从来没有给它浇过一次水，没有剪下它身上的一段病枝，没有摘掉它叶子上的一只虫子，可能还折过它的一个枝子，或者一次倒车撞在了它的腿上，树依然会原谅你，因为你们相遇便是缘分。

人把一棵树苗栽上，就去忙别的事情了，人一生有很多问题要解决，很忙碌，没有时间静下心来，谈论一棵树，观察一棵树的生长。树就像被父母遗弃的孩子。一棵树的成长，要经历比人多得多的风雨（持久的干旱、电击、虫蚀）。一只不懂事的虫子，可以随意爬上一棵树，吃光它的叶子。一棵没有叶子的树，难看不说，就连基本的生存条件都没有了。

树的生长极懂人意似的，千年古刹之地，它们生长的苍卓，古朴，好像故意迎合朝拜者的心情。古典的氛围浓厚，使游人一下子走进过往的时空，感受古代智者的风华。

而那些生长于悬崖上的树，则给人以力量，有奋进、博取之美。它们汲取天地之精华，日月之华润，强劲的虬枝，悬于一线的立足，给人惊险奇崛之美。

树用美丽的年轮记录它生命里每一部分内容，一次伤心，一次喜悦，一次偶遇，一次重生。

树这一辈子生长得快乐而又憋屈，孤独而又浪漫。快乐的是无拘无束，无争无欲，随遇而安。憋屈是任何人不计价钱可以随欲而砍伐。我有过几次伐木的机遇，那是我的需要，我截断的是旧木，是我们家里放置十几年的老槐木，我用了一下午的时间，用锯子把它拦腰截断了，虽然我遇到了困难也流了不少的汗，但这都是小事，重要的是它新鲜的截面，以及清晰的年轮感动了我，我立刻拿出相机拍了照，发在了我的博客里，题目是《美就是这个样子》。

有时我认为，树是修饰人的生活的，人们种树不光是取材盖房子，当顶梁柱，做家具，造车。更多的是因为欣赏，作为一片风景。以前绝对考虑它的实用价值，它的韧劲与结实给我们支撑着重重的屋顶，让人极放心地住下去。随着水泥结构的诞生，那些木质逐一被水泥代替（这是生活的潮流，不是某一人的固执所能坚持的）。水泥结构缺少木质的温馨与古朴，不过有很多人没有忘记木质的好处。实木家具确实让人看着好，用着舒服，但它的价格已不是一般百姓所能担负的，于是一些仿木家具走进了平常百姓家。人类就这样囫囵地生活着，接不上地气。得病，去看医生。其中的原因之一就是我们忽视了与树木在一起，忽视了思考一棵树。

我发现有很多人与我一样喜欢树，在一棵大树面前，透着羡慕的目光，用手掌抚摩着粗糙的树皮，我不知道这个人与树有着怎样的渊源，但我看到他的行为立刻对他产生敬意，我们有着共同的喜好，存有着敬畏大自然的一颗恭敬之心。树是我们的好兄弟，珍惜树的生命就是珍惜我们自己的生命。

下面我讲一个丑树的故事。

我敢说它是世界上最丑的一棵树，它就生长在我们村庄的田野上，我们不能用高大、俊俏形容它，只能用低矮、丑陋、残疾说明它。的确是这样，它的短粗的树身有三处就像被烧烤过的人的脸烙下的伤疤一样不堪入目，它的一条根纵出了地面，就像一个立不稳的瘸脚矮男人的腿，它没有像样的树干，它的树冠就像被天花板重压过，生机盎然的夏季我们也不能用蓬勃形容它的树冠。它的丑陋是无一能比的。它就生长在田野里，没有人关注，炎炎夏季它就连一片可乘凉的浓荫也留不下。因此，它的生长就像不存在一样。但它的确存在着，就在那里，我家的窗口正对着它，不看书的时候我就站在窗前凝望它。我目睹了它在风雨中的样子，也目睹了它在阳光下的样子。不可预知的暴风雨来临，它就在灾难中了，由于是独立存在，它就独自承受风雨的摔打，有几次我看到它几乎被风雨折磨得简直喘不过气了，我猜想这一次它一定难逃劫难，可是风雨过后，它又复苏了，每次都是这样没有倒下，使我对它的担忧一次次消解。如果是晴朗的日子，阳光温暖地照着大地，也照着它，它就会安静地享受着阳光，姿态自然，神情安详，目光和善并袒露着感恩的心情。这时候我就会爱上它，爱上它的丑陋。爱上它自然地对待事物的态度，它没有厚此薄彼，它的心怀是坦荡的。我不知道它给了别人什么样的人生启迪，但它的确使我受益。我无数次地站在窗前瞭望它，它无数次地给了我创作的动力。有时我产生了羡慕它的心情，它是自由的，没有得到过别人的夸奖、赞叹，依然自由自在地生长，没有萎缩的表情，没有丧失生的信心，没有因别人的议论而放弃自己的计划，它一直努力地生长，向着头顶的蓝天。

　　我写作疲倦的时候，就徒步来到它的面前，望着它。这时候它出奇地镇静让我感到震惊，它目光严肃地望着大地，没有委屈，没有不公，完全是一副坦然的样子。好多鸟经过它没有停留，只有一只小鸟在它的枝叶稀疏的一根小枝上休息了片刻，并留下了几声鸣叫。

　　我是一个散淡的人，站在它的面前，不由自主地数起它的伤疤，一共有六十多处，有斧头锛的，有镢头刨的，有镰刀削的，有小刀刻的，有猪拱的，有虫子咬的，有用手掰开的，有石头砸的……

　　它就是这样一棵丑陋的树，它的同类嫌弃它，飞鸟也在它的头顶拉屎，可是大地没有嫌弃它，太阳没有嫌弃它，蔚蓝的天空没有嫌弃它，就为了感恩，它没有选择死亡，而是选择了昂扬的生。

　　有一次，我看见一个农夫将一头倔强的牛用绳子拴在了树身上，完事之后农夫就到自己的田里劳作了。那头牛简直发疯了，咆哮着，踢打着，想挣脱掉，可是无论怎样用力气都是白费，农夫看见牛的样子偷笑起来，并自言自语看你还乱跑，牛最终没有挣脱而是温驯地降伏了。树始终是平静的。

还有一次，我出门好几天，归来天黑了，迷失了方向，怎么也找不到回家的路，可我碰到了这棵树，这棵我熟悉的树像灯塔一样给了我明确的方向。在我的生活中，我从来没有把它看成一棵丑树，它是力量的化身，是另一种美，它给了我学习的动力，生活的顿悟。

日复一日，丑树依然丑着，面对世人的伤害从来没有怨言，这也许是它生存下来的法宝。

爱树吧朋友们，爱树不会吃亏。

河 流 三 章

1

一条河流的到来，总是悄无声息的。它只是路过此地。不愿意打扰两岸的人们，两岸的人们总是辛劳的，他们为了生活，早起晚归。

一条平静的河流，总是带给两岸的人们福祉，使粮食丰收，树木旺盛，牛羊肥壮，山歌甜美，人们静美。

河流是有秘密的，可是关于河流的秘密，人类一无所知，人类多么想打开这个装有秘密的宝盒，河流也想与人类达成共识，或者交朋友。鱼是河流与人类交谈的道具，可是那些鱼一上岸便被人类宰杀了，连说一句话的机会都没有。从此河流对人类有了看法。

河流再一次低下了头，流经了这座村庄。

那个说出了河流秘密的人已经出家了。秘密属于私有财产，说出了秘密就等于把自己掏空，一条被掏空了秘密的河流迟早要干枯，像一条干枯的巨蟒，样子丑陋而又吓人。

我是一个喜欢河流的人，没事的时候沿着它的堤岸行走，但是从来没有走到过尽头，尽头的样子只能靠想象完成。我的理智告诉我，不能沿着河流无休止地走下去，那样我会失败，因为人的道路，自古都是曲折的。我应该有自己的人生轨迹。

在一条河流的岸边，我从来不去想另外一条河流。另外一条河流在另外一群人居住的地方，那里的人们同样热爱他们的河流。

有时，我在岸边轻巧地坐下来，把脚放进河水，感觉到了河流细微的爱抚。我选择的是一个秋天的下午时光，天空的燠热已经散去，温和的夕阳在西山的垭口看着我和河流，不愿意离开，它好像感知了人世的美好。

我两手提高了裤管，让腿进一步陷入水中，那种来自水的快意，高于生活中的任何事物。我看到有鱼从河心游来，它们在接近我的一刹那游走了。我是一个不会杀鱼的人，目光里也不会含有杀气，可是那些鱼一看到我就立即游走，它们大多行走在河心的位置。

一条河流的力量是无可比拟的，尽管从表面看柔软如女人的腰部。

我是从一头落入水中的牛感知的，那是一头牛不小心落入了河流，河流是无辜的，只愿牛的脚没有踩稳。往河岸拖拽时，来了好多人，他们脱掉了上衣，花去了一个早晨的时光。

河流也愿意一座座桥出现在它的身上，当人和牲畜从桥上通过时，也是一种美妙，让河流自得其乐。

当一群人在一条河流的岸边生存了好长时间，他们就对河流放松了，态度也改变了，也就是无视它的存在了。一个突然的悲剧往往提醒人们，一条河流在任何时候都是不可轻视的。

一条河流总是先于一座村庄来到这里，村庄里没有一个人能准确地说出一条河流的来历，以及它的目的。石碑上的记载，是无法找到证据的，找不到证据也就是一个未知的答案，未知的人们就放弃了，就一直生存在它的未知答案中。

人们忙碌地生活着，种粮食，养育后代，谁也怕断了香火。因为河流给了大家充足的时间，地点，广阔的水域。

在这里生活了一辈子的人也没有认清一条河流的面目。

河流夜以继日地向东流去，有时喧哗，有时悄无声息。

我喜欢河流，我愿意居住在它的附近。当夜深人静的时刻倾听它的低语。

2

我总喜欢向一条河流靠近，它舒缓与平静，是一本永远也读不完内容的大书。随时向人类打开着。

我喜欢的是它的水域，它的从容，它的量度。它从不与小事情计较，日夜向着目标前行。有时歌唱，有时无语。遇到那些固执的石头，总是蜿蜒地绕开，但是把思想留下。

　　一条河流的平静与澎湃都是一条河的性格，河水日夜向东流去。

　　我们尘世的身子，我们满身的泥巴，都是靠河水洗净的，它要让人保持心灵的洁净。因为人有时是它的客人。

　　现在有一些人脏得不可救药，不是河流不认他们做朋友，是他们拒绝了河水的清洗。他们居住在远离河水的地方。

　　一条河流有时也会发怒，当我们一直将不洁的东西往河流里投掷的时候，河流就会发怒，河流的愤怒是不可遏制的，它爆发时可以不要自己。河床是对河水的桎梏，是对河水的规范，是让一条河流变得更美丽，更澎湃。可是一条充满愤怒的河流，一心想着冲破河床到岸上来。有一年的夏天，它的愿望实现了，它把河堤冲得七零八落。它一冲过河堤就变成了一匹脱缰的野马，咆哮，肆虐。淹没了村庄和农田，把那些雄伟，岸然的树木也搞得东倒西歪。人们流离失所，把这个坏消息带到了远方，让所有知道了这件事情的人们憎恨起这条河流来。河流从此变得消极，时常沉闷在自省的烦恼里。

　　一个智者总是对河流充满了敬畏，当一个人看不到河流的时候，河流已进入他的身体。一个忠实的信徒，总是相信河流的神秘性以及它说不清楚的正确。

一条河流就是一个诚实的笔录者，它把沿途看到的一切全部记在心里。

一条河流一生也没有时间停下来，与你说上一句话。它有时很轻易地说出秘密，让你以身相许。

一条河流喜欢人的酮体，他总是寻找机会把你死死咬住，让你做它的管家。

经过漫长的时间，河流终于找到了入海口，河流汇入大海以后，有一种松的感觉，这时它可以不管自己一切交给大海。

一个时代总会产生改变河流流向的人，这个人大多的时候是皇帝。这是一个规模浩繁的工程，人们远离家园，来到皇帝指定的地方。开始了没有尽头的劳役。亲人忍受分离的痛苦，劳累、虫噬、饥饿，有时还要忍受监工的鞭打。一年又一年没有尽头。最终逼得民反，把皇帝赶下宝座，改朝换代。

同样一条坏了的河流的修补也是工程浩繁的，劳动的人们放弃了躬耕，一年四季站在河底，寻找漏洞。而田园一片荒芜。人们无粮充饥，同样怨声载道。

朋友啊，珍惜一条河流吧，爱惜它就是爱惜祖国的河山。

3

很少有人知道一条河流的源头，它们在遥远的地方，因为遥远，人们就放弃了追寻。只有几个好奇的人，不舍昼夜地行走。他们发誓一定要找到河流的故乡，在历史的荒芜中，他们踽踽独行的背影让我们充满了期待。结果有几个人在中途就退却了，路途的艰难，让他们放弃了最初的意志。只有一个人完成了意志强迫下的寻找，那个人蹒跚着回来了，满身疤痕。他惊异地给人们讲述着源头的情景。让人们感到吃惊的是源头并不是人们想象的那样庞杂，隆重。这让人们感到有点儿失望，而是冰天覆盖雪地，流水涓涓，阳光在其上明亮闪烁，人迹罕至，飞鸟无踪。

的确是这样，一条壮观的河流，它不会只有一个源头，它有无数的源头，从四面八方而来，汇聚。它们细小的有时只是一滴水的声音，这让你不免有点儿可怜它们的微弱。它们从各自的上游而下汇聚成一条河流，这有点儿像绳索是好几股绳子紧密团结的结果。源头知道，只有汇聚才能壮大自己，才能力量庞大，才能坚不可摧，才能勇猛无敌，才能托起一个民族坚韧不拔的伟岸和永不低头的品性。

一条河流的行走是艰难的，被无数的石头阻挡，最终河流战胜阻碍，有了自己的道路。

河流在行走的过程中，不断地扩大自己，为了更好地恩泽两岸的人们和牲畜，有时无辜吞噬了田地，农舍，不断地受到农人的责备。河流忍受了误解，不断地修正自己的道路，微温地沁润着干枯的土地。

河流是一个民族的历史画卷，是一个民族千年行迹的见证者，记录者。一个民族的兴衰，策略，朝纲都能在一条河流的某一页找到。这是实实在在的记录，绝没有捕风捉影式的极端描述，没有近邻远乡式的作弊。一条河流的行走，总是坦坦荡荡正人君子般敞开胸怀。河流高洁的品性和胸襟让许多心藏纳垢的小人无地自容。

一条河流，就是一面光洁的镜子，让有志之士在不安的状态下，照见了自己的严重不足，照见了自己错迈出了一步能造成千古之恨的危险行径。

河流日夜向东流去，它的清澈的水声，它的拍岸之音永远提醒人民永不会断流，永不会从人民的视野消失，将与人民同在。一条河流永远是正确的。

一条河流，它的威严藏匿在它的水中，它无辜让站在它的身边的人们肃然起敬。但还是有那么多从远方赶来的人们站在它的身旁，观看，抚摩，留影，悟道并汲一桶水洗掉自己一生的污垢，而后一身轻松地回到自己的居住地开始建设更美好家园。

只有到过河流身边，被河水洗涤的人才能成为智者。从河流的一点一滴中感到河流才是真正的大智者。上善若水，老子早就给了我们明示。并屈服于河流的智慧。它能使一个民族，更完美，更繁荣，更屹立。人们安居乐业，勤劳耕种在它的两岸，和平之声在河流的上方飞旋。

一条河流是伟大的。

一条河流的方向是正确的。

跟着一条河流走永远不会错。

雨中的经历

1

我有过多次雨中的经历，分别给我不同的感受。

小时候，遇到雨天，多数是母亲让我们赶快躲进屋中，躲进屋中就淋不湿衣服。而后我们又好奇地趴在窗台前看外面的雨景。雨就在我们的面前，仅一纸相隔，偶有晶亮的雨滴落在窗玻璃上，因为玻璃的光滑一点儿也站不住脚，迅速下滑，于是玻璃上留下不情愿的滑痕，模糊而又略带遗憾，好似雨滴对玻璃的一次示好而又被玻璃无情地拒绝。这种场景让人看上去不免有小小的伤感。不一会儿又有第二滴来尝试第一滴兴奋、衰败、沮丧的过程，反反复复。

天空灰沉沉的，浓浓的乌云笼盖着院子里的树木，小雨不一会儿转成了中雨。雨声很响，没多久院子里有了水，雨滴砸在水上就升起一个水泡，水泡有大有小，在雨水的推动下缓缓移动，不一会儿有的水泡就破灭了，有的水泡继续移动。整个院子就是水和水泡的世界。我精力凝聚地看，想象着天上该有很多的水。雨一直下，空气的温度降下来，我感到身上凉爽，我用左手抚摩右臂验证了空气降下来的温度，没有温暖的皮肤有粗糙之感。院子里的水通过门旁的水道流向外面，一些能浮动的东西，小朽木、树叶、塑料随水漂流。整个院子是水的院子。院子里的树木叶子全被雨水打湿，湿湿的显得新鲜。那时候小，被下雨的情景吸引，不知道雨是怎么来的，感觉好奇。

母亲不看下雨，她坐在炕沿那里缝补我们穿破的衣裳。母亲是大人，经过的雨多，所以就对下雨不感兴趣。父亲对下雨也不感兴趣，他对睡觉感兴趣，每到下雨天他就卧在床上睡大觉，不一会儿他的鼾声会在房间里盘旋。

后来我们大了，在学校遇上下雨，就不看下雨了，我们在教室上课，雨在教室外下，我们谁也不看。天气阴沉，教室里的光很暗，我们看书写作业感觉视力模糊，我们极力想逃出这种模糊状态。偶尔一声雷声震得我们心惊肉跳。

再后来我们长得更大了，学校毕业了，开始劳动（还没有施行考大学），往往我们正在田里劳动时天气阴沉，乌云滚滚雨说来就来了，我们躲不急，就跑到附近的麦秸垛躲雨，人多，有男的有女的挤在一起，有的人因为这样的聚集而兴奋，有的人略显尴尬，由于身体的紧密接触感到另一个人的体温热热的。兴奋消失下去以后，雨停了，走出来发现远方的天空出现了彩虹。这是雷阵雨，来得凶猛，迅急，走得也快。但整个田野湿了，脚下的麦秸秆有了新的气息，远处的树冠也变新了，路上的石块，被雨滴砸下时溅起的沙砾蒙了一身。道路上有一个人正往村庄里走，他的黑衣服全贴着身子，太远了看不清他是谁，他一定有些沮丧。天空中出现了燕子，燕子是喜欢雨的鸟，它们在雨天里急遽地飞，不知道为什么它们喜欢下雨。我的观点是，一些小飞禽被雨水淋湿以后体重大了，飞行缓慢更利于燕子啄食。

我正欣赏得上心，队长的一声吆喝把我从幻境中拉回："快干活了。"

集体解散以后，我们自找活路。我踏上了打工之路。

有时我们正在工地干活儿，突然下雨了，就赶紧躲在还未完工的楼道里避雨，风从毫无遮蔽的窗口吹进来沿着墙壁一直吹到我们的身体，冷迅疾侵染了我们的肉体和心灵，我故意转移我的注意力缓解心灵里的阵痛。此时我看到工地外面的搅拌机，小推车被雨水淋得毫无办法，没有主见，没有脾气，它们在雨里一点儿也不生气，完全裸露了铁的含义。这时我发现老板在楼道里走来走去，脸上一脸的愁云。我们不管这些，我们盼着一直下到天黑，老板给钱走人。老板的苛刻我们有目共睹，对于老板的困境我们从来不去同情。恰好有一次雨一直下，到天黑也没有停下来。

最要命的一次是，傍晚我下班从工地往回走，走到半路就下雨了，县城距离我们村庄三十多里路，这意味着我还要在雨中行走二十多里路。天空锅黑，电闪雷鸣，雨滴如注。我从来没有见过这么大的雨，也从来没有听到过这么大的雷声，并夹杂着大风。我恐惧了，也不知道路上的那么多的人影此刻全消失得一无踪影，我一个人骑着自行车往家的方向走，路过村庄时每家的窗户都没有灯光，路上的雨水急遽地向低洼处流淌着，由于天黑我几乎辨不清道路，但我始终坚信要向前走，家在前方。我努力克服着恐惧艰难地向前走着，我的衣服全湿透了，紧贴着我的皮肤，头颅暴露在雨中，如铁钉般的雨滴砸着头。路两边的白杨树被大风肆虐得

155

左右摇摆不能自已，有几棵坚持不住的树冠已经与身体分裂而摔下，还有几棵斜躺在马路上，最让人不安的是有一棵树在根部断裂了，参差不齐的断面在闪电的瞬映下白光光的，猛一看心中多疑。见到如此情景心上的恐惧又多了一层，此时我多么渴望有一个同路人啊，我们共同经历风雨，共同抵抗恐惧，共同走一段险恶的路，共同在路上相互鼓励。没有，一个人也没有，风雨一个人承担，孤独一个人承担，恐惧一个人承担。一路上我的牙关是紧紧咬在一起的。自行车在水中的速度比平时慢了一倍两倍，但我必须坚持，只有坚持才能冲过风雨。也不知夜深到什么程度了，也不知过了多长时间，我凭着三十多岁的身体终于到家了，但我在擦拭身体时却发现我的腿不知什么时候划了一道口子，还渗着鲜血却没有感到疼。这次雨中的经历刻骨铭心，我不止一次对我的朋友们讲起过，但他们并没有表现出惊讶的神情，而是听故事一般，我知道这是他们没有亲身经历的原因。后来在我的人生岁月里再也没有经历过这样的时刻，我不期望，即使再经历我想也不会有上次那样的恐惧了。

后来也经历过无数次但都是小雨，小雨的温柔让我们爱不释手。

那是中年以后，我们家种了西瓜，我和父亲要串乡去卖，一次我们刚好卖完瓜就乌云遮天了。我们收拾好摊子就赶紧往家赶，也是走到半路天空就下起雨，但雨是中雨，不碍我们回家的心情，我驾驶着我们家的破三轮车，加大油门行驶在回家的路上。雨滴在我的眼前急速地落下去，因此我也有了观察雨滴是怎样落在地面上的机会。炎热的七月天里，蝉立刻停止了歌唱，只有燕子急遽地飞舞，周围的燥热立刻凉爽下来，我看到雨滴你争我抢地砸在地面上，由于地面上铺着厚厚的尘土，雨滴砸上去时会把尘土砸下去一个小坑，同时一小股尘烟被砸起。那情景让我看得十分惬意，雨滴完全是个体的，没有与同行商量的余地，都是独立完成着一次坠落，好像我们每一个人都是个体的，各自完成着各自的人生。雨滴的生涯是瞬间的而我们的人生是漫长的。漫长的人生注定我们经历无数次困境和顺时，不同的故事造就我们多彩的人生，这正是应了那句不经历风雨难见彩虹。

有了天气预报，好像我们人生的每一步有了预知，天气预报就在手机上，方便得很，只要有心情，手机一按屏幕，天气的情况就明明白白展露在你面前。天空的阴晴，温度，雾霾，风力，沙尘暴等细节。这个过程好像人类把天空的每一个细节掌握得明明白白，天空再无遮藏，再无秘密可言。其实我们知道，茫茫宇宙深不可测，我们所知道的不过万亿分之一。

随着人工智能的发展，如果我们人类研究出一款命运预报系统，那对我们的生活将会有多么大的帮助啊。每一步的行走都是一帆风顺，没有灾难，没有坎坷，处处是天下太平，天晴日暖。

有了天气预报，我们就会减少雨中的经历，就会减少雨滴不停砸在身上的那种闹心。雨滴只能体会砸在树叶上的感觉，砸在山羊身上的感觉，因为它们没有智能。

2

我特别喜欢倾听雨声，雨滴砸着植物的叶子，灌木树丛的叶子，由于连续发出的声音，就形成一条河流的声音，是河水由于一次下坡撞击河底卵石的声音，连续不断。

雨滴从那么远的天空坠下来砸着叶子，叶子抖动一下，又抖动一下，很想阻止这个不情愿的抖动，但是办不到。雨滴连续地砸着叶子，叶子不断地抖动，后来叶子适应了这没有一丝伤害的撞击。叶子有了想与雨滴对话的念头，可是刚一张开口那雨滴就滑落下去了。叶子无奈地摇摇头，就任雨滴诗意地砸着自己的全身脉络，这种经历无数次了，每次发生叶子就习以为常了。而有的雨滴躲在了叶子的背面，是不是有意要与叶子谐好，这滴雨在叶子遮蔽下不发出声音，等待着什么。

我喜欢一对情侣在雨中散步的样子，雨是恰好的雨，没有爆裂和肆虐，不是那种不知人间烟火律令的雨，懂事、体贴。它们轻洒到情侣的肩头、发际。而这对情侣一点儿也不顾，只顾把双脚迈向前方，女人用胳膊挽着男人的臂膀，感受着对方的体温，血液的流速和雄性激素的膨胀。男人稳健、自信，每一步都踏实。看得出这是一对有希望的情侣，他们徜徉在爱的河流中，崇尚着未来的美好也坚守着当下的执着。他们渐渐远去的背影令我瞩望，美好打动了我，我在心中默默为他们祝福。

我也喜欢看雨，看雨滴是如何从天上滴落的。我选择了在一扇窗之后，透明的玻璃隔开了我与雨的世界。我在窗子后面安静地看着雨从天空急速地坠下来，仿佛执行谁的命令毫无倦怠，迅速地滴落着，也似一群年轻的士兵赶赴一个车站毫无怨言。每一滴雨都有自己的道路，谁也不妨碍谁，也可以说每一滴雨都有自己的任务。眼前的一切都在雨中，都在雨的浇灌中，有的事物陶醉，有的奋发，有的异常，有的干脆在雨中一动不动。雨的世界太美妙了，你看不到人间的吵闹，忧愁。人间的许多歪门邪道好像不存在了，尘埃不存在了，多么干净的一个世界啊，原来世界可以这样美好。

后来我把目光收回来专注于眼前，透明的玻璃爬满了雨滴，这肯定是那些不安分的雨滴，看到玻璃后面有一双眼睛闪烁着就落在了玻璃上想看个究竟，由于好奇许多的雨滴参与过来，雨滴驻足在玻璃上只是观望不发表任何见解，可是后面的雨滴也好奇来凑热闹，由于位置有限冲撞到在前的雨滴，那颗雨滴就不自觉地下滑，滑到玻璃的边沿，脱落。雨滴有大有小，大雨滴憨实，小雨滴灵巧。这两种雨滴我都喜欢，因为他们不含恶意。

一下午甚至一整天，世界都在雨滴制造的茫然里。雨滴稠密，它们落地的声音形成了急行军的声音，急迫地赶路，没有异议只是服从。

钟·钟声

我非常佩服发明钟的人，我感觉钟是世界上最早能够发出声音的最完美的器具。它完美得天衣无缝，任何想从这里找出声音的缺漏的人都将白费工夫。当钟被敲响时，钟声悠远而冗长，圆润而洪亮，敲钟人的意愿完全在钟声里呈现，几十里以外的人都能听见。钟声的悠远取决于钟的大小，我见过正定开元寺的钟，几吨重的大铁钟悬空于几根木头之上几千年，木头旧而不腐。钟的敲槌也是一个碗口粗的独木。让人叹为观止。

查阅资料得知，钟作为发声乐器春秋战国甚至更早就有，梵钟（佛钟）的产生是佛教东来，寺院兴起的产物，梵钟顾名思义是供寺庙做佛事用的，或召唤僧人上殿诵经，另外诸如睡觉，起床，吃饭无不以钟声为号，不同用途则敲钟的节奏不同。

钟的庄重与肃穆让人不可忽视。我们这一代人几乎很少有人听到过钟声的召唤，即使听到也是在电影里耳闻的。当钟声穿过我们的胸膛时，顿觉严肃与不能胡来之感。钟声的威严与美好的象征多次进入诗人的意象之中。唐朝诗人张继写的《枫桥夜泊》很好。非常巧妙地运用了钟声，他精选了夜半的钟声，半夜正是人们酣眠的时刻，而半夜能够听到钟声的人，肯定是彻夜不眠的羁旅之人因了什么事或思念或牵挂，一颗寂寥之心重重受着摧残。

月落乌啼霜满天，江枫渔火对愁眠。姑苏城外寒山寺，夜半钟声到客船。

那寒山寺的夜半钟声，不但衬托出夜的宁静，更在重重地撞击着诗人那颗孤寂的心灵，让人感到时空的永恒和寂寞。在这里钟声成了诗人很好的道具，渲染了诗人深深感到了一个凄清的秋夜，羁旅凄凉的凝重。

而远在沙门岛的庙岛的钟声，优美神奇，柔和湿润，像母亲对婴儿温馨的催眠。庙里的妈祖铜像端庄盘坐，脸庞丰腴，面含微笑，神态慈祥。她所具有的神秘力量，让人崇敬。庙岛的钟声是福佑万民的钟声，德被海疆它会千年万世响下去。

我生活在县城的一个角落，每到下午六点整，就会听到美术学院的钟楼上响起悠悠的钟声，悠长的钟声在黄昏的夕光里，摇撼得人心空旷。它好像在提醒人们，人生时光短暂，人啊，你是否珍惜地度过了今天。同时它也在警醒着那些醉汉无赖虚度时光的人的落寞与灵魂的无着。

我在网络视频上听过柏林大教堂的钟声，由于地域与文化背景的不同我没有听明白钟声的任何启迪和引领，我听到的不过就是音质好的铁被敲击时发出的好听的声音。我看到教堂门前的广场上走动或休息的人群，没有看到他们听到钟声时的激动，此时钟声好像走在世界里的一条影子，可有可无。神的开悟与引导由于次数过多引起了情绪的厌烦，因此钟声变得敷衍。

相比之下，我还是喜欢上海外滩的钟声，钟声一响就给人振奋的力量，清脆、明亮、青春、浩气、不忘历史，随着镜头的移动我看到外滩的建筑也那么朝气，充满血液的涌动，蓬勃的建筑，陪伴它们的是积极向上。欣欣生长的树木也陶醉在祖国美好的建设规划和硕果累累的氛围中，随意，悠然而不偏离钟声里乐感的主题。霓虹灯闪烁，灯影并不缥缈。这应该是晚上，街上人影稀疏，建筑里的灯光通明。这是我向往的钟声，有机会我一定亲临现场倾听这激越并充满人文道德伦理之音，这是天地真音。

撞钟我觉得是一件非常庄重的仪式，它千年不坠地悬在半空，钟没有因时间的匆走，而失去它本来的光泽和意愿，反而它被人爱惜得发亮，好似它永远属于当下。属于那些不懂什么却又谨慎的善男信女。它两米多高，一米多粗的形体，像一座山峰巍峨地屹立在眼前，首先占据了你心灵的空间，使你一站到面前不禁哑然，即使纵有千言也得暂时放下，躬首听从它的指令。它有什么指令呢，只要你不去上前触摸它永远是一口笨拙的有点儿傻气的宠物。而那根系着红布条的碗口粗的木杠早在一旁深情地等着你去端起来。钟与木杠的组合正是琴弦与手指的组合。此刻站在这里的你，已经消钝了尘世的是是非非，纵横奸术，心已沉静，真气由生，你自觉地端起那根等待你已久的木杠，用尽力气撞响那包容万物事理的钟壁。果然灵验，钟最大限度地发出了自己的声音。声音通过空气首先传入你的心室，这有别于万物的摩擦发出声音的宠物令你血脉偾张，此刻你有一种信任，默许，服帖的心态，有一种自然而然上了一个台阶的感觉。实际上这是你第一次参与这么宏大的事件，没有遗憾反而为荣耀。一下两下，你想继续撞下去，可事实由不得你，后面的来人已经叠了不少，他们将重复你的动作，但思想不一定相同。每个人来自不同的环境，地域，不同的环境造就不同的人性。今天你成功地撞了六下，但不知道为什么是六下，也许是下意识地取六为吉数吧。你的欲望被道德阻止，很优雅地让开了。但是你离开的脚步是轻松的，你从来没有这么深刻地体会过这样一场净化心灵的游戏。我查佛书，闻钟声有生善破恶之意。

让人感到可笑的是，寺院的疏散，佛事的荒废，钟声的沉寂，让聪明的人移花接木般利用了这响器。

我们的少年时代，钟作为钟点移植到了学校，敲一下是下课，"咚""咚""咚"缓慢而舒展。钟声告诉学子放松一下紧张的学习神经。于是看见教室的门口像戏院的门口一样有人陆续走出来。敲两下是上课，"咚咚""咚咚"急促的钟声召唤你赶紧进入教室，新的一轮学习又开始了。于是又看到，一些在院子里玩的孩子急剧地向教室跑去，那些上厕所的孩子更是慌张着向教室跑，孩子们就是这样，年轻，血液膨胀有什么召唤从不拖拖拉拉，不过有极个别的孩子慢性情，好像老年人，好像身上的血液沉睡了行动迟缓。敲钟人是一个贫下中农代表，每次敲钟时表情严肃，两耳细听，一直等到敲完才轻松地回到办公室。每次上课我都愿意听到下课的钟声随时响起。学校的钟不大，挂在一棵老槐树的枝杈上，敲钟绳远离地面，虽然我们上千次地听到钟声可一次也没有亲自尝试过。一次钟槌断开，不得不解开钟绳放下来修理，还好正是休息的时间，我目睹了钟的尊容。像古代骑士的帽子，有一百多斤重。当我捡起一个硬物敲击时，声音让我沮丧，它的声音完全被土地吸走，没有在高空时的悦耳与响亮。

学校毕业以后，参加了生产队劳动。我们队里也有一口钟，比学校的钟大，吊得也高。敲击时生产队的所有社员都能听到。尤其是早晨，当钟敲响时，即使你的梦多么香甜也能叫醒你。队长的敲法与学校的贫下中农代表的敲法完全不同。队长的敲法急促，热烈，好像队院里着了火。"当、当、当、当、当……"随后看见社员们从各家门口走出来，有揉眼睛的，有提裤子的，还有打瞌睡的。

现代，谁也不徒劳地铸大铁钟了，没有用。到处是时间，钟表，手机，电子表，小巧玲珑，观赏方便。钟当作废铁，炼了铁水。我已经好多年没有见过铁钟了，它从人们的视野彻底消失了。

奇巧的是一个偶然的机会，我在一个村级废品站看见了一口锈蚀满满的铁钟，它被压在众多的奇形怪状的废铁中，一眼看见它我就像发现了一个久远的秘密，当然心里有一股惊喜的暖流。我费了好大的劲扒开那些张牙舞爪的废铁，才得以来到它的近前，我抚摩了一下钟壁，没有一丝的光滑感反而像岁月不知被哪个无聊的人用锯子锯开了无数豁口。我宽大的手掌几乎搁浅在它茫茫的戈壁滩，我缓慢地抽回了对它的爱惜，瞬间产生了放弃的念头。可是又不死心，我随手捡起一块同样锈蚀满满的铁块向它撞击，本应想听到久违的声音，可是我完全失败了，它居然发出了让我绝望的声音，那简直不是声音完全是一个失去血液的肉体被人无端地翻了一个身，我非常无奈地望了它一会儿希望它重新唤起新生，这是根本不可能了，因为时间已经过去很久，它身上的每一粒细胞已经完全渴死掉了，再也没有重生的机会了，它彻底变成了废物，与它的那些从来没有来往过的穷亲戚将一同置于高高的火炉。

我无奈地摇摇头十分沮丧地离开了它。

村庄里的铁

在村庄居住的铁

我最早看见铁，应该是镰刀，当父亲从屋檐下拿出那个蹩脚的"7"字样的铁，我迟疑了半天。说实话，五六岁的我根本不知道那是什么东西，干什么用的。由于好奇，我跟踪了父亲，他一手拿着那把"好奇"，一手拿着水壶，沿村庄被阳光晒白的街道向田野走去。他根本不知道我在后面跟踪，因为我太小了，太小了的体重是轻的。轻的体重不会对大地造成任何影响，因此我的行走没有发出任何声音。我看见父亲豪情满怀地向田野大步走去。田野里麦子熟了，一片金黄，麦穗在风的吹拂下摇动着，并发出轻微的沙沙的摩擦声。此时我已忽略了麦子的诱惑，专注于父亲手里的那把蹩脚的"7"。我确实不知道父亲的动机，用它来做什么。我看见父亲来到麦田边上以后，首先放下了水壶，然后弯下腰去。而那只握着"7"字的手已经沿着麦根伸展出去，然后用力拉了一下，左手攥住的麦子已断了脚。当我走近父亲，父亲已经猜透了我的心思，父亲声音不高地说出一句，这个东西叫镰刀，是割麦子的铁。由于对镰刀的过分兴趣我没有言语，瞪着眼睛看父亲向前移动，并倾听铁与麦根摩擦发出的好听的声音。因为太小不懂事，没有给这个声音命名。但这个声音像刺一样扎进了我的头颅。

镰刀是铁的，铁开始在我的脑海里活动起来，后来钉子，斧头、水车、钳子、铁锹、三齿、菜刀、勺子等逐一进入脑海。因为年龄太小我不了解其用，随着年龄的增长，我由喜欢他们的热烈到冷漠，到逐渐对它们失去兴趣。而又不断地认识从来没见过的铁、轴承、磨面机、管钳以及后来二楞从县农技站开回来的红色拖拉机。

我痴迷铁构成的一切东西，由铁构成的车轮子庞大，上面缀满了大帽铁钉，排列均匀，由此往往想到古代战器。铁的锋利肯定是一个智者在一个阴雨天的下午安静思考的结果。开始铁肯定是一个笨重的疙瘩，没有智力看上去傻傻的。是智者赋予了它锋芒。这个世界太需要锋芒了，没有锋芒多么别扭，绕道、迂回、整体不能破碎。再漂亮的砍刀没有锋芒也砍不断一棵树。锋芒就是看不见的利刃，但它确实存在着，如果你仔细看就会看到芒在它的周围。芒的具体样子我无法形容，我打个比喻吧就是我们平常看到的太阳光的芒。利刃在工作的时候，我们看不到芒，它被速度掩盖了。

后来我又对轴承感兴趣了。铁的构件不停地发生变化，由方变成圆。那是工人叔叔在灯光明亮的车间里精心研制的，任何一个部件都融入了工人叔叔的智慧，心血和汗水。后来突发奇想，我找到了一个铁的圆圈，制作了一把推手，推手也是铁的，只不过我把它的顶端弯曲了一个勾，我不停地在大街上用推手向前推动，铁圈不停地向前滚动，我兴奋至极，原因是我掌握了铁。我让铁在我的意志里行动。

从村庄路过的铁

那是我十来岁的时候，铁从村庄路过。非常震撼，它们以威武的形式出现，大炮、坦克、重机枪、步枪。我从来没有见过这么雄壮的阵势，所有的人都惊得目瞪口呆，猜测着这些铁从哪里来到哪里去。这些铁完全是一群年轻人操控着，他们长得英俊，穿着绿色的衣服，步伐一致，浩浩荡荡，从村子的西头去村子的东头。我想用数量完整地记下来，可是办不到，只能任凭这些铁从我眼前毫无顾忌地水一样流过。

村子里所有的麻雀和鸡，表情与我一样惊讶，它们惊讶于世间竟有这样的安排，整齐统一：统一的表情，统一的手势，统一的步伐。事情过后，它们竟模仿。由于模仿的难度，它们内部还起了哄。

这样的阵势在村子里整整持续了半后晌。所有的铁被伪装了，看不到本来面目。在我们村子留下疑问的秘密。其实村子里岁数大的人都知道这是保卫村子和人们和平的人们，他们苦练杀敌本领，时刻准备着应对外来之敌。

为了一块重铁父亲跑了很远的路

为了我们家增加经济收入，父亲决定买一块重铁。吃过晚饭我们都去看黑白电视了，父亲把母亲叫到跟前说，我要买一块重铁。母亲被搞得莫名其妙反问父亲什么叫重铁，父亲显得不耐烦地说，重铁就是很重的铁，后来父亲怕母亲不明白又补充了一句，就是一个人抱不起来的铁。母亲更加不明白了，母亲说，什么样的铁非要抱起来，抱起来它又要干啥？母亲一连串的提问也把父亲问住了，其实父亲也不知道那块重铁叫什么名字。后来父亲搔搔头忽然脑洞大开，父亲突然想起来了叫夯。对，就叫夯。面对父亲的开窍母亲并没有显得热情，反而说买那玩意儿干啥也不是一个钱两钱的东西。父亲显得柔和他是为了讨好母亲的同意。父亲说他前几天进城与一朋友喝酒，把家里的困难说于人家听，人家给他提供了一个致富的办法，并说这个买卖很冷门，准行。父亲就打上量了，其实这事已经在父亲心里存了好几天了，因心里没有十分把握也就没有给母亲突然提出来。今天晚上喝了一点儿小酒就大着胆子给母亲说了。父亲说，以前咱农村盖房夯地基都是用麦场院里的碌碡，用铁丝捆上木杠几个人抬起来再放下去，真是费力气，动作不好还扭腰。再说了现在的人谁还愿意出力气干活儿，这是求人的事。求人不如求机器，求机器不用落人情。父亲的一番话打动了母亲，母亲也不知道怎么好，母亲给了父亲一句不冷不烫的话，母亲说，你看着办吧，咱们家这点儿家底你也清楚。这样也算得到了母亲的同意。

第二天父亲就拿上家里所有的积蓄，按照朋友的指示去了北京，北京距离我们这里虽不远也得几百里地。父亲去北京是第一次，第一次就转了向。

我不知道父亲是怎么找到那家制造厂的，也不知道父亲是怎样把这个重铁运回村庄的。反正当父亲出现在我面前时，我发现父亲瘦了。立刻我眼里有了泪花……

村庄里一块最大的铁

1975年，一块最大的铁来到我们村庄，大红色的，并发出"突突"的声音。那天正好是礼拜日，没有上学。我们跟随声音来到队院，一辆红色的拖拉机被二楞开进来。我们来到的时候已经聚集了好多人，围拢着品头论足。

我拨开人群钻了进去，崭新的红让我一时忘记它是铁的。新漆的油漆味道还很浓烈。二楞正滔滔不绝讲着拖拉机开回来的故事，队长笑了一阵对二楞说，二楞，这个家伙以后就归你管。二楞兴奋地说，那当然了队长，别人开我还不放心呢。二楞在公社农技站当过修理员，所以二楞熟悉这个庞然大物。

随着时间的推移，太阳快落山了，人们带着逐渐退缩的兴奋走出队院。当然我很不情愿，我对这块村庄最大的铁充满很深的兴趣。我随着撤退的人流撤出大门，后来急中生智我进了院门一侧的厕所，等完全没有脚步声了我才走出来。我直接奔到了这块巨大的铁面前，迫不及待地坐在了上面，手持方向盘转动起来，无休止地扭动方向盘，踩闸、加油门，嘴里发出"突突"的拖拉机奔驰的声音。那个在队院喂牛的老李根本不管我的事，得意也许就是这个样子，我好像驾驶着它驶出了队院，来到了田野，我看见很多麻雀都被这个庞然大物震惊了。麻雀们眼睛不眨地看着我的得意。后来知道了事情的原委才鸣叫起来，差点儿为我鼓掌。

突然一声吆喝把我镇住了，我立刻停止了得意。我转动脑袋看四周竟发现二楞在队院的门口。我错误地估计了二楞的想法，原来他没有回家，原来他发现了我的行踪，注意起我了。

二楞没有进来，他站在那里大声吆喝：还他×不滚下来，你以为那是你家的玩具，弄坏了你赔得起吗？你爹赔得起吗？听到这样的呵斥我立刻蔫了，我的兴奋一下子降到了极点。我现在唯一的反应就是赶紧从拖拉机的座位上滚下来，当然不是"滚"而是动作迟缓地从拖拉机上下来。我的恼怒一下子在胸腔里升腾。升腾也不起作用，面对一个七尺莽汉我没有一点儿办法，只能是忍耐。我二叔跟我说过一句这样的话，君子报仇十年不晚。我默念着这句话，牙齿咬得紧紧的，慢腾腾地从二楞身旁走出院门。二楞肯定察觉到了我的不满，立刻在我身后喷了一句，怎么，还不服。我没有搭理他径直去了沙河的树林里，我要在那里消耗掉我的气愤。聪明的是我没有回家，我回家父亲看到我生气的样子肯定追问我生气的缘由，当我说出缘由，父亲肯定像二楞一样呵斥我。

因为与二楞结下了仇怨，每次看见二楞驾驶着拖拉机从我眼前走过，我都恨恨地吐两口唾液。二楞肯定也知晓了，他看见我走在路旁每次就加大油门，一溜烟驶过去。

真是想不到一块大铁给我带来不愉快，从此我对大铁开始了厌弃。它的速度，它的尖叫以及它存在的危险都是我厌弃的理由。

虽然我厌弃它，但它确实给我们村庄带来了好处。谁家盖房子用的白灰都是它经过几百里路程从山西拉回来的，还有盖房用的砖都是它一车一车从砖窑厂拉回来。当然种地用的化肥也是它从我们县化肥厂拉回村庄的，最最重要的是它拉回村庄十几位新娘子。

一块铁在村庄里飞起来

——我不知道一块铁为什么那么沉不住气，跃跃欲试，它在寻找一切机会飞起来。仿佛只有飞才能完成什么，因此它时时刻刻寻找着机会。它究竟要完成什么呀！或者要展示什么，它究竟蕴含着什么物质，需要展示内在含量或力量。它就这样期待着，哪怕这出口很窄很小，它都要试着冒险一回。

我怎么也没有想到，在我们平凡的生活中一块铁会飞起来，会直接找到小米的无名指，把他干掉。

小米和我是同学。小米长得猴样，小鼻、小眼、小嘴。

个子比我高一头。

　　小米爱枪，自做了一把链子枪（链子是从废弃的自行车的链子上取下来的，擦成一串，有八九扣吧），用一根硬的铁丝弯成手枪的形状，把链扣固定上去，然后再用一根半钢性的铁丝磨光滑做撞针，最顶端的两扣用辐条帽盘起来。火药是火柴头，取下两三个火柴头上的磷，放进辐条帽内，然后用加了弹力的撞针撞。发出啪的一声脆响，随即一股青烟升腾。小米是我们班上最先拥有这种枪的人，小米上学带着，同学们围一圈看，不听老师讲课，老师急了，收了小米的枪，从此再也没见过小米带枪上学。其实，小米很快又做了一把。他给我说不让告诉别人。小米神秘地让我看了看，比上次的那把更漂亮，像真家伙，有枪管，枪管可以放火药。枪管是我们一起到靶场捡来的弹壳，特帅气，我恨不得自己也拥有一把。

　　放暑假了，一连几天找不到小米，我的心情不好。突然有了用刺刀换小米的枪的想法。我突然有了一把刺刀，（是父亲从机械厂带回来的，那些刺刀要回炉，就拿了一把）。想与小米交换着玩。我把刺刀缩在袖筒里，去找小米，小米不在家，碰见了小米弟弟二米，二米说他哥替他母亲看谷子去了，在河滩地。二米是气蛋，每隔两三分钟用手捏一下，也许那样好受。我径直向我们队里的谷子地走去，路上我怕碰到我母亲，就钻玉米地。到谷子地里还是没有见到小米的影子，我就猜小米可能在谷子地的那头。于是，我心恢恢地向那头走去，心里想着小米那把枪。成群的麻雀见我走来

"轰"地飞去。刚走到谷地中间突然听到砰的一声响，不知怎么回事。我小跑着过去，刺刀在袖筒里硌得难受。只见小米一只手攥着另一只手，满手都是血。我惊呆了，看见那支我喜欢的手枪躺在地上。仿佛上面有两只眼睛看着我和小米，有一种认识到自己错误的神情。小米说，快给我一块布，我的手指头掉了，给我裹上。我惊慌失措，怎么也找不到布，小米就让我撕他的衣服。我看见小米的手指头在离小米不远的地方躺着，像一颗鲜艳的花生仁。有一种你不稀罕我我也懒得理你的神情。一点儿也没有手的感觉。我急忙捡起来，与原来的手指对接，当然是白费劲，小米说，扔掉吧。在我包扎的过程中，小米一点儿痛苦也没有，好像掉下来的是别人的手指。

后来，我们搭了一辆买化肥的牛车到公社卫生院，医生说来得太迟了，接不上了，只给了点儿消炎药。

现在，我们都成了成年人，再看小米的手指始终没有长出那一节来，就因为这，小米始终没有找到老婆。

这块铁就是从小米的枪筒飞出来的，它以飞的速度找到小米最脆弱的那节手指，然后以迅雷不及掩耳之势消掉了小米的手指。我们不知道这块铁为什么这样，它飞出去时任何人没有看到它的轨迹，也没有看见它飞时的影子，当然更不知道它的目的……

铁在村庄里发出声音

很久没有听到铁发出声音了，在清晨朦胧的空气里，它被队长敲响，急促，一声接一声。听到的人立刻起床，赶到队院，听候队长的安排。队长当然是精力旺盛，每天早晨五点的钟声必须准时敲响，几十年了无一差错。钟声响过，队长就蹲在大榆树下面的石碾上卷旱烟。早来的人也不说话，只是远远地站着，等候队长吩咐。全队一百二十口人，都得吃口饭，都得干一件差事，只有干活儿才能挣上工分，只有工分才能年底分上粮食。这是天经地义的道理。谁也不愿意在家闲一天。干活儿也有重活与轻活之分，人都是愿意干轻活的，都愿意今天队长开恩给一个轻活。一个生产队都是土地活，哪里有那么多轻活。当然比重活轻一点儿的也行。

人员越聚越多，形成了黑压压的一片。今天队长也不知怎的，就是蹲在那里卷旱烟，已经第三支了，烟雾快把队长包围了。队长五十多岁的人了，小个子，两鬓已有了白发，眼睛不大但眼睛里射出的光让人逃避。谁也不愿意与队长目光对视，只是很顺从地听队长吩咐，队长的嗓音也洪亮得让你震颤，没有听不清队长吩咐的人，如果你一时不注意，没有听清队长的吩咐，那你就等着最后吧，等着队长吩咐给你好活吧！你不走不离开原地，队长就知道你没有注意听，你没有听清干什么活，当然你不敢离开。所以任何人在队长面前都表现的老实得很。

远山是队上最刺儿头的主儿，每次在队长面前却像是割了蛋的叫驴。场面静默着，突然队长站起身，开机枪似的不停，二猛去村南老虎岗挖土，京香与金象去城关拉草煤，三叫、庆福、二货、白猫、小五你们去石家庄把大粪拉回来，放在场院晾晒，今秋种麦子还要用；妇女们拉大车，把各户起上了的粪肥拉到村西狐狸疙瘩那块地里。

一通吩咐，场面一下子空了，只剩队长一个人和头顶老榆树上面的那口钟。那口钟已经被雨水锈蚀得黑乎乎的，钟顶也许有白色的麻雀屎粒，但它不妨碍钟壁被钟槌撞击时发出的洪亮声音。由此我佩服那个把铁变成钟的人，这人一定懂得音律。钟绳直直地在头顶的上方垂着，小孩子根本够不到，这是会计设计时特意的安排。队长因为个子小，敲钟时地面上放了一个碌碡，蹬在碌碡上再伸展胳膊刚好攥住钟绳。队长几十年就是这么干的，从来没有觉得别扭。队长敲钟时从来不抬头看一眼钟，敲钟成了下意识的惯性，敲钟时队长的脑子没有歇着。他必须每天要考虑给芹安排什么活路，这，队上的人都心知肚明。芹，三十岁，她的丈夫得了脑中风，干不了活，说话也说不清，芹，一个人既要上班挣工分又要在家里照顾丈夫，身边还有一个四岁的闺女，上边还有一个七十多岁的老婆婆，为了活命芹和队长近乎了。……几十年了他们就是这么过来的，后来不知是谁多事发现了他们的行踪，消息传得全队的人都知道，也就是有一天早晨钟声过后吩咐社员们活时，队长察觉到人们的脸色不对。队长并没有一点儿气差的表现，相反精力更充沛，队长明白只有这样才能镇住大家，才能继续领导全队一百多号人。就是这样，这样也许是完全正确的。第二天人们脸色又恢复了正常。这样就是对的，一个生产队必须有一个好带头的人，队长的一个错误不是事，谁不犯错误呢，后来人们为队长辩解起来，原谅，理解，最最重要的是过日子，风波很快就过去了。

这一切现象，头顶的那口老钟全看在眼里，但是那口老钟被队长敲响时依然清晰洪亮，像被队长注入了新鲜血液。

我那时不过几岁，特别喜欢钟声，我们队的钟声一响全村的钟声就自惭形秽。我就悄悄起床，来到大榆树北边的一堵矮墙下面偷看队长敲钟，一下两下，但队长敲钟完全是极紧凑的，上一声还没有完全传播出去，就被第二声遮住……

几十年没有听到钟声了，那棵老榆树已经不在了，钟也消失得不见踪影。

一块铁成了大地的眼睛

一块铁成了大地的眼睛，这是一个新鲜的命题。读者可能要费一点儿心思，一块铁怎样就成了大地的眼睛。我是一个长期生活在农村的人，别人说我是诗人，诗人有着对乡村四季的变化的敏感关注。这是我的独到发现，事实就是这样。

我不知道一块铁为什么有了眼睛的功能，它望着世界好奇猜测，有时发现是一些幻影时自嘲地笑一声。

那是一场大雪之后，世界变成了白色，所有的事物都被厚厚的雪覆盖，所有的事物坚持的观点被暂时覆灭。世界仿佛只有一种颜色和意义。

当我们暂且欢喜世界的好玩时，一块铁突然以眼睛的形式出现了。覆在铁上面的雪花柔美地以圆的形状化开，露出了深埋下面的一块铁的局部。当这个局部反映到我苦涩的目光里，我立刻联想到了眼睛。我的联想是正确的，是眼睛，不是某个人的眼睛，也不是某个动物的眼睛，是大地的眼睛。大地的眼睛，多么新鲜和刺激呀！大地的眼睛，我在心里默念了一遍，多么诗意的名字啊！怀着好奇，我走过去查看大地的眼睛，并感受它的诗意目光。

我的感受和想象是完全正确的，毫无疑问的。它是我见过的精力最精旺的眼睛，目光犀利并有责任感，凝视着天空。猜不透它此时的意愿，也许它早已存在了，它一直镇定地观望着大地以外的事情，有什么突发事件它就事先告诉大地和村庄。我担心它被突来的事物干扰或被破坏，坚守了好几日，后来雪化了，它也隐身了，我才放心下来。

田野上的一块铁

那是牛车车轮上的一块铁，我与它相遇时，它已经不成样子了。厚厚的锈红包裹着它，好像怕它溜掉。样子就像一群蚂蚁，围困着一只倒地的大象。大象很无奈，无力反抗，无力站起逃脱。此时的铁也陷入了僵局。几年过去，当村庄的铁与田野里的铁相遇时，已经无言以对，它们好奇地望着对方，猜测着对方的心事。

滚 碌 碡

　　自从场院消失以后，碌碡分布的到处都是，路边道旁，房子的拐角处，垃圾场。没有人对它感兴趣，也不知怎的，看到碌碡我就感觉亲切。我都会不由自主地上前看一看，摸一摸，然后恋恋不舍地离开。后来我发现碌碡的踪迹越来越少了，很多都埋在了垃圾场的下面。

　　我有一个闲院，院子里种着少许的菜，其他部分闲置着，都长出了杂草，后来我就有了放置碌碡的念头，我把这个想法告诉了老伴，她既不反对也不赞成。后来我就开始了寻找碌碡的行动。我把那些散落在村子边缘的碌碡用车拉回来，一个碌碡少说也有三百斤，我一个人是无法移动的，何况还要上车。我时常叫上我的那些和我不错的人给我帮忙，因为太沉好多人不干了，最重要的是没有意义。有一次我叫了二杆子，二杆子和我来到一个废弃的养鸡场，那里有一个青石的碌碡，我很喜欢。二杆子体质弱没有力气，我们搬了几次都没有成功，二杆子一边埋怨一边打退堂鼓，我没有办法只能听着二杆子的数落，但是要把它运回家的愿望始终没有放弃。

　　后来二杆子急中生智，想了一个办法很巧妙，不用费多大力气就办事了。就是把车放到路旁的地里，由于地势较低，三轮车放在那里的时候，与路面刚好平行，这样我们只需用力推动就行，沉重的碌碡就是这样被我们装上车。碌碡

178

装上三轮车，简直要了三轮车的命，压得三轮车吱吱叫。

还有几次，被丢弃在村子周围的碌碡，我是用双手推到家的。当然很累，水泥路面好推动，泥土路面就要费多一倍的力气。有时要上一个坡，我必须用猛力推上去，我的眼珠子被力气憋得暴凸着，我的样子一定难看，我想可能像张飞暴怒的样子。遇到过路的人看到我推着碌碡往前走就问，推那玩意儿干吗。并说，吃饱了撑的。我已经把这些闲言碎语放置在脑后了，我快奔六十岁的人了，任何语言我都能接受，我的胸怀比二十岁的时候宽广多了，每个人都有自己的生活方式，管别人怎么说。有时碌碡在水泥路上滚动时发出雷一样的声音，咕咚咕咚。引得好几个人从家里跑出来看，不知道街上发生了什么事。我不气不恼依然推着碌碡向前走。有时我感觉弯下腰双手爬在碌碡上的感觉很舒服，我甚至想到，这样作为一种健身运动方式不是不可。更重要的是，从这次滚碌碡的事件中我感悟到，滚碌碡最重要的问题是方向问题，这是很实际的问题，跑偏的碌碡我们需要修正，因为碌碡很重一般情境下不是双手能搬动的，这样就得想办法，我会借助硬物垫在碌碡的下面，这样反复几次就能把跑偏方向的碌碡修正回来。由此我想到了一个家庭，一个国家。一个家庭的发展也是奔着小康的路前进的，作为当家人，也是把握方向的人，如果家庭前进的轮子出现故障必须尽早修正，否则陷入泥潭就会事半功倍，或者家破人亡。方向问题是重要的问题。

这样不懈地努力，我的小院已经有了十几个碌碡，它们乱七八糟地堆在小院也不好看，就把它们安排得井然有序，有的把它们立起来，在上面墩上花盆，有的在上面放上盆景。小院布置得很是耐看，那些碌碡在我这里好像也有了灵气。

我想在我有生之年，它们不会被抛弃，至少也能待上二三十年，二三十年之后，那些不知道过去乡村生活怎样的后生，就会指着碌碡问我，老爷爷，这些石头是干吗用的。我就会兴奋地一一回答他们的问题。我也许有了长胡子，我一边撸着胡须一边微笑着说。

我确实不知道这些山石是怎么来到乡村的，我的阅历不丰富，也没有听到老辈人阐述过。总之我觉得它们来到这里是很不容易的，因为沉重这一点儿就给运输带来了困境。老辈人有老辈人的法子。

不过那些山石来到这里是很守规矩的，从来不节外生枝，无论是谁使用都保持了旺盛的生命力。把它们安排在哪里就在哪里忠于职守。比如被安排在房角的碌碡，任何想破坏房角的利器都被碌碡顶了回去。更有意思的是一对想谈恋爱的年轻人，就因为男的能把碌碡抱起来就答应了这门亲事。这说明男的有力气，能吃苦，就是不会手艺也饿不死人。还有一件有意思的事，两口子打架，男的实在拗不过妻子，就黑夜来到场院翻碌碡，那晚有月亮，而且非常明亮，照得场院清晰无比。男的一个人在场院翻碌碡，一边翻一边说，叫你不听话，叫你不听话。其实男的很有力气，不愿意伤害媳妇，有理又说不清，因此出此下策。谁知媳妇就在后边跟着，媳妇也怕出事，媳妇看见自己的男人翻碌碡就看着他翻也不去阻拦，媳妇知道等他把力气使完了，就没有脾气了。男的翻了五十六个，最后棉袄都湿透了，这时媳妇默默走过去递上毛巾，汗水擦完矛盾也没有了。

其实碌碡在乡下的作用大了，谁家筑墙就用碌碡代替夯夯地基，好几个年轻人口号喊齐就把几百斤重的碌碡抬起来。都是在夜里干，不耽误白天生产队的活，谁也不讲报酬，旁边晾上几碗白开水就行，另外别忘了放两盒"岗南"烟，一毛六一盒。就这些东西便足以激发起年轻人的朝气、活力。深夜，人们躺在炕上听着邻居家"咚咚"砸地基的声音怎么也难以入眠。

听说在抗战时期，民兵连长二楞就是凭着一台碌碡把炸药包送到日本鬼子炮楼的根部端了日本鬼子的炮楼。二楞用碌碡作掩护，一边攻击一边推动着碌碡做掩体，日本鬼子急眼了全部的子弹打在了碌碡上，想消灭碌碡后面的二楞。子弹打在碌碡上冒出火花，一点也伤不着二楞。

一台碌碡在乡下说不定有什么作用，真是帮了乡下人的大忙。

我不但喜欢碌碡的率直真性，还喜欢所有不远千里来到我们乡下的石器，它们不是来做客的，它们真真是帮助乡下人解决问题的。

随着社会的进步，机器代替了笨重的石头，一些石器逐渐远离我们的视线，但我们与那些石器一起奋斗的历程凝结下的情感不会很快消失。我把它们收集到一起就是要唤醒那些曾经使用过的人们无论在哪里生活都不要忘记这些笨拙的石器。是它们帮助了我们，建设美丽家园它们是不可或缺的一分子。

1972 年小学校长的天才设想

20 世纪 60 年代末 70 年代初，学校里开始有军训课。也不知谁从哪里弄来了好多红缨枪，红缨枪也是枪，男生每人一支。由校长训练。我对枪头感兴趣，时常面对枪头思考，因为它的造型奇特。校长是贫下中农，没有文化，却有奇异的思想。整天命令我们，排队，齐步走，跑步走，卧倒，匍匐前进。凡是部队所有的训练科目我们都进行。而且口号一致，响亮：打倒美帝国主义，美帝国主义及其走狗都是纸老虎。也不知我们从哪里来的激情，口号喧响震天，由于是我们跑着步喊的，声音更加激昂。声音传得村庄的上空到处都是。常常引来许多男女老少观看。学校的广场上常被我们训练的脚步蹬起的尘土弥漫，每一场训练下来，头上脸上都是灰尘。训练了三个多月，校长突发奇想，我们训练得这么娴熟，该向谁展示呢？哪里人多呢？在哪里能造成震撼呢？校长突然想到了石家庄，石家庄是我们的省会，那里人多。于是校长集结了好几个村的学生，在一起统一训练，演练了几次。就决定了一个天气晴朗的日子去石家庄中山路上表演。中山路是石家庄最繁华的路，那里常有工人、学生、职员散步。

石家庄虽好但距离我们村庄一百里路，怎么去呢，我们都还是孩子，步行去有那么多的体力吗？于是校长决定坐火车去，火车站距离我们村庄也有二十里地，我们只能步行到火车站，再去坐火车。下午接近黄昏的时候出发了，因为火车是半夜停站。虽然二十里地不远，但由于我们太小，走到半路力气就匮乏了，校长不停地催促很怕我们瘫痪在半路上，让表演失败。我们唉声叹气，摇摇摆摆一点儿也没有了训练时的军人气质。晚上十点多才到达火车站。火车站的大厅里空荡荡的，没有几个人等火车。我们到达以后迅速找了座位躺在了上面，没有找到座位的学生就顺势躺在了火车站大厅的地板上。我们像一群刚刚败下阵来的士兵。这场面校长看上去情绪也不好，校长的眉头紧皱着，我不知道他是否为自己曾经得意的决定感到后悔。

火车在咣当声中于黎明时分终于到达了石家庄，我们集结在石家庄博物馆前面的广场上。我们是从市中心的火车站步行到那里的。由于我们从来没有去过城市，一下火车身上的疲倦全消失了，目光被这座城市的楼房、花草、奇异的标志一下子吸引了。当时石家庄最高的楼才五层，五层也了不起，我们一边走路一边抬头望着五层大楼，觉得新奇。

集结在博物馆前面的广场上是因为这里宽敞，我们要在这里进餐，因为吃饱了我们才能展示才艺，饭是自带的，都是母亲尽心做出来的。有的是烙饼（玉米面与小麦面混合的），有的是馒头（红薯面与小麦面混合），还有鸡蛋（极少数），蛋糕。需要说明的是我们的食物不知什么时候全部被挤压得变了形。还有更为着急的是，有人不知道什么时候把食物给丢了。眼巴巴地看着别人吃食，后来校长让每个人剩一点儿给丢食物的人。吃完饭，校长让我们整装待发，目的地是在广场上预演。随着校长的口令，我们排队整齐，立正、稍息。我们迅速找到了往日的感觉，排好队列，红缨枪就握在我们的左手，我们的阵势首先迎来了广场上晨练人们的目光，他们停止了晨练，向我们这里聚拢。由于他们的围观更增添了我们的力量和勇气，我们喊响在空中的口号是，刻苦训练，保卫祖国。广场上的白鸽被我们的口号震得刚刚落下又飞起来。我们的步伐进入了正规路线，踏上了繁华的中山路。那些不多的车辆也开得小心翼翼为我们让路，我们不停地前进、卧倒、匍匐，以及震耳欲聋的口号，制造了战争气氛的临近，因此引来众多的群众围观，他们没有给我们掌声，而是表现得目瞪口呆，眼巴巴地望着我们不知天下要出什么事情。由于他们的呆望，我们制造了更多呆望的理由，表情严肃，动作一致，口号震天。一直重复仅有的几个训练步骤，中午十二点以后校长才让我们停下来。停下来之后饥饿迅速包围了我们，情绪立刻沮丧到了极点与刚才表演时的情景判若两人。

由于我们表演认真，校长高兴，准备吃了中午饭，让我们去烈士陵园参观，为什么去烈士陵园而不去动物园原因是烈士陵园不要门票。可是吃过中午饭（当然还是我们自己带的食物，由于天气干燥，已经干硬得嚼不动了，我看见有好几个人把食物扔掉了）。我们清理人员时发现少了一个人，那个人是另一个村庄的，我们都不认识。校长让我们原地待命，不要乱跑。然后组织了几个小组分别由老师带领分头去找。当然我在其中一个小组，我们焦急地沿着中山路，或者其他的街道向前找，理发店、商店、油条店、新华书店、汽车站、小菜店，自行车存车部都找了，没有发现人影。找了一下午也没有结果，我们沮丧得快到极点了。我看见带领我们的王老师的额头不停地流汗。那个孩子是他们学校的，如果丢失了他负有一定的责任。因此他的急切心情我们能理解。

实在无果，太阳快落山了，我们准备去广场集合，路过一个茅厕，有一个人要解手。我们就在原地等待，突然那个孩子刚进茅厕的门又突然闪出来了，并大声喊，找到了，找到了，他在这里。我们几乎是同时跑过去的，进去茅厕看见那个学生正靠在墙上歪着头颅睡觉呢，脸上有很深的泪痕。我们理解这个学生找不到组织时的心情。把他摇醒，询问时他说迷了路。把他带回，刚才的沮丧被找到的兴奋赶走，我们拥着那个孩子，来到广场，广场上的人已等得焦急。

天快黑了，我们必须要在天黑之前赶到火车站，要不然我们坐不上火车了。在赶往火车站的途中，我们队列松散，表情茫然，像一群在战场上败下阵来的士兵。

森林的道路

我喜欢把它们称作森林，其实它们也超不过几百亩地，这是我们儿童时期玩耍，尽情释放情感的地方。今天我要说一说它的道路。

两条车轮碾轧的白色带子，主要是牛车，马车，自行车，拖拉机，没有汽车，有时是人的脚步。沿着它可以到达一座集市繁华的城镇。而夹杂两条白色地带中的是那些选错地方的杂草，它们生长在这里，因不断受到车轮和蹄子的撞击而变形，它们的样子老化，饱经沧桑，有点儿老气横秋的样子。它们的骨骼也受到了极大的损伤，骨质增生，使它们的样子难看。衰老而又努力挺起腰杆，它们就是这个样子存在着，装点着两条白色带子。白色带子向远方延伸，充满了诱惑，但我们从来没有机会走下去。只是那诱惑占据我们的脑海。

白色带子干净、漂亮，像水洗过，是干净的沙粒铺陈，没有草尖，没有牛粪，没有羊屎。让走过的人也不留脚印，因此我说它像水洗过不为过。如果暴雨连绵的夏季，它会更干净，两边青绿的杂草时常在雨水过后挂着水珠，太阳一照还闪光。

有时我把白色带子称为没有脚印的道路。我们都喜欢留下脚印的道路，很有情谊似的。当我们走过，我们的脚印清晰地留在身后，保持着我们走过时的形态，还保留着我们走路时的信心、力量以及我们追求目标的博大雄心。这是多么富有诗意的脚印啊，我们每个人都曾经有过，随着年龄的增长，我们这样的机会不多了，这是没办法的事。但是我们还在追求这样的机会，后半生几乎不存在了，这就是我们人生的悲。

　　走在不留下脚印的道路上，有轻微的鞋子摩擦沙粒的声音。那声音干净，干脆，不含有其他的杂音，你很爱听。不知不觉中你走远了，是道路把你送向了远方。故乡就在你身后，只要你回头，就能重新回到故乡的怀抱。但是你是一个铮铮男人，没有回头一直走向远方，故乡从此就在你心中成了一个解不开的结。

　　白色道路周围是空旷的，树木成林，大部分是洋槐，它们得天时地利，无拘无束地生长着，尽情地发挥着自己的潜能。快有一百年了，有的已经成了栋梁，等待人们采伐。

　　若是雨季，在洋槐的根部会长出可爱的小蘑菇，鲜嫩，机灵，霸气。我们有时采摘，那些小蘑菇特别反感被我们据为己有，有时还在我们的小手心里挣扎。在草丛中爬来爬去的小虫，有的飞舞到空中。在有光束的空气中飞，自由地飞，抵达和降落都是随意的，能看清形体。

　　我们时常在这里玩耍，开心，尽兴，想象，沿着白色地带向前走一阵，而后又快乐地返回。这就是我们童年美好生活的一部分。

　　如今时常想起这些。心里就默默涌动起来。

鼓

　　我十分佩服古代制鼓之人，他是一个勤奋的人，对鼓有极大的兴趣。也许在他之前根本没有鼓这种东西，鼓是他自己命名的。

我们假设这个人叫元，元是一个极聪明的人，但是家境贫困，上不起学。于是就跟着父亲学木匠，几十年的木匠生涯，让元对各种木料的性能烂熟于心。一次父亲交上了一个屠夫做朋友，在木工活计青黄不接的时候，父亲带着元到这个屠夫朋友家做客。一走进屠夫家的院子，元就看到，院子里晒满了动物的皮毛，猪的，牛的，羊的，还有兔子的。屠夫对他们的到来，非常高兴，于是慌忙把他们父子请进屋子，上座，并令妻子端上香味四溢的牛屁股做下酒菜。元是一个对什么都好奇的人，在酒桌上坐了一会儿假装去厕所，就在屠夫家的院子里转悠起来。屠夫家的很多东西都与皮毛有关。皮衣，皮鞋，皮褥子，皮板凳，皮绳子，皮鞭子。更为特殊的是，水缸的盖子也是牛皮做的。元不由自主地想摸一摸那个水缸盖子，刚走近时，突然"嘣"的一声响，声音粗壮，而且余音袅袅。元惊异地发现一粒石子在水缸的盖子上弹跳了几下，原来一只在屋檐上飞起的鸽子弹落了屋檐上的一粒石子，这石子又恰巧落在了用牛皮做的水缸盖子上面，于是动人之声由此而生。元听到了，兴奋了。他告别了父亲与屠夫飞起脚步向家里跑去。从此元就与皮毛较上了劲，他让父亲从屠夫家购得一张牛皮，把牛皮幪在了家里的陶器上，用手击时发出很不错的声音，后来元就改为木棍敲击，牛皮发出了意想不到的动人魂魄的声音，于是中国古代第一只陶鼓诞生了。陶鼓的诞生，不是一次两次的实验就成功的，元费尽了心血，不知熬了多少个茫茫黑夜，也无数次地遭到妻子的辱骂，外人的嗤笑。可是元对这个东西太感兴趣了，他已经忘记了所有，荒废了木工手艺，他的父亲被气死了。元做出的第一只陶鼓就被朝廷收去，在宫中击打，取悦于皇上。元得到了二斤荞麦的奖赏。元为了改进陶鼓，使之完美，元躲进了深山。后来元又研制出土鼓、皮鼓、铜鼓，由于元走火入魔，荒废了土地，妻子饿得皮包骨，肚子里的孩子因缺乏营养也早早小产，聪明的元没有留下后代。后来一个叫角的人跟元一样喜欢起鼓来，元研制的鼓是一面牛皮的，角做了改进，牛皮用于两面。角是一个有灵性的人，他善于取悦于皇上，根据人的心跳发明了节奏，角在皇上面前演奏时，表演得真是忘我，出神入化，皇帝也听得忘了朝政。皇上不知世间有如此美妙之音，于是皇上奖励了角土地与房屋，让他专门在宫中为大臣们演奏。一时间寂寞的宫廷被角搞得歌舞升平，天花满朝，皇帝和朝臣们如痴如醉。

后来，鼓又被皇帝作为通天的神器，祭祀的器具。在狩猎征战活动中，鼓都被广泛地应用。

路上的鞋子

无论我住在哪一座驿站，鞋子总是在床下耐心地等着我。它等我醒来，它知道我还有遥远的旅途。

一双青布子面的，鞋底有密密麻麻的针脚，很清秀的一双鞋子规整地等在床下。由于旅途的泥泞，它的布面稍微有一点儿破损，但这毫不妨碍我穿着的舒服。

鞋子知道我是一个浪迹天涯的旅人居无定所，说不定什么时辰出发，所以总耐心地等在那里，因此鞋子很少酣睡，即使合上了眼睛，心灵也是洞开着呢。

我所走过的路其实都是鞋子走过的路。我曾开过一个小小的玩笑，我试验着脱掉鞋子，赤着双脚走路，结果走了还不到十米，就走不了了。我所有经历的坎坷，其实都是鞋子经历的坎坷。鞋子比我苦多了，行走是他的职责，在最艰难的时候，我还能抬起头颅看一眼太阳，而鞋子始终站在最低的地方，支撑着我残缺的身体，给我前进的力量，希望我继续前行，找到属于自己的光明和自由。

我不知道走了多少路了，走破了无数双的鞋子，换下的鞋子千疮百孔，却被我完好地保存在木柜里。我不知道为什么这样做，是纪念还是见证。

每次换下一双鞋子，我都心情沉重，每一双鞋子都出色地完成了它的使命。我没有以好的结果相报。没有怨恨；没有叫喊；没有私自出逃。它们与我一样坚持到了最后的时刻，鞋底磨得如一张薄纸，鞋脸已经被我用力的双脚戳出了洞。

每一双鞋子都是母亲亲手所做，一针一线在昏暗的油灯下，有时因为困乏不小心被针尖刺破手指，鞋面上留下了母亲永久的血痕。每一双鞋子都是母亲的辛劳，母亲的慈爱，也是母亲的希望。

每次穿上母亲做的新鞋，母亲就勒令我在地上走两步，并问合适不合适，发现有一点儿不符合她的眼光，母亲就弯下腰来亲手摸一摸，母亲弯下腰的一刹那，我看见了母亲的白发，我的眼里突然就噙上了泪花。我当然穿着合适了，因为这是母亲量着我的脚掌做的，每次我都像孩子似的低着头，看着穿在脚上的新鞋子，脸上露出担心的那种笑意。因为母亲年龄大了，我怕我在旅途上母亲突然走了，而我远在天边，没有在母亲的身旁。

每次我穿着新的鞋子，踏上新的旅途，母亲就站在家的门口，望着我的背影渐渐消失，每次都在心里默默为她的儿子，祈祷，盼念，祝福，并希望他的儿子一路平安。我知道母亲的心愿，那种焦灼的自相矛盾的心念，但母亲从来不说。

我正处在壮年，生活还没有定数，我必须一次一次地与母亲分离，我必须每日行走在路上，背井离乡，经历风雨；经历霜雪；经历无比的黑夜。我的目的地在前方，为了接近它我必须负重前行。

母亲最理解她的儿子，每次离别都忍受割舍的疼痛，忽而在母亲的心里就多了一层牵挂的浓雾，并不时在梦中把她惊醒。

母亲知道好男儿志在四方，哪一位有出息的人没有经历过漂泊。因此母亲就把牵拽的心放在了等待的田埂上，一天又一天，度日如年。

我疲惫地行走在旅途上，因没有到达目的地，不敢有半点儿松散。无论怎样苦难，背后都有母亲瞩目的眼神，脚下有母亲缀满希冀的鞋子，因此我就不孤单，也不寂寞。

行走在路上，不停止，都是因了这些，风雨挡不住，泥泞也不算什么。我咬着牙，有时也很快乐，因为有母亲亲手缝制的鞋子陪伴着我。

因为是旅人，每日断肠在天涯。

飞翔的村庄

飞翔是一个多么优美的词，在这个世界上很多人想佩戴它，很多禽类想佩戴它，但我只见过雄鹰佩戴过它。

我见过麻雀飞，见过燕子飞，但它们都没有飞翔的感觉，它们一生都渴望飞翔，长久的渴望造成了它们的苦恼。它们的面部表情很无奈，有几只麻雀试过几次之后，甘心放弃了这种渴望。

其实最渴望飞翔的是人类。

我们村庄上的人都渴望飞翔，我从他们的眼神中看出来了，他们心中有数，谁也不对谁讲。王二是一个最渴望飞翔的人，王二不爱劳动，整天渴望飞翔，我从他红肿的眼睛上看到，他这种渴望是多么强烈。有一次，我在他的背后看到他做飞翔的练习，两只胳膊伸展开，用脚尖着地，胳膊上下舞动，心在天上。他这个动作熟练极了，我猜想他一定练习几十年了，没有几十年的工夫做不出这样娴熟的动作。时间不长王二就停止了，王二的脸色难看极了，一种失败的表情。就王二梦想起飞那一刻我确实为王二叫好过，我在心里为王二暗暗助力，希望王二的脚尖离开地面，哪怕是一两分钟也行。

我们村庄上的人都渴望飞翔，这是事实，我都暗暗观察过他们的表情，并且他们都做过飞翔的练习。只有几个人在夜里真正飞翔过，不等天明就飞落地面，这是他们几个人与上帝签好的练习。一旦飞翔起来他们便整夜不合眼，这是他们最得意的时候，在天空上他们任意飞翔，飞翔的姿势超过了鹰。很多鹰在夜间休息了，它们不愿意用自己的飞翔与人类的飞翔相比较，因这中间有一段很远的距离，鹰自愧不如，只好在白天飞翔，夜间休息。那些在白天飞翔过的精明人，干起活来特别精神，力量充盈，精力充沛，一日能干两日的活，很多人看见他们这样不知什么原因，都认为他们吃了什么好药。

我们村庄有过飞翔的历史，村南沙地里的坟墓中有好几个人是飞翔不慎被摔下来摔死的，摔死的样子难看极了，脑浆飞溅，四肢粉碎。这是在一个晚上我大爷告诉我的，他不让我传给别人，我一个人知道就行了。我是一个胆小的人，从此再也不做飞翔的梦。我觉得任何一只鸟的飞翔都挺漂亮，我能够像麻雀那样蹦跶两下子也就满足了。

走进城市我发觉城市里走动的每一个人，都没有渴望飞翔的表情，他们的眼神都是平视，也许他们都飞过了，觉得实在没有什么意思也就不飞了，或许根本就没有飞翔的打算。

我现在正在查阅资料，希望找到人类历史上飞翔的理论根据，劝一劝村庄里的人，放弃这种渴望，好好劳动过平安的日子。尤其是那个王二，我第一个想劝的人就是他。让村庄恢复原来的平静。

第八部分： 另一座村庄

电　影

另一座村庄在我们的东边，少年时期对它充满了幻想，不知道它拥有的事物与我们村庄有什么区别。一直没有机会过去，一次与伙伴们看电影的时机认识了。它与我们村庄大同小异，同样质地的房屋（都是土坯房），同样质地的外墙（土墙）。所不同的是街道，没有我们的规整，任意穿行着，让进出的人有迷蒙感。昏暗的路灯下走过来的人，身形从来没有见过，一个矮子，还有点儿罗圈腿，抽着旱烟迎面而来，而去，不知道有什么事情。我因随着团体而汹涌地走着，没有时间仔细观察，只是匆匆而过。紧擦着矮子的身子，没有相撞，刚一错过我就回过头去又看了一眼。此后，就再也没有回头地前行。这个人就永远在我的意识里消失了。

感谢下乡知识青年团体，他们城市里的管委会，没有忘记定时给他们放电影。也让我们有了看电影的机会。我们继续汹涌地走着，面对陌生，每个人的眼睛睁得很大，谁也不言语，向着目标走去。电影场设在学校里，我们是随着稀疏的人流进来的，白色的银幕挂在小学教室的门口，教室的门口和窗子都是黑乎乎的。我不愿意往那里看。电影还没有开始，电影机旁边有一盏很亮的灯，有飞蛾在那里舞蹈，放映员正低着头忙碌。不一会儿试镜头，白色的光偏离了银幕好长一段距离，放映员立刻把它捡回来，在很短的时间里放映员调好了镜头，然后放心地熄灭。然后，支书开始讲话。这个支书与我们的支书有根本的区别，这个人态度随和，话语亲切。我们的支书，态度生硬，说话急躁。好像我们都不听话似的。支书话讲完之后，放映员重新操起话筒说，今晚咱们放朝鲜故事片《摘苹果的时候》。第二个片子是《永不消逝的电波》。第一个片子我们看了一卷就无聊了，一群女人嘻嘻哈哈，于是就盼着第二部片子。耐心地等待着，终于放完了《摘苹果的时候》。我们的精神顿时焕发。可是《永不消逝的电波》只放映了一点儿电影机就卡住了胶片。放映员打开头顶处的那一盏灯查看。飞蛾们又赶忙飞过来盘旋起来。不停地飞好像灯光里面有宫殿。最终没有找到合适的落脚处。

那晚我们在电影场等了很久，最终留下了遗憾。

火　药

我们村庄没有，制火药的人在另一座村庄，灰黑，中等个，脸上的皱纹像老核桃。还好这个人很和善。我们七拐八拐来到他家，矮矮的草房，挤得满满的。没有看到制火药的作坊，直接用陶盆端出了黑黑的火药，第一次见，感到新奇。这样直接见到结果，没有看到过程的事物还是第一次。多少有一点儿遗憾。不知从哪里听说制火药的人名字叫红。小时候关于问题的答案来得特别快，不用思索，我们当中的一个人会突然叫出来。

红双手端出盛火药的陶盆放在风箱的上面，用小碗当勺。我们依次付了钱，依次得到四个鸡蛋那么多的火药。其间，我认真地看了红的手，皲裂、粗糙、灰黑。没有女人持家的样子。确实没有女人，几次去都没有见着。

临走时，红进里屋拿出了药捻，药捻是导火线，必不可少。药捻在一张旧的报纸里面，打开时我好像看见一个排的战士严守阵地，纪律严明。按照药的数量匹配药捻。临走时我张望了一眼他的院子，乱乱的，我们村庄好像没有这么乱的院子。

连续的情节每年腊月重复，后来终于停止了，黑子被火药炸断了手指。看到时谁也没有惊疑。黑子受害的整个过程我们当中谁也没有见着，完全是他父亲一手操作，据说去了乡里的卫生院。这是最终的结果。我有一个深的思考，好像我们的游戏每次要以残缺告终。可能是我们的游戏始终走在危险的路上。

驴

我家的驴深夜跑丢了，听父亲说跑到了另一座村庄。是蹄印告诉父亲的，痕迹是我们找到结果的证据，但是每次结果都不承认。生活可能就是在这种各抒己见的争执中进行的。但是在生活面前我们永远是儿童。表现出弱智，生活才真正同情我们。

我们沿着痕迹找了很久，也没有找到结果因为痕迹消失了。在另一座村庄的村口（不知道是不是另一座村庄的秘密），痕迹的突然消失让我们徘徊了很久。父亲焦急的脸色是希望突然看到一个人从村庄里走出来，找到问题的出路。问题是时间太晚了，所有的人都休息了。父亲的希望永远也不会出现。我跺着双脚，感到浑身被凉气吹透了。我开始削弱父亲的愿望，建议天亮了再找。后又持续了两个多小时，父亲才采纳了我的建议。

天刚蒙蒙亮父亲便把我吼醒，父亲在前我在后，步行进入另一座村庄，所有的狗都冲我们猛烈地叫。在狗眼里我们好像盗贼，父亲一点儿也没有惧色，一心想着他的驴。

见到我们的人都用好奇的目光看，好像我们提出问题马上能解决的表情。父亲谦恭地不止一次地向他们提出问题，结果答案都不对。

在失望之余，一个上了岁数的人一边挖烟丝一边肯定地对父亲说，是不是找驴的。父亲的谦恭更加实在。及时回答，是。老辈子见到了？老人点着烟丝说，昨天晚上一匹驴不停地撞击我家的门，我打开后见是一匹陌生的驴，就收留了。我们村的驴我都认识，我肯定这头驴是迷路了，但我判断肯定有人来找。父亲赶忙补充，我们都找了半夜了。感谢老辈子好心，不然我们费大劲了。父亲拿出看医生时的那盒一角六分的"岗南"香烟递给老人吸。老人取出一支也没有吸而是夹在了耳根上，然后带我们来到后院的驴棚，一进去我家的驴就瞪着眼睛看我们，熟悉又好奇的样子。驴棚里还有两匹驴一匹忙于吃草，一匹用同样的目光看我们。父亲来到我家的驴前，我以为父亲会突然伸出拳头像以往那样把驴揍一顿，可是没有。父亲脸上一直是感激的样子，然后小心地解开缰绳。我学着父亲的样子谦恭地给老人说了几句驴是什么时间跑掉的，我们都谦恭地告别老人离开老人家。离开另一座村庄。

我站在田野里

在田野里劳动，累了我就站在田埂上瞭望另一座村庄。夕阳的光芒照着另一座村庄的右面、清晰、祥和。收工的农人正陆续赶回村庄，此时炊烟袅袅，从屋顶升上天空。树木的叶子停止了喧哗，安静地站立着仿佛等待夜晚的降临。鸟急遽地赶回村庄，一些鸟在我们村庄的田野里，也向它们世代居住的另一座村庄赶路。一座砖厂，高高的烟囱冒着浓浓的烟火。砖厂很久就建立了，我们村盖新房，其他的村盖新房都到这里拉砖。它烧制的砖的颜色质地都是上乘的。每天有运砖的拖拉机往来。我经常听到拖拉机走上砖厂的斜坡时，放足马力发出急促的哒哒声，随之一股浓黑的烟尘飞上天空。

喇叭在他们村子的中央，很高地矗立着，比我们村庄的要高十几米。很多他们村庄的关乎百姓的消息都是从那里发出的。比如乡领导要来村检查卫生。禁止烟火。谁家的猪跑了，谁丢了手机。声音很清晰、嘹亮，仿佛就在耳边发出的。我从来没有认认真真地走完另一座村庄的路，没有时间也没有机会。即使有时间了也不会无端地去走他们村庄的路。也不知道他们村庄究竟居住了多少人口，只知道大概在三千多，三千多是一个笼统的数字，没有具体的意义。他们在自己的村庄里忙碌地生活着，跟我们在我们村庄里一样忙碌。走着他们村庄的路，把村庄的路走直，走硬。走成路的坚实，路的轮廓，走出路的意义。有时为了一件事不得不踏上他们的路，遇上奇异的房屋觉得新鲜好奇。遇上没有见过的长相个别的人就会多看几眼，觉得这个人长得真有意思。在这个街巷多于我们村庄里行走觉得身心舒畅。因为他们村庄比我们村庄多出一千多人，走路的人多，走出路的效果也不同。每天空气中流动的声音也不同，吆喝牲口的声音多于我们村庄，斥责孩子的声音多于我们村庄，婚礼的鞭炮声多于我们村庄。

秋季时刻，田野长满了庄稼，就再也看不到他们了，偶尔听到一声女人尖锐的吆喝声，听到买油条的吆喝声。卖油条的人是我们村的，高高的个子，洪亮的嗓音，骑着一辆用电的三轮，三轮的各处粘着油迹。由于他的嗓音实在洪亮，每次吆喝都十分清晰。随着他走的深入，声音随高随低。他的生意几十年了，因为另一座村庄人多，他炸的油条多半被那个村庄里的人吃掉了。

由于不缺斤短两，他的生意做得很实在。他家已经盖起了二层楼。我时常在路上见到他的空车返回时，嘴里哼着京调，让人感觉他是一个毫无忧愁的人。另一座村庄的消息也时常被他带到我们村庄（他只是很实在地叙述事件经过从来不添油加醋），消息传入一些闲散的女人耳朵就变了味道。比如一个招到村庄里的外地男人出事了，被汽车撞得四肢粉碎死了，还惊讶地说，女人刚生下了一对双胞胎，平时丈母娘管得厉害，不让那个男人喝酒，吸烟，挣的钱全部上缴。男人在一家化工厂上班，工资很高但就是没有支配权。平时郁闷压抑，情绪热烈，造成了这样的结果。我还听到旁的女人说，那个女人太过分了，人没了，一切就完了。语气里含有惋惜。

不过也没什么，这些消息只是传播一下，过不了几天就毫无痕迹。

冬　天

大地光了，另一座村庄很清晰地在我的视线里。树木，房屋，人影。人影很小地走在路上，田野里，为生活忙碌着。有的人影在房顶上忙碌着，锥玉米，敲豆。只看到棒子抡动却听不到声音。

村庄里人影稀少，很多男人到城市打工去了。

村庄里的树与我们这里的一样依次落下叶子，稀疏，明朗。一座村庄的轮廓更加清晰。在初冬的一天，我看到经过我们村庄的风急遽地吹向了他们，不一会儿就进入了村庄内部。吹他们的院子，吹他们的街道。他们不知道风先吹的我们。他们从来不考虑风吹我们的事情。还有一次天降大雪，我站在我家的屋顶，看到另一座村庄同样被大雪覆盖，覆盖得严实，覆盖得洁白。我仿佛感觉到了他们被雪覆盖的温暖。厚厚的积雪在房顶上安静地覆盖着，不化，反射着早晨清亮的阳光。树枝上也挂着雪花，远远看过去像一座雪的城。人们还没有起床，还在享受着冬季安宁的时光。村庄里的狗也在酣睡。这景象真是太美了，深深触动着我这颗诗人的心。

我不知道，那个村庄里是否也有一个人，像我一样没事的时候向我们村庄张望，猜测、好奇或有一次吃惊。如果朦胧中有一双目光恰好与我张望的目光相遇，那就说明我们两个有同样的思想和思考。反正二十多年了，我还没有听到一点儿信息。

甜

突然在另一座村庄的土地上，有一种不熟悉的植物生长。它清秀，壮丽，有着南方女人的气息。由于好奇，在一个晴朗的星期天，我们出发了，经过我们村庄的土地，经过另一座村庄的一部分土地，终于到达了目标。它的秸秆与玉米秸秆有着完全的不同，丛生的结构是我们从来没有见过的生命形式。我们无端地猜测着，七思八想，结果完全对不上号。它们严密地生长不透露一丝关于本身的信息，而且整个地里没有一个人影。难道另一座村庄的人们对它熟视无睹了。难道它不长果实，或者通身毫无粮食的价值。无端地猜测，只能造成更深的疑惑。我们期盼着人影的出现，能给我们透露一丝信息。让我们释然或者让我们大吃一惊，这只是假设。假设没有出现，只有安静的阳光斜斜地灼烧着大地。我们有放弃寻找答案的想法，即使我们在此逗留很久，也没有用，只能增加我们的疑惑。我们沮丧地离开了这里，其中一个低着头，沉思不语。我们是一群彻底的失败者，内心的懊恼谁也不说出来。路上不知谁提议，看谁跑得快，我们在路的不同位置站定。有几个人弯着腰做好了向前跑的准备。我没有争强好胜的心情，情绪也变得慵懒。我们的头，发出了一声"跑"的命令，全体哗然跑动，向着村庄的方向，逐渐拉开了距离，第一名是一个叫豁的孩子，他灵动，精爽，有着运动员的气质。但结果换来的是上气不接下气，满头的汗珠。我当然落在了后面，我用蹲下提鞋的动作，掩饰我的无能，笨拙。整个田野时光之幕布，因我们的跑动印下一处永久的印痕。但无人能翻看，只有上帝清楚。

我们的头，一个肩膀窄小矮个子的男孩，不知道为什么有着那么大的统摄力，我们的计划都是由他制订，他像电影里儿童团长的形象，有着极严肃的表情和分明的不容辩解的神态。由于没有第二个人站出来，说出有理有据的意见，我们只能恭敬从命。一次次地臣服于我们的头，他成了我们的领导。有了领导的团体就好办了，一切纪律严明，行动统一，像一个计划周全的特别行动小组。这是一座村庄历史发展的必然内容。每一代人必有一个儿童团体在村庄里，扰乱秩序，破坏、捣乱。让大人们讨厌、怒斥。

时间一天天过去，我们团体中的一个，因与另一座村庄有着亲戚的人，才透露了那一片浓密的青纱帐的秘密，那叫甘蔗。是南方热带雨林的一种植物，含有极高的糖素，吃起来赛蜜甜。蜜甜是极诱人的字眼，我们心血涌动，坐立不安，有亲自品其味道的想法。可是那段时间，学校抓得紧，我们没有走出学校的机会。一连半月过去了，我们碰头时，每个人表现的都是无奈。终于有机会了，那是学校的校长突然出事了，学校放假一天。我们才有了机会。我们几乎是跑着前进的，书包放得乱七八糟在一座柴垛前，有一个孩子始终没有丢弃书包。他跑动时书包里的铅笔，猛烈地撞击铅笔盒，发出有节奏的声响。

我们上气不接下气地跑到目标，结果是意想不到的失望。甘蔗被南方一个商家全部收走，地里是一片凌乱的叶子和甘蔗短促的脚踝。一个叫芝的孩子，奋不顾身地爬下去，嘴对着脚踝用力地吸起来，结果他大喊，真甜。我们学着他的样子匍匐下去，同样吸吮起来，都感到了从未有过的甜味。只有头没有匍匐，他用沉思的表情告诉我们，我们来迟了。当我不情愿站起来，看着头时，发现他目光正对着留在土地上的两行深深的卡车印。是的，清晰的印痕，告诉我们它刚刚离开，也许就在刚才，可我们却没有看到它的影子。

就这样我们与甜擦肩而过。

以后的日子里，我们再也没有看见过有着南方女人气息的甘蔗耸立在这片田野上。

那个村庄的人比我们村庄的人聪明

那个村庄的人，都聪明。无论在何种场合都张扬，说出的话语言流畅，顺拢，很在行的样子。如果在一起打工，我们村的人只有听的份没有发表意见的机会。如果一个人觉得不服，刚想开口，立刻遭到另一座村庄人的反驳。久而久之，我们村庄的人也就闭口不言，把机会留给他们。只有结果能说明一切。如果结果反向而行，那个发表见解的人立刻蔫了，无话可说。低着头，脸发红。这时我们村庄的人立即有了机会，抓住时机，奋力反击。你们不是能吗？你们的能劲到哪里去了。你们不是很聪明吗？现在的聪明到哪里去了。被斥责的人，知道这次傻了眼，站在原地一言不语，任我们的人戳脊梁骨。那个人实在不转脸了就在原地用带着泥浆的鞋在地上画圆圈。这次我们的确胜利了，我们占了人多的便宜。矮子小钢，一边推砂浆一边偷着笑。小钢受他们的气实在太久了，一直没有机会发泄，每次受气时，都用脚尖狠狠地碾一个石子蛋，恨不得把那个椭圆的石子碾成粉末，目光凶狠地望着一个地方。凶狠的目光无济于事，因为人家力量大。我们村庄的人生性憨厚，遇事不张不扬，这跟我们村两千亩的沙滩地有关。两千亩的沙滩地在二十世纪七十年代全是河滩，因为那时土地够用，谁也没有想到开发沙滩地变良田。一千亩的沙滩白晃晃的一片，每年长满野草，一眼望去茫然。我们村庄的人，就利用劳动的间隙到沙滩地搂茅草回家烧炕，做饭。谁家也是这样，中午午休的时间去了，晚上休息的时间去了，晚上没有电视，上炕做过了就无聊了，漫长的冬夜实在难熬。男人就嘱咐女人你先躺着，我去沙滩地一趟。天亮之前就见男人背着一筐茅草正往院子里放呢，就见早起的鸡站在一旁等着，那只鸡知道茅草里有虫子，虫子也是肉。吃肉总比吃菜叶好吃。男人也不急着拆开筐子，而是走到猪圈沿解开裤子撒起尿来，那只鸡还是耐心地等着，等急了也不急。鸡们都是好脾气，一般不发脾气。男人彻底把裤子煞好之后才把茅草散开，那只鸡立即用脚奋力抓扒起来。这一切女人在窗子后面看得清楚，有时脸上露出笑容。很满意自己的男人，吃苦受累没有一点儿怨言。其实男人的做法都是从老人那里传下来的，老人本分、实在，就在孩子身上有了明显的印记。在吃饭的时候就顺便把该说的话递给了孩子，言传身教，孩子也懂事，总认为听老人的不会错。就听了。一句一句地听，一事一事地做，结果就有好女子早早嫁过来，嫁给了这个男人。男人当时还小，不好意思。被父母训诫了一顿，就严肃了，就正正经经地娶了女人过起了日子。

我说的这一大堆的意思就是，我们村的男人受大沙滩的熏陶开阔了心胸。事放在心里就像放在大沙滩里一样不算个事，也像大沙滩一样讲究信任。说话都是有根有据的，从来不说飞着的，跑着的。话说到哪里就在哪里落。不是非，不危言耸听。不是不会说话，而是有节制地让话从嘴里走出来，不是跑出来。走出来的话有形有色，落在地上就是一个站着的人的影子。由于几十年大河滩的熏陶，我们村的许多人站在外村的人面前就像傻子，很少说话。这就给外村的人有了显摆的机会。那个村庄的人是行伍出身，说行伍，重了，都是动过刀子的人，是杀猪的刀子。他们村老人的脸上也是血肉横飞，满脸油腻。因为有着几十年的杀猪阅历。养成了性格的猛烈，粗暴。即使不杀猪多年了，脸上还带着杀气，给人不好的印象。不过与他们在一起打工也有好处，遇到不通情达理的老板，想克扣工资，我们就在背后怂恿他们。只要他们出面，几句话老板的态度就改变了。

最让我们张口无言的是，他们村庄里的一个传奇。

那是在新中国成立初期，我们国家正大力建设。他们村有一个人叫龙一，极其聪明。但此人不爱按部就班地劳动，爱动脑子，胆子也大。1952 年我国从德国进口了两台山地钻井机，此人就在港口取了一台，这本事就了不得。据说龙一用肥皂刻了两枚印章，一是国务院的章，一是总理的手章。有这两枚印章什么事就好办了。钻井机取出来卖给了山里，赚了不少钱。这是大事不久就被公安部查破了。龙一被抓了起来。听完这个故事，我们每次都低头不语。

第九部分：村庄消失的部分

大井·水车以及歌谣

因为它的形式有别于其他，我把它称之为大井。它的确大，直径超过三米。

它的具体工作方式，我依稀记得。我真真记得它的构成，有水斗子，大铁脚子以及推杠。看起来既隆重又笨重。工作起来发出铁与铁的摩擦与碰撞的声音，声音传得很远，几里地以外能听见。天长日久，摩擦声变得和谐，声音变成了歌谣。它一旦工作，就引来飞鸟盘旋在它的周围，在它的韵律中起舞，嘴中并发出啾啾的声音。尤其是空中洒下的水帘，它转到一定角度，水斗子就自动倒出斗子里面的水。水帘反射着明亮的阳光，水帘洒在下面位置的水槽时溅起的水花也亮丽耀眼，水流兴奋地从水槽流出带着跳动的小水花流进农田。庞大水车的转动当然需要不尽的力气，这力气通过人工或一匹健壮的毛驴。人工时就有七八个人，趴在推杠上向一个方向转动，由于是四肢运动并不妨碍人们说俏，劳动在戏哨中进行谁也不觉得累。欢笑声融合着水车的歌谣也不失农村的一大景观。

如果劳力不够，队长就派遣一头毛驴去拉动。为了不使毛驴的情绪沮丧人们巧妙地给它戴上了护眼布，不让它看到外面，让它误以为永远走在向前的道路上，永远力量勃发。可是事实是这样吗？我们不得而知，因为驴子不会说话。

我近六十，见过的大井无数。

大井大都在二十世纪八十年代末期逐渐消失灭迹的，因为后来机井代替了大井。机井就是机器钻成，不需要人工，安全性高。

大井完全是人工。说实话我还是没有见过建造大井的过程。我见过的都是衰败弃之不用的废井。青砖老旧，被时间侵袭的砖缝中有麻雀生育的暖房。几根垂着的草芥和沾染的几根麻雀毛就是明显的痕迹。麻雀们在无人的时光里飞上飞下。井口的砖沿上有无数风干的白色麻雀屎。如果是在中午或黄昏，有人影晃动，麻雀的行动就非常小心。有时它们嘴叼虫子要哺育小麻雀，看到周围有人活动，他们就再三犹豫不肯直接飞往井壁的巢穴。怕人们发现目标。有时站在一旁看它们犹豫不决的样子十分有趣。

我确实不知道大井是怎样垒成的，青砖的结构非常有序，瓷实紧密，没有一丝松懈，从井口望下去幽深的像一个秘密。一个大井的完成肯定耗去了不少年轻人的力气。但创造了饮水用水的便利。

年少时我曾在无人的时刻确实低下头探寻过一口大井的秘密，井深有十多米，井底有洁净的水安静着，它像一颗晶亮的眼睛，只要你的目光出现，它就立刻看到了你，你们无言地对视着，但是我敢保证此时我们的想法是一致的。我想洞穿它的秘密，它的存在意义，它的想法，它对我们有什么渴望。我给了它好久的时间它却一言不发，好似对我还不信任，它始终沉默。后来我急了，我冲着它大吼一声，又气急败坏地投掷了一块石头，我即要转身却听到扑通一声响，我又即刻俯下身体看下面发生了什么。不料，下面那一汪平静的水立刻被水波冲散了，浑浊了，晶亮的眼神消失了。已经对我没有神秘了，好像我一个不经意的动作就揭开了它神秘的面纱，而使真相大白。我不再留恋，迅速离开了它。

大井就那么大方地在大地上存在着，我们上学，劳动，郊游。一晃几十年过去。大井几乎干枯。井沿处的青草，绿了枯，枯了绿。一年又一年，没有引起人们的注意。它有什么可注意的呢，没有了水就失去了永久的记忆。那些青砖还顽强地保护着井的形象，盼望着有一天地下水源不请自来，重现风采。这是梦，有些梦是永久不会实现的。

后来，在一个夏季清凉的夜晚，我听老辈人讲起了关于井的故事。

我们村或者是邻村有好几个女人因与男人吵架在无人注意的情况下来到大井旁毫无思考地纵身一跳，当人们知道情况后捞上来时已经成了尸体。更有甚者有的女人怀抱三两岁的孩子一同跳下，这样伤的就是两个人的性命。男人无法，后悔，抱着头哭得像狼嚎。还有一桩我记忆犹新的一件事就是某人图财害命，把人活活推进大井，然后又用石块压住，这样就结束了一个鲜活的生命，由于破案技术落后，案件一直搁放了几十年。最后还是案件侦破凶手就擒。

从此，我对大井再也没有了兴趣，它成了帮凶。但对那些安分守己的大井也毫无兴趣。它们是一个时代的生产资料，是劳动人们智慧的产物，但新的文明出现后它就被遗弃了，被遗忘了。它创造了人们的精神世界，但同时又给人们的精神世界造成了创伤。

现在它只能作为一个概念或者一个名词存在着。我想过不了多久，它会永远从记忆中消失，就像从来没有存在过一样。

打　坯

打坯也叫夯坯。就是有力气的人用十八斤的杵子往模子里的土上砸，一块方方正正的土坯就成型了。土坯是用来盖房子用的。

那是二十世纪七十年代的初冬时候，我时常看见一座座的坯架坐落在村庄的田野里，好看极了。它的半圆形状以及整齐一致的方方正正的坯块有次序地叠加在一起，看在眼里很舒服。我不知道这是谁发明的，让土毫无理由地站起来，是一般人想也不敢想的事。但是没有文化的乡村老粗却做到了。

秋天庄稼收获完毕，有人就计划盖新房，因为没钱买砖就用土坯代替。打坯就得找有力气的年轻人，那时地里的活没了以后人们很闲，打坯成了热门事。

打坯是两个人的事，一个人供土一个人夯。当然两个人配合得好，才能出量。

一副枣木制作的坯模厚实，憨硬。制作的人考虑到了它的耐捶性。当助手把土迅速填满以后，手持杵子的人就提起杵子用力地砸，一块成型的坯一般情况下要砸十下（也有砸七下的，七下容易从中间折），如果你仔细观察，砸的过程也是有讲究的，第一次悄微用力把土定型，第二次就该使出全身的力气把杵子提起来狠狠地砸下去，让土高度凝结。技术又在于每次夯击，杵子必须砸在土上，不能砸在模子上。提杵子也有技巧，要的是速度和角度，不能垂直提起来，这样不灵活，费力。要随着身子的抖动把杵子很轻巧地提到胸的位置，然后很自然地往下送，送的时候力跟着，这样就把力气使顺了。提杵子的一刹那，要憋一下气，不能松气的时候提。胸腔里没有气提杵子一是提不到高度，二是会伤身子。

打坯时一般好几波，夯土的声音此起彼伏，这样有相互鼓动的意思。一般太阳落山的时候，一拨人要夯六百块才算完工。一架有六百块湿润的坯子完成的坯架就形成了，我们称谓坯壕，它好像有艺术的元素，看上去的确很舒服，也不知怎么回事。反正是空旷的田野突然有几个异物出现必然会引起人们的注意。不过人们也都习惯了，每年初冬这一景象也见怪不怪了。

如果刚好是周日没有上学，我们会循声而来，只见大人们身穿背心打得猛烈，额头有汗，在一旁的土坡上放着茶壶和茶碗，茶碗里有喝剩的茶水凉着。这阵势真是热烈，我们没有了平时的嬉笑和不恭，专注于他们。只见他们谁也不说话，忙于自己的劳动。一个备料，用四齿耙耙土，达到松散的目的。一个忙于自己的艺术作品，力争每一块都夯得完美。一跳，一踩使模子里的土定型，规矩。然后操起杵子用力夯（杵子就在伸手可触的前面一个小台子上，这是有意的安排），前两下，后两下，中间一下。然后再象征性地前一下，后一下，中间一下，就完成。完成之后右脚跟很随意地退下模子的撑子，整个模子松开，然后弯下腰将整个模子扶起靠在眼前立着的杵子上，再弯腰将成坯端于架上。端坯时不同于端碗，要格外小心，用力均匀这样就不至于损坏坯胎。由于每一步都费神，干起来就十分专注。在端坯的过程中，助手会迅捷地将坯模、模台清理干净，然后潇洒地撒上草木灰（为的是不粘连），随后麻利地将备好的润土塞进模子。劳动是紧张的也是愉快的，和谐的劳动容易产生节奏感。整个劳动过程就是这样愉快和完美。过程中真的不需要讲话。任何一句话都会分神，都会影响劳动的效果。

农业劳动就是这样有趣，让你劳累而不厌烦。

太阳快要落山了，余晖通过万里天空洒在大地上，洒在你们刚刚结束的劳动的现场，现在可以喘一口气了，随便找一个位置蹲下身，抽一根烟了（有人习惯蹲着，有人习惯靠在坯壕里的土上）。面对劳动的成果，说着劳动中的不足，缺点以后在劳动中慢慢修正。身边那一波还在咚咚地赶活，为了一起收工，少时歇息，一边等伙计，一边缓一下劳累的身体。

早有晚归的鸟儿为你们庆贺，早有缓缓的微风吹过来清扫一身的疲倦……

擦　子

擦子是劳动经验的结晶，最初的擦子无以想象，很可能是圆形或锥形。用料也不讲究，也许是柳木或杨木。柳木的柔软容易让擦子立即成型。不过强有力的摩擦，使立即成型的擦子，寿命短极了。它可能在一个阳光晴朗的上午，也可能是一个阴雨连绵的下午消失于人们的视野。那种简单的不结实的物件也许耗费了一个勤劳人的半生心血。总之那是极不成熟的雏儿。如果保留到现在，我们很可能嗤之以鼻，觉得我们的祖先实在拙笨极了。

现在擦子的形状规矩得很，看上去觉得舒服。没有任何一处觉得有累赘之感。擦框是枣木制作的。前面横担的部分叫梁，两边叫膀。连接两膀的横木叫橙子。梁和膀都是大尺寸的枣木，足有五厘米厚。看上去结实，耐用。撑子稍显薄暄。撑子的主要功能是固定梁和擦膀，使之成为一个坚固的长方形，兼有别擦条的作用，劳动中，撑子一般不参与劳作。

擦条一般是枣木的，因地制宜，也有用槐木的。当然枣木的要比槐木的耐用得多。一架擦子完成之后，看上去，新鲜，整齐，坚实，力量。给人一种无坚不摧的气概。

我曾仔细观察过三爷完成一架擦子之后的表情。轻松、欢悦。有一种如释重负的畅快。我二爷是我们村有名的木匠，十里八里的都向他求教。我二爷以前是打车的。后来由于对擦子的过分喜爱，就改行做擦子。踏实的木匠功底与诚实的做工态度，使他名扬周遭好几个县域。

擦子是劳动的产物，任何劳动都离不开工具，如果没有擦子，土地的整理将是何等的让人心焦。擦子与土地的磨合就是擦地。擦地就是把那些不平的土地让擦子梳理得像镜子一样平整。被擦子整理过的土地，让任何一个人看上去都感到舒服。你心里就不由得蹦出漂亮二字。此时你就会深深地感到劳动创造了美。没有一处华而不实，虚飘的感觉。

与一架漂亮的擦子相匹配的是一匹漂亮的枣红马，或一匹漂亮的黑马。它们必须有丰满的臀部，那儿洋溢着威严的肉感。其次是它的胸大肌丰厚有力。整个马表现的是驯良，矫健，优雅，挺拔。

马拉着一副大骨架的擦子在土地上行走，而站在擦子上的人立即就有一种潇洒和飘逸。

擦　地

擦地一般是掩埋上种子以后的活，这是土地上高层次的活路，平常人干不了。都是一些上了年纪有丰富劳动经验的人干的。他们站在擦板上，前边有马拉着，他们只稍牵一根马缰绳或马尾巴就可大显身手。此时，诸如：威武、雄壮、高大、潇洒、自如，甚至唯我独尊，藐视一切等字眼便在此人身上显现出光彩来。

总之这是一项非常了不起的劳动，做农民的尊严一下子显露无遗，神圣不可侵辱。这是他们在土地上劳动一生所能够表达自身尊严最得意的一项劳动。这是他们一生最释然的时候，一生露脸的机会太少了。

人生的恩怨，不如意，丝丝缕缕的烦心事，在此刻的劳作中会顿时烟消云散。注意力全部凝神在脚下的土地，马不顾一切地向前拉着。只要主人的一个小小的暗示，它就会向左或向右修正方向。

枣木制作的擦框经久耐用，紧接土地的一面有明显的与土地搏斗的痕迹，露出了筋骨，显得傲然与不可屈服。擦条也是枣条子编织的，它们同样有着与土地撕扯的经历。那种属于最后胜利的欣慰，你会在一架休息的擦子上看到。

一直向前，左右照顾，绝不能有半点儿偏差，这是一个劳动高手对自己的严格要求。如果稍有不慎，偏差出现，那将是一个劳动高手的耻辱。这绝不是一项含含糊糊的活计。它代表着劳动经验，能力高下，资本以及劳动耐力的体现。总之这是一项至关重要的活计。虽然在别人眼里是一件大不了的事，是一件破事。然而高手不，高手绝对是认真的，一言一行必须匹配高手的光环。哪怕是对付屁股大点儿的土地。

马奋力地向前拉着，没有一丝逃懒的迹象，逃懒是不可能的，因为马是好马，一生的好名声不能因一念之误而毁掉。因此马的用力也恰到好处，既不能让高手有闪失之担忧，也不能拖拖拉拉拖泥带水。马有自己的准点。整个劳动的仪式让人看起来既优美又不失力量的烘托。也就是整个劳动姿势既达到了人们的审美要求又完美地将整个劳动进行的无一缺憾。

仔细听有一种声音从劳动的内部发出，既分明又雄厚。土地轰响着从高手的脚下向后撤去，渐行渐远，远成一种辽阔，远成一种绝世的风景。是这样的秋天的天空辽阔而高远，在这样高远的背景下，一个人，一匹马，一架擦子，在辽阔的土地上劳动，而且是一种完全和谐尽美的劳动方式，这种劳作形态，谁看见都心里悄悄竖大拇指，赞叹、佩服。如果你是一位热爱劳动和土地的农民，刹那间你也许会被一种莫名的冲动充斥，很可能你会掉下眼泪，心胸久久不能平静，为恒久的农业和农耕文明。你想找到一个答案，来诠释生命的这一刹那究竟完成了什么。

高手的身体在擦板上有节奏地晃动着，这是此项劳动的必须，仿佛有天然的乐律奏响着。姿态与乐律和谐着。不是支配而是自觉地融合。

高手使用马的分量掌握得极好，一方面让马使出的力量均衡，又显示出马的英俊。既不能累着马的筋骨，又不能让马在劳作的中途有厌倦的情绪。这是美的存在和再创造。是和谐的天地之美。马、擦板、人。三位一体的大美，天地之间谁也不能仿效。

土块就在这种节奏和乐点中变成粉末，这正是仪式所要的结果。是土壤所要求的。种子安然地被土埋住，开始孕育新的生长。种子的生长过程是一个既简单又复杂的过程，它要求温度、湿度、深度、土壤的松实度，以及透气性。那些不怀好意的土块支撑下的种子，往往被风吹干，枯萎而灭迹。没有苗子的土壤仿佛伤疤一样烙印在土地上让人远远看上去很不舒服。为了避免这种不测，擦板将一切不利因素消除了。因此擦地在土地上是一种高智慧的劳作。一般人做不了，我已经是四十多岁的人了还不能掌控，我只能在那种诱惑下，在马的屁股后面做一些象征性的演示，最后只能以戏谑的方式退场。我深知擦板看不起我，马也看不起我，它们知道我还嫩了点儿。

整个仪式完成之后，你会觉得此块土地平整如镜。此时，马停歇在了地头上，高手蹲在一旁卷旱烟，面部表情没有丝毫的疲倦，马也是劳而不累。一切完成得恰到好处。

推　子

每次理发时我都会想起过去理发的情景。我几岁的时候头发长了，奶奶就用剪子给我剪。我一点儿也不怀疑奶奶的技艺，因为我不知道发型也可以作为一个人外部体征好坏的一个参照。只觉得不累人了就好。我们的头发一般长得很长才被奶奶剪一次，因为奶奶很忙，每次剪奶奶就狠心，剪得短又短，这样可以延缓剪发的时间。

后来，我父亲在县城买了一把推子，他可能有一点儿审美。觉得我们再这样胡乱下去，给他太没有面子了。他在县城一家机械厂当工人，那把推子花掉了他五元钱。后来我们的头发，就由他亲自理，当然我很不乐意让他给理。因为我的父亲是一个性子急的人，遇到剪不断的头发，会用力把头发直接从头皮上采下来，很是惊险，搞得头皮疼痛难忍。这时我就厌倦父亲给我理发。他要给我理发时，我就想法子躲避。

那个年代，一个村子也找不到几把推子。很多人因为没有推子，就直接剃光头，剃头刀子是推子的父辈，一把剃头刀子在青皮头上刮来剃去。不一会儿一个光葫芦瓢就成了。年轻的由于血脉流畅，在头上暴起的青筋，让人看上去头皮发青。当然使用刀子剃头不是一般人能干的，这是技术活，脑袋上血管多，不小心割破血管有生命危险。我们村三队的社员有福，一个专业的理发师，跟着师傅学过，并且在城里干了二十年。可谓专家级了。后来不知什么原因，从城里开回了乡村。三队的社员可以随时让"专家"给理。当然理出来的非常漂亮，难看的人刚理过发也好看，这就是理发的功效。我们这一代留分头成为追求的时髦，小分头亮亮的，小伙子看着精神，找对象好找。

我们家的推子，也是一波人一波人的乱借。我们家是大户人家，母亲很大气，谁也能借到。后来，那把推子钝得实在没法使了，给谁推头都夹头发。

再后来，我当了兵，也不管推子的事了。以前都是我清理推子上的头发楂儿，然后抹上点儿花生油保护起来。我退伍后好几年就再也没有见过那把陪伴我们十几年的推子。我记得它应该是"工"字牌，哪出的不清楚了。我也没有问过父亲。我们再理发都是去理发馆，五元钱一个头，很便宜不受采发之苦。现在的发型，都是过去理发师丢手的发型，不整齐，下面光光的，上面盖一个锅盖，看上去也不难看。他透露的是虽幼稚，天真，但内里霸气。

可是意想不到的是，在我们家翻盖新房时，这把陪伴我们十几年的推子又出现了，它藏在窗户上面的窑窝里。不知是谁放在那里的，肯定忘了。被灰尘埋得很深。我发现它时，心中一阵窃喜。父亲却不以为意，父亲吐着不清的言语说，把它扔掉吧，一点儿用也没有了。我没有顺从父亲，而是小心地把灰尘吹掉，然后把油布揭开，一把锃亮的推子出现在我面前。它没有因岁月的流逝而变老旧，它的牙齿还很有力。我用手指用力捏它时，它依然发出我们童年时熟悉的声音，这声音现在听起来依然亲切，我把玩了很久。我不知为什么这么喜欢它。最后我又重新把它包裹起来，藏在了我认为很安全的地方。

槐　条　筐

农民离不开槐条筐子，背玉米，背草，背花生。好多农村的活计都离不开筐子。我说的槐条筐子就是现在马路旁常见的那种丛生的子弟槐。此物柔软韧性，结实，耐久。大约十年前还能经常看到农人去田野都要背个筐子，现在几乎看不见了，偶尔有一个就是我，我喜欢这东西，说不清楚，反正就是喜欢。它的古朴，以及样式的独特，还有用它背东西时的舒服，都是其他工具无法替代的。

即使你不背什么东西，身体上承担这么一物件走在乡村的田野路上，也没有人嗤笑你，因为它不稀奇，很多人背过它。我已经五十多岁的人了，背槐条筐子的历史也有二十年。也就是说三十五岁以前几乎天天背它。主要是用它装猪草。二十世纪七八十年代，农民家家户户养猪，靠养猪赚几个钱买柴米油盐酱醋，养猪最好的饲养方式是喂青草，很少喂玉米面。农民得考虑成本。那个年代，没有搞计划生育，一家都有三四个小子，谁也不出去打工，打工是老后的事情。不出去打工也不能光玩，得考虑家庭生活，帮助父母过日子，也就是帮父母分担生活担子。我们那时候正是十四五岁的小伙子，一放学就立刻背上筐子去田野拔猪草。满满一筐猪草，在太阳偏午的时候走在田野的路上。看不清背筐的人的脸，看到的只是满满的一筐草摇晃着在路上。没有谁去认真地分辨背筐的是谁，因为这是见惯的事。

也有意外的时候，你辛辛苦苦在烈日下拔了一筐草，可是由于过重筐系被压折了，一个筐子筐系断了就不叫筐子，就完全失去了筐子的意义。筐系断了就很麻烦，如果是同伙一起的可以把自己的草分开给伙伴，如果是一个人就无奈了，只好放弃，背着破筐子回家，这种情景很没有面子，让你碰上人就觉得脸红。

槐条筐子的系非常结实耐用，我们这里一般都是洋槐的。还好我们村南面的大沙河里种植着无数的槐树，如果不消失，现在还存在着人们肯定把它叫作森林，那个年代雨水丰沛，槐树靠雨水就长得茂盛，茂密参天，站在树下仰望才能看见树冠，当然也居住着数不清的鸟。这样的情景都是应了那几年的雨水的滋润，森林的消失也是雨水的不足干旱造成的，我们亲历过参天槐树，被干旱折磨得一叶不长，然后慢慢干枯最后完全死掉。我说的槐木筐系就是槐树浓茂的时候，那种丛生的枝条，长到小鸡蛋粗的时候正适用。我们到森林里给猪拔草，经常眼睛斜视着那些丛生的枝条，看有没有合适的来做筐系。如果遇上就非常得意。当然这些枝条不是随便砍，森林是临县的一个庄子上的，人家派着专门人员看管，如果被逮住滋味很不好受。当然那些槐条也是人家种植的，为了得到槐条我们绞尽脑汁。自从出了命案谁再也不去那里了。命案就是对方用火枪把人打死了。

当然更多的筐子是从集市上买来的，有一个干瘦老头儿，逢集日就拉来几十个筐子叫卖。一个筐子价格二十元。我很少见到有谁去集市买一个筐子来，现实生活是筐子的用途很小，几乎不用。谁家也不养猪了，猪都去了猪场。庄稼有机器收割，没有零碎。都是整齐划一的农耕方式。这么方便的种植，还有的人不去种地，把地租给喜欢种地的人。我也是一个热爱土地的人，即使赔钱我也得种，我喜欢种地，种地的乐趣是不种地的人得不到的。有时候我故意背一个筐子走在田野的路上，虽然不装东西，但背个筐子更像一个农民。

年　味

已经快六十的人了，想起儿时过年的情景依然欣慰和喜悦。

从腊月初八开始，母亲就着手过新年的准备了，蒸馒头，包粽子，炸山药角，做豆腐，蒸年糕。那时是二十世纪六七十年代，我们国家经济落后，农民更穷。过年都是从自产的农产品着手，比如红薯都是生产队种的。母亲把储藏在窖里的红薯提上来，洗净，用刀切成豆腐块大小，然后放在油锅里炸，时间不能太久，太久了母亲说费油，油是限量的每年队里只分二斤花生油，平时吃棉籽油，棉籽油便宜，棉籽油烧热了有一股特别呛人的味道，但，我们吃，别人家也吃。

红薯块上色了母亲就从油锅中捞出来，我和弟弟站在跟前，恨不得马上用手抓起塞进嘴里，母亲一边炸，一边嚷：不能吃，太烫了，把嘴烫坏了。弟弟不听话伸手去拿，结果又迅速缩回小手，表情认真起来。等凉下来我们吃，味道的确好，又甜又面还有香味。甜、面、香，人间美味占了七成。吃起来我们就没有罢手的时刻，母亲急了，大喊，过年还吃吗？于是，母亲想了法子，把盛红薯角的筐子挂在了房梁上，我们蹬上凳子还差一头。没办法摇摇头走出家门另找乐趣。

包粽子时，红枣是家里一棵几十年的老枣树结的，粽子叶是已用了好几年了，小米是队上分的，也不多刚好过年用，平时是舍不得吃的。母亲是从外祖母那里学来的手艺，粽子包得严丝结实，不漏米。下午开始包，晚饭时包好，吃过晚饭母亲就放在锅里煮，煮粽子有技巧，煮熟以后就用小火焖，等到天亮出锅。我们起床以后粽子就熟了，不知谁说了一声，吃粽子吧。我们顾不得洗手，就趴在灶前，母亲给我们分别剥开一个，埋头吃起来，可不知人小嘴大，工夫不大，一个粽子就没影子了。母亲无奈地说：你们吃得真快，我伸手去锅里拿，被母亲挡住，弟弟摇着手不说话，那意思也是要吃，后来母亲拿出一个剥开分两半，放在碗里。吃完还是不解气，目光看着锅里还在冒热气的粽子舍不得离开，母亲说："走开，过年还早呢，吃完了怎么过年。"我们悻悻地离开。

总感觉日头走得慢，恨不得一步到了年根，我找了废弃的火柴梗放在窗台，一天过去就拿掉一根，不知道弟弟什么时间偷着拿掉一根，怎么也对不上号。

猪肉，是父亲从临县的一个集市买回来的，距离我们这里五十里地，父亲出发时我们还在梦中，太阳落山时才回来。父亲回到家门，故意摇响了车铃，我们正在焦急地等待中，听到铃声，立刻冲到父亲面前，父亲看见我们焦急想吃肉的样子忍俊不禁，笑了一下。他一边往家推车，一边欣喜地说："买到肉了，买到肉了。"父亲好像自言自语，又好像给母亲说。听到父亲这样说，我的嘴里好像有了肉味。父亲支好自行车，慢腾腾地从后面的工具兜里掏出还裹着塑料布的肉，根本看不出是猪的哪个部位，从大小看超不过七八斤。我的心里立刻泄了气，心想，这么点儿够谁吃，一家子七八口人，但我不能表现在脸上，让父亲看见了不高兴，他来回一百多里地不容易，有肉吃比没有肉吃强。去年我们家就没有吃上肉，吃的是麻雀肉，去年我祖父死了，家里穷没有买肉，就吃了七只麻雀肉。我母亲没有吃。其实我们家是喂着猪哩，但养大以后就卖给了公社收购站，我们养的猪都是让别人吃肉。

猪肉买回家以后父亲好像办了件大事，他就坐在窗前的圈椅上喝白开水，吆喝我和弟弟干杂活，扫院子，擦窗子，把旧的窗户纸撕掉贴上新的。弟弟跑得欢实，他肯定想讨好父亲，想过年添一件新衣裳，我对新衣服不感兴趣，父亲喊我的时候我故意回答我要做作业，然后听到父亲不满意地吐两口水。

当然买回的猪肉，不能马上煮，得放到大年二十八，这是大人们的心计，早煮早消耗，这是谁家也不肯做的。当然二十八这天就像刻在心里一样明亮着，盼着这一天的到来。猪肉早被母亲吊在了房梁上，因为邻居家的大黄猫早就盯上了。弟弟没事的时候望着猪肉发呆。

贴春联也很有意思，花不了几个钱，三十这天父亲从小卖部买两张红纸（一角钱一张），父亲直接拿到他同学家，让春山写。对联的内容挺好，年年企望福到我们家，年年企望好运来。可是一年又一年过去还是白忙乎，没有钱随便花，没有肉随便吃。后来有一年父亲改变了主意，春联上写的是，老大是鱼，老二是水。父亲是有他的寓意的。母亲也不反对，贴在了门框上却遭到了乡亲们的嘲讽。乡亲们说，你们家净搞邪门。

走亲戚也是我们过年节的一项重要内容。我四个姑姑，要分四个日子去给姑姑拜年，二姑家距离我们村庄很远，大概十多里地。中间隔着漫长的老慈河，老慈河里长着槐树，槐树中间夹着一条蜿蜒小路，因为是沙路，我们踏在上面走路的声音特别好听，利索而干净，那是纯粹的脚步声，没有掺杂任何杂音，我觉得是人世间最好的声音。现在几乎听不到这种声音了，光滑的水泥路面都把我们的脚步声吃了，再加上世界的喧闹声音你根本听不见自己的脚步声。更可恨的是那些鞋业老板把自己的产品做得那么神秘，每一双鞋子都拒绝了与地面的碰撞声，让我们的行走犹如走进了神秘世界，这是多么大的隔离呀，真是不可思议。我和弟弟和小叔都是步行，行至林子深处，由于太寂静了我们都自觉地不说话，警觉地看着四周，生怕有什么怪物突然跑出来，干粮袋在身后缀着，你看见肯定会说三个难民在逃难。如果过年遇上下雪，我们行走在老慈河里，趣味更浓烈，树枝上和树身上都挂着雪花，那些凸起的沙包被雪覆盖着，特别有立体感。整个林子寂静得没有一只鸟鸣叫，平时这林子里有无数的飞鸟欢唱，我们走在雪花覆盖的沙路上，有探险之趣，特别像一支小分队去执行任务。这事虽然已经过去近五十多年了，但记忆非常深刻，每次想起仿佛就在眼前。

更有意思的一次过年是，天空布满了节日气氛，别人家

226

的孩子放起了鞭炮，我们哥儿俩挤在一起，你看我我看你，没什么好玩的，脸上表露着干巴巴的表情。父亲穿着他的旧棉袄在院子里走来走去，院子已被我们清扫得干干净净，看得出他在想解决什么问题的方法。父亲是队里的仓库保管员，高小毕业脑子灵活得很。突然，父亲脸上露出狡黠的笑容，父亲不知从哪里弄来了一个生锈的破铁桶，用绳子吊在了院子中的枣树枝上，父亲又找来了小木棍，让我们去敲。我们觉得父亲实在滑稽谁也懒得动，脸上露出不屑一顾的神情，实在觉得无趣。我们没有动弹，父亲自己用力地敲起来，急促地敲击，铁桶发出的声音混淆了鞭炮的声音，我们看着父亲的天真，就忍不住了。我们跑上前去，哥儿俩轮替着敲击着废铁桶。铁桶发出的快乐声音与新年的欢乐气氛融在了一起。我们的快乐也就由此而生，我们不再愁眉苦脸，我们的脸上都绽开了笑容。

那时过年的滋味真是五味杂陈，有焦急等待的味道，有美味无穷的期待，有贫穷无着的滋味，有仰望而不得的无奈。

但过年，真是太有趣味了，我们发疯似的玩，恨不得把玩玩够，我们虽然吃不上山珍海味，没有玩具，但觉得非常有意思，天天盼着过年的心情就特别爽。天空蓝得纯粹，大年初一这天，空气都与平常不同，到处都感觉新，新的衣服，新的鞋子，新的村庄，新的炊烟，新的偶遇，新的期望……

那时的年真有意思……

大　榆　树

　　其实是一棵榆树，它就长在村子的东口，三个人抱都合拢不严，谁也不知道它的年龄，村里最上年纪的人也不记得。它长得很茂盛，夏天树荫遮蔽半亩地那么大，上了岁数的人最爱在这里乘凉。乘凉的时候，手里也不忘带上活计。什么活计都有，女人最多的是手里端上针线筐箩，纳底子（鞋底），也有的人给小孩做衣服。男人主要是乘凉，谈些外面世界的话题，也说哪块地丰实。在田里干活儿累了的人中午收工回家，走到大榆树下面也不忘休息片刻，倒倒鞋兜里的泥土，擦擦劳动工具，顺便也不忘和一番大辈子的嫂子、婶子开个玩笑。以便提提神经消除疲倦，也不忙着回家，看日头就知道自己婆娘是否把饭做熟了。

　　做小生意的人来到我们村庄，一进村口就看见这棵树了，不忙着做生意而是停下来，把车子靠在这棵树上，整理一下货物，确实整齐了才走进村子，临走时也不忘抬头看看这棵这么茂盛的树，心里说这棵树真大呀。

　　更有意思的是我们村子的后生谈对象，每次约会都在大榆树下面。以我们村子为轴心方圆十里八里都知道我们村口的大榆树。

　　村庄里的后生要出远门，父母牵着儿女的手必定送到大榆树下面为止，然后松开儿女的手，让他们自己踏上远行的路。当然父母站在大榆树下面多了属望、牵念的神情。挥挥手，而儿女们转身看望父母的同时也把大榆树牢牢记在了心上。大榆树一动不动看着眼前的这一幕离别之情。

其次是远在外乡的儿女给父母的信中往往提及大榆树。妈，我们村口的大榆树还在吗？母亲也娇嗔起来，在，傻孩子，榆树不在那里在哪里呀！

一棵大榆树它的历史也许与我们村庄的历史一样长，它经历了干旱，战争。它是我们村庄历史的见证者。

从外地赶回来的谋生人，走进村庄一看到大榆树心里就像放下了一块石头，豁然开朗。大榆树是与村庄相连的一个整体，大榆树是与父母相连的一颗心。走到大榆树下面才是真正回到了村庄。这是每一个游子心里的定格。

1992 年村里修路，为了扩展路面村主任让后生们把大榆树刨了。由于大榆树太大了，他们刨了三天，最后又请了钩机。大榆树刨掉后生活在村子里的很多人不习惯，心里丢失了什么，好几个月人们情绪不好，走失的羊回不了家。在外面工作的人，走到村口就找大榆树，大榆树哪里去了，对着同行反复说，大榆树就在这个位置呀，怎么连影子也看不见，大榆树的消失确实给人们带来了不便。更有一个严重的事件，从东北回来了一对父子，他们是去闯关东的，走时一个人，回来好几个人，由于混得好在那里娶了媳妇生了孩子，如今荣耀了就是想回来把自己的荣耀分享于村庄，分享于与大榆树。可是他们回到家已经是晚上，为了确认村庄的正确性他们就只能首先确认大榆树的存在。可是大榆树不在了，这就给他们带来了麻烦，由于是晚上，他们在村子四周转悠了一个夜晚，归乡的热情被身心的疲倦一下子搞得荡然无存了，孩子还不停地指责父亲，爸，你常对我们提起的大榆树呢，怎么连影子也看不见。父亲蛮有信心地说，别着急一定存在的。有了这份信心就有了继续寻找大榆树的力量。

大榆树啊大榆树虽然你消失了，但在我们老辈人的心中你依然存在。

第十部分： 大地永恒之美

捡煤渣的人

有一天早晨，我散步，看见捡煤渣的妇人。我走过去，看见妇人穿着朴素，弯着腰捡拾没有燃烧干净的煤渣。她用手在灰白色的煤面里，拨搅着，没有戴手套。手上已经沾满了白色的煤面。我走到她身旁，她没有抬头看我一眼，继续翻找着。旁边有一个端煤灰的小铁簸箕，里面有几十粒灰黑色的煤渣。我在她身后站了一会儿，这时她抬起头看了我一眼，见我没有要问话的迹象，继续低下头捡剩余的煤渣。

捡煤渣这个活，我也干过。那是几十年前，我十几岁的时候，也是大人让干的，大人的农活多，也就把这个小事情交给我去做，我没有睡早觉的习惯，清早把燃烧的炉灰端出去，然后看看有没有没有燃烧干净的煤渣。每次都捡一手捧煤渣，重新放入煤炉再烧一次，当然火势要弱些。

这样的举动在乡下比比皆是，一点儿也不奇怪，我们都做惯了。如今生活富裕了，谁也不在乎那几粒煤渣了，能值几个钱。我就再也没有捡过煤渣。可是今天我看见这个妇人弯着腰捡煤渣，怦然心动，敬意油然而生。我离开她向前走去，对她的敬意伴随我走了很长的一段路。也许她家的生活还不很富裕，也许已经过得很好，就是不肯丢弃这个良好的习惯。走了很远了，我停下脚步，扭头又望了一眼捡煤渣的妇人，她弯着腰在那里，在大地之上完成着自己的劳动。

辘 轳 与 井

它们的结构在几何上我叫不出名字，但它们真的是几何的图案。

距离地面三尺多余，不漂亮，看着却舒服极了。如果在阳光晴好的上午，没有人来这里提水，辘轳便呈现出人世间的静美。井绳无聊地垂落在井口的中央，辘柄无条件地弯曲着。如果来得及时，你会看到一两只麻雀在辘柄上站立，对着井水鸣叫。叫上那么一两声没意思了，就飞到辘轳上面。一圈圈缠满了井绳的辘轳多么适合一个小体重的麻雀在它的上面参观或玩耍。蹦跳那么两下又飞走了。而后又剩下辘轳与井，寂寞重新寂寞。辘轳从来不与井对话，它们两个好像爱吵嘴的夫妻，平时谁也不爱理谁。

整个辘轳的结构木料完全是笨槐和枣木的，不是杨木或榆木的。这个计划完全出在古人的智慧里，一个人的上千次试验，最后的结论如此。没有人反对或持怀疑的态度。两根虽然粗糙但确实能承重的笨槐木，以一个完全适中的角度交叉地立在距离井沿上方不远的地方，另一根作为轴横搭在上面，一端固定在伫立的一根上，就这样完成了，一个不错的几何形体。它们在不错的阳光里能折射出另一个角度完全不同的几何形体。无论怎样的位置都是漂亮的，美得能引起人的心灵的舒畅。

早晨这里是繁忙的，辘轳的吱吱声不停，附近的人们都来这里担水吃。谁也不拥挤，闲暇的时间述说着甜美的闲话。刚提上来的水在冬天还冒着白气。

井有二十多米深，井壁是用大青砖垒起的，潮湿而安静，接近井口的地方，有几块大青砖，顶不住岁月的磨损而破败，残损，显示出古老的沧桑感，但是每一块砖都坚守在那里没有丝毫松懈的态度。井口收拢，井沿有半个磨坊的磨石放在那里。提水前后，都要把水桶放在半个磨石上，那里坚固干净，没有尘土。溢出水桶的水落在上面，然后再折回井里。这时只要静心，你就会听到水滴落在井水里的叮叮声，像神话一样美丽。井沿光滑，青色的半个磨石，已经看不出"吃面"的牙齿了。这块青石不知是哪座山上的，恐怕做梦它也想不到流落在此。井台高出地面半尺，下雨时雨水就会分流而出，不往井中倒流。到了秋季，华子爷就做了一个井盖，盖在上面，防止树叶刮进去。

没事的时候，井绳就那么空空地垂着，在井口的中央。由于井口的圆形，构成了另一个不错的几何图案。后来井绳换成了钢丝绳，是华子爷的三小子从一个废品站上捡回来的，钢绳要比麻绳结实得多，但是缠绕辘轳的声音要比麻绳刺耳得多。没有麻绳的温柔和无声。辘轳是枣木的，轳轴也是枣木的，转动时发出不情愿的磨合声，放上一点儿废油光滑而省力，一只手便可转动。绳头的铁环，光洁而明亮，无论谁家提水，铁环与水桶的碰撞发出清脆的声响，我在我家的窗前听得入神而遐想。我能从铁环与水桶的碰撞声中分辨出是谁在提水。

由于距我家很近，外祖父从没使用过扁担，一只手提一桶水，稳稳地放在外祖母做饭的厨房里。水清而甜，我们都乐意生喝。华子爷特别爱惜井水，谁家邋遢女人提水，打老远就喊，跺跺脚上面的尘土，再去提，或者拍拍身上的灰尘。华子爷是一个有文化的人，教过书，穿衣走路特别讲究。华子爷处事说话具有老辈风范，没有虚夸，小巷的人们都很尊敬他。他提水时用一大号铁壶，简洁而方便。无论谁提水，都极力走得稳妥，不让水溢出桶外。

这种简洁的事物，却给人类带来了生命的必需元素。它们突兀在大地上，但大地一点儿也不显得累赘，大地一再支持爱护它们。

大　枣

那棵柿子树落光了叶子，留下了黑黑的柿子柄，仰头看上去像一粒粒黑枣。

枣树也落光了叶子，它们叶子长出得迟，落得早。树枝上还缀着零星的枣。这棵枣树，今年长得格外多，母亲说，可能与天气有关吧。今年少雨，没有那么多的污染，枣子也长得结实。

有一个枝子伸到了房檐，我每次去房顶就过去摘几颗，放在口中，咀嚼。枣子脆甜，吃了一颗还想吃，每次上去都摘四五颗，吃两颗，剩下的放进口袋搁一会儿吃。邻居家是一对年轻的夫妇，男的经常出门，忙碌生活，女的领一个不满一周的男孩儿，男孩儿长得俊俏，时常来我们家，也喜欢吃枣。那些伸手就够得着的枣，早被她摘光了，再过来吃枣时就满院子找棍子。妻子也不反对，还帮着找棍子。妻子不是小气的人，有时我郁闷偷着对妻子说，快把咱们家的枣吃光了。妻子扭过脸冲我大着眼睛说，这么多的枣你吃清了？孩子们过来增添了人气，显得热闹。咱们的孩子一个月也不回家，整天忙着工作，家里多么冷清呀。

我看着妻子，张口无言。不知道妻子何时变得这么开朗，情怀大度。以前她不是这个样子。听了她的一番见解，我反而高兴了。后来，女人领着孩儿一过来，我就立刻主动帮他们摘枣。下面的没有了，我就想了一个法子，用铁丝绑了一个木梯，架在枣树的树杈上，很牢靠。每次攀上去都捡颜色好看的，个儿大的。女人在树下指点着，大伯你的头顶上有一颗大的。我慌忙按着她的指点抬起头张望，我的目光放远了，几次没有找到。嘴里还不停地问，在哪里？女人显然有点儿着急，语气急促了，说，就在眼前。我定神近前一看果然一颗鲜红的大枣在眼前摇摆，伸手把它逮住，我看着下面的她，想把枣放入她的手掌。可是距离太远根本够不着。我下了几个梯磴弯着腰把那颗枣递到女人手里。我的一行一动全在孩子的目光里，孩子在认识生活，学习生活。我看了孩子一眼，孩子认真地注视着。我给孩子扮了一个鬼脸，孩子没有笑还是认真地看着。女人接了那颗红枣，舍不得吃，放进了口袋。一边放一边说，等迎春回来看看这么大的枣再吃。

迎春是她的男人，在一家建筑工地干钢筋工，每天很晚才回家。从这点儿小事看女人是懂事的女人，能与男人分享快乐，但也一定能与男人分担困苦。女人一边哄着小孩一边向门外走去。妻子突然从屋里拿出一个橘子，要让孩子吃，紧走几步放进孩子手中。孩子的小手用力地攥着，但还是显得沉重。

我在树上兴致未减，又摘了几颗才下来。

这棵枣树我不知道生长了多少年了，是我外祖父栽下的。现在已经大碗粗了，每年都长很多枣。每到枣子熟透的季节，外祖父打枣时就叫来邻居分享。一根树枝伸到了墙外，伸到了邻居家的院子里，邻居把那根树枝锯掉了。每年打枣外祖父就给他们家送一篮子。后来那根树枝又长出新的枝，邻居再也没有锯掉。打枣时，外祖父大着嗓子喊邻居收枣子，那棵树枝每年能长两篮子枣，我们家从来没有要过，全部送给了邻居。

我记事起我们家从来没有跟邻居家吵过嘴，更谈不上打架。外祖父看待邻居就像看待自己的孩子。外祖父母只生了我母亲一个人，为了继承家业让我过继了。我很小就跟着外祖父母生活，他们没有文化，但有一颗善良的心。俭朴生活，和气待人，处事宽厚，没有与任何人犯过脸红。我们队里二百多人，都尊敬他。他们虽然已经去世很多年了，但在夜深人静的时候，我时常想起他们。他们善良与仁厚的品格深深影响了我幼小的心灵，以至在我成长的整个过程里都以他们的人品为榜样。无论世事怎样改变，一个人的善良是不会改变的。

一天我和妻子正看电视，有人叫门。开门一看是邻居家的女人，手里提着一只白色的塑料袋子，里面装着很多山里红。女人一边往桌子上放一边说，是迎春买回家的，买的不少，让你们尝尝。我和妻子都很感激，让坐下歇会儿，女人说要照看孩子就匆匆走了。我和妻子心里热乎乎的。

我和妻子同时说出，真是好邻居，心里还惦记着咱们。

种　子

迢迢岁月，种子好像先知先觉。种子一出生就涉足民间，涉足土地。城市里没有它的生长土壤，有的是窒息它的水泥和隆隆作响的轰鸣。

所以，种子一出生就选择了一条正确的道路涌向农村。农民有一种天生的喜爱种子的秉性，他们一看到种子就忍不住内心的欢喜。他们自言自语，种一种试试看。一粒种子下地，来年变成了一百粒种子。这就是种子的优点。种子毫不保守，它们尽最大努力繁殖，让这个世界上饥饿的人都有饭吃。

开始种子只有一粒，这一粒种子很小，干瘪，毫无生气。像一只丢弃的羔羊，许多人不敢轻易种下，生怕损失了断了后人的食物。只有一个叫种子的人胆大包天，按了自己的意愿行事，才将那粒不像样子的种子植入土壤。这个叫种子的人不但有勇气，还有灵气。他猜测到了种子需要的土壤深度和生长的温度，才毅然决然地下此决定，一般人是做不了的，这真是天大的事，一粒种子说遗失，就没了。

种子埋在地下，埋在适当的墒情中是一种如鱼得水的快乐，那种快乐我是形容不出来的。

种子的生长方向是首要的。不能向其他的方向生长，必须选择正确的方向。然而这种择向行为是极其果断的绝不能犹犹豫豫。生长是快捷的，绝不能妥协和优柔寡断。

根系向下，向四方蔓延，它们在撷取自身需要的水分和养料，水分和养料是必需的。

种子的初期生长，对于一个初次掩埋种子的人是一个漫长的等待，此人必须耐得住寂寞，切勿心浮气躁。我们第一眼见到的是土壤表面一个嫩黄的幼芽，你不能因一时的兴奋，动手动脚，幼芽的脆弱甚至不能承受一声诧异的惊叫。一切都是在静悄悄中进行的，在阳光温暖的抚触中，在飞鸟有节奏的伴奏声中。雨滴是它们的仇敌，雨滴无情地袭击，使它们防不胜防，在措手不及中难免受到一些伤害，这些近似致命的伤口，它们会在沉默中自愈。经受一次挫折，它们将更加顽强。它们感受世界的方式与我们是一样的，一样的无可奈何。

一颗种子与另一颗种子绝对不能站在同一的位置，如果一个穴内有两颗种子，它们就会反目成仇，一点儿也不怜悯对方。尽管它们是兄弟，共同对付过自己的敌人，但它们的竞争机制是相当严格的。它们也许只存在一种隔岸观火的关怀，那种无关痛痒的目光的勉励。一方遭受劫难，另一方只能束手无策，甚至连一句慰贴心灵的话语都没有。一方消失了，另一方只表示瞬间的悲哀，过后又是轻浮的逍遥和浪漫无忌的开怀大笑。生存是残忍的，就连我们人类也是如此。大鱼吃小鱼，小鱼吃虾米。

地面上的生长也不是一帆风顺的。风和冰雹都是不测的风云，说不准什么时候突然而止，那种经过劫难的种子惨不忍睹，失去一只胳膊或一条腿，更残酷的是失去生殖力，失去生殖力就意味着一粒种子终身的残废。自此断子绝孙，这也是我们人类最忌讳的。

经过九炼十八火，种子成熟以后，像金子一样让人喜爱。金黄的光芒，以及芬芳的香气，让每一个人爱不释手。这就是种子，这就是我们日渴月盼的种子。这就是养活我们命的粮食。

长天啊，你终于赐给了人类福祉，劳动的人们感恩戴德，从此建立了自己的家园，开始像种子一样繁衍，扩大，然后就有了国家，军队和战争。

后来的事种子没有想到。

冬 天 的 窗

　　一到冬天，窗子才格外引人注目，因为只有这个时候人们才有闲暇时光，坐在屋子里聊天或做一些适合在房子里做的活。比如剥准备春天种的花生种子，父亲侍弄驴的围脖，母亲做针线活，我在土炕上玩木质手枪或叠纸卡片，有时我看着明亮的窗子出神。

　　窗外阳光特别好，照的房间明亮，窗纸也有了缓缓的暖意。木格的窗子均匀地明亮，被模糊的窗棂隔着，有人为的痕迹。的确有人为的痕迹，那是母亲在初冬用洁白的纸，打好糨糊糊上去的。我清楚地记得母亲塞给我手里一毛二分钱，让我到村子中央的小卖部买来的，当时我兴奋极了，我第一次有了花钱的权利。洁白的纸买到家，母亲已经打好了糨糊，白白的糨糊引起了我的食欲，我看着不动眼珠，却咽下了一口淡淡的口水，母亲看出了我的心思，急忙把我的注意力移开，她让我把去年糊上去的残纸揭掉，并给了我一把水果刀，如果揭不动就用小刀刮，母亲坚决地告诉我。我非常喜欢干这件事，干得很认真，后来小墩子找我玩都拒绝了，我急于看窗子糊上窗纸的样子。过去的时光窗纸已经给了我美好，美好的事物是让人怀恋的。

　　由于急切我用了不到十分钟就干好了，我让母亲看时，母亲的目光沿着窗棂扫视了一遍，没说行也没说不行，就端起糨糊站在了窗前。我看到白白的糨糊胃里又泛起淡淡的食欲，为了避免这种欲望的折磨，我扭头转移了视线。母亲拿起一块旧报纸抟了抟蘸了糨糊往窗棂上均匀地抹。并说，让每一个部位上都有糨糊，这样贴上窗纸才牢靠。抹好之后又拿起割好的窗纸站到了窗前，我当然要帮忙的，如果纸边不齐有一点儿抖动就会粘在窗棂上，那样就会乱乱的。我抻住白纸的下面两个角，母亲抻住上面的两个角，上下对整齐，小心地贴上去。母亲一边贴一边说，每个格子上的糨糊是不能少的，纸要放得正贴得紧，这样糊上的窗纸没有皱褶，风吹在窗纸上就不会发出啪嗒啪嗒好似散步的声音。这时我感到有一阵冷风从没糊好的窗格吹进来，风好像有灵气，它看到我和母亲做着一件拒绝它侵入的劳动，就钻空子乘机溜进来。我和母亲谁也没有在意，它不会扰乱我们的正常生活。不一会儿我和母亲就把窗纸糊好了，我还听到了风推窗纸的声音，试探几下子，后来就听不到了，我们胜利了。

母亲是一个极爱整洁的人，日常用品放得极有条理，就是经常用的一个小火柴盒也放得端正。母亲绝不允许我的小鼻子上有小鼻涕。

窗纸贴好了，母亲抓给我一把炒黄豆，这是每次劳动过后母亲给我的赏赐。

窗纸贴上去，窗格子非常惹眼，这是由于糨糊还潮湿的缘故，过不了多久就会干，不过我喜欢这种黑白的对比。纸的洁白使一切黑暗的东西暴露出来，风立刻息了，阳光打在窗纸上使房间有了暖意，只有这时才感到冬天真正来临了。

我大部分时间是在窗前度过的，做完老师留的作业，剩下的时间，用报纸叠飞机，小纸鹤，小轮船，小棉袄。这些都是母亲亲手教我做的。当然我的每一个步骤都十分小心，因为母亲早给我说过，不要划破了窗纸，只要有一个小洞风就会马上进来，因为屋里比外面暖和。我的童年就是这样在无数趣味中度过的。

冬日在充满阳光的房间里母亲不停地做着鞋子（母亲做鞋也是为了增加家庭收入），大人的鞋子，儿童的鞋子，她做的儿童鞋子秀气极了，猫头鞋、虎头鞋，鞋口上还镶着金丝线。母亲的手艺是一流的，听别人说父亲娶到母亲，更重要的是喜欢她做的鞋子。男人们上城里办事或结婚都要到我家讨母亲做的鞋子，雪白的沿边儿和漆黑的鞋面，看上去漂亮极了，鞋子穿在脚上也增添了男人的气质。鞋子蕴含的那种乡村古朴典雅之美真是难以用语言表述，淳朴、宁静、稳重还有一种不去张扬的美，让男人还平添了一种自信。那些爱面子的人，穿着母亲做的鞋子，走在城市的马路上得意忘形，引来众多羡慕的目光。

日子一天天从窗格子上过去，气候一天比一天冷，寒冷在外面无处躲藏，就故意敲响水缸，我在房间里温暖地度着冬天。

有一天我去墩子家找墩子，发现他们家的窗纸已经碎得乱七八糟，许多发黄的纸条在窗格子上随风摆动着，像战争年代一个失败的阵地上破碎的旗帜。风儿自有进出，下面的空格子上堵着墩子的旧衣服，我感到非常不舒服。

春节快到了，母亲突然对我说，小果把窗纸撕下来吧。

我开始不解，窗纸好好的没有一个漏洞啊，母亲摸着我的头说，快过新年了我们要换一次窗纸，换成新的。我一下子明白了母亲的意思，帮助母亲贴上崭新的窗纸，后来母亲又精心剪了窗花贴在了窗子上，屋子里立刻充满了新年的气息。

现在人们都厌弃了木制窗子，都换上了铝合金窗户，窗口用玻璃封得严实，屋子里的臭气跑不出去，外面的新鲜空气进不来，若是有人来访只看到张嘴却听不到声音。声音被窗子上的玻璃挡住了，屋子里面的应答外面的人听不到，等客人进屋人家先要说一句你脸真大，话都不愿意说，搞得十分尴尬。

随着时代的发展，人们不得不丢掉一些东西，向塑料和水泥生产资料靠近，但是那些丢掉的东西确实对我们有好处，比如木质的小地桌、织布机、脸盆架、风箱，支援前线用的独轮车等，看见它们就有一种智慧化身的感觉。它们的沉稳与老练，使用时的得心应手都是我们难以割舍的。

没有办法，现在只能靠回忆去怀念那些失去的美好物件。

归还大地的物质

秋天收获的那么多玉米秸秆，不知怎么就慢慢消失了。收割时，它们沉重得像我们村庄的历史。你想丢掉都不可能。我和父亲只能把它们暂时寄放在白地里面去。白地就是不种麦子的地里。主人可能另有打算，来年要种植瓜果。

一个人把那些新鲜的玉米秸秆拉进去了，另一个人也拉进去。本来不太多的白地，一下午的时辰就被玉米秸秆挤得满满的。我和父亲把我们家的玉米秸秆，堆得圆乎乎的，好像给了它们第二次生命。父亲干什么都认真，细致。即使没用的东西，也放置整齐。父亲最讨厌凌乱，小时候我不止一次讨教过父亲反对凌乱的严厉。那些堆起来的秸秆，庞大，隆起。风吹不动它们。站在它们面前你有一种被遮挡与隐蔽的感觉。同时也有一种铜墙铁壁感。它们靠得那么密实，风吹不透它们。它们顺溜地依附着大地，没有一棵随便离开群体。

它们站在那里，就成了村庄里一道风景。远远看去像大地的几个句号。这是一个不恰切的比喻，实际上大地的劳动永远不会停止，永远不会画上句号。天气一天天变冷，由于寒冷，就再也没有人光顾它们了。它们被田野的风慢慢吹着，忽一日被最后那几场风吹干。就像一个身体强壮的人，最后被岁月吹干，然后在时间的窖藏里腐烂，然后归还土地。这是它们最终的归宿，也是它们最终的愿望。

时间不长，它们粗壮的颜色，就会改变。改变成无法描述的旧色。高度也矮下来，没有了刚收获时的傲慢。就像我二爷，只剩下了骨瘦如柴，站在自己劳动过的土地里，语气里充满了炫耀，但眼里却充满了无奈，并闪射出泪花。

只有我一个人，惦念着它们。如惦念着一个共事多年的老朋友。我是一个没有事的人，尤其是冬天，躺在漆黑的房间里睡不着时，我就想田野里的事情，想地里的那块情绪不好的土壤，现在是否平息了。土壤闹情绪是不会长好庄稼的。有的人撒的化肥不少，就是不长庄稼。有时想，被车狠狠轧过的那块土，是否恢复了原状。那是收获的第三天，我们拉着满满的一车玉米秸秆。摇摇晃晃地往白地走去，路上我确实感到了玉米秸秆的沉重，车子路过一个小坎，就摇晃得难以控制。父亲驾着车沿，我拉偏套。我们两个弯腰用力的时候像两头牛，我父亲是老牛，我是小牛。这是我的同学吉生告诉我的，他们家的地距离我们家有一百米。我们两个的额头，挤满了汗水。不巧对面来了一辆拉化肥的车，路面太窄，要叉车，就必须有一辆车行驶到路边的田里。拉化肥的车知道我们的车太沉重了，就自觉地从田里绕过。绕过时我就记住了那两道深深的车印。并排着两道优美的弧形，但是太深了，足有两个脚掌厚。就像从我的心上碾过去的，让我放不下心来。还有那么多的树叶，它们都落在了田野里，是否找到了归宿。炎热的夏天，是它们在天空为我们遮挡烈日的。

我就是这样一个人，总爱惦念大地上的事情，就是不惦记自己的事情。我的很多东西就是因为不挂心丢失的，但我从来没有气恼过。

我是村庄里起得最早的一个人，他们都在酣睡，即使醒着也不起床。谁都知道冬天没有要紧的事，谁都知道睡懒觉是最美的事，我也喜欢这样的情景。我一个人沿着村庄的路向前走。路两边是麦地，麦苗有一皮鞋高，头顶上黏着霜，都安静地站着，仿佛等待着化妆，没有一棵乱动。电线杆安静地在寒冷里站着，没有任何态度，不发表对冬天的意见。电线也臃肿着。两只早起的麻雀在臃肿的电线上啄食霜粒。大地像昨天一样寂静着。此时，太阳刚刚升起，好像从另一个村庄里升起来，圆圆的，红红的，光线很弱。好像被什么强硬的东西制服过，这是不可能的。

太阳看着我，走在无人的道路上。有时我回过头，眼望我的村庄，他还在沉睡中，街道，房屋，牲口，鸡鸭，猫狗。都在享受着村庄安宁的早晨时光。一座安睡中的村庄，他表现出的是祥和，安泰。看他睡得多么踏实，没有憾事，没有牵挂。任时光慢慢流去。门楣上的烫金字，"吉祥如意""家和万事兴""四季发财""身居福地"在太阳的照射下发着亮光。

我加快了脚步，因为我惦记的事情。

我走到了我和父亲堆玉米秸秆那块白地。完全不一样了。那些粗壮的玉米秸秆全萎缩了，没有了庞大和傲气。玉米叶子也收缩得像一段我们愤恨过的时光。也像一个老实的人经过了一次重大的打击，再也恢复不了元气。它们都变成了灰黑色。我沿着它的周遭转了好几圈。我惊讶它的变化速度。这才几天的时间呀！是不是它们对我或者对我的村庄有意见，是不是它们本来有一个美好的想法一直没有实现，就自暴自弃了。按照它们刚走来时的情景，看它们当时的态度，它们有能力度过这个寒冷的冬季。可是它们完了。内心一定没有了信念。任何事物没有了信念就没有了生命。这是我的理解。我沿着它的周遭又转了几圈，我想从它们完全的破灭里找到一丝它们破灭之前的信息。我发现了一处痕迹，被事物按压的痕迹。那事物是一只狗？还是一只野兔？还是人？有几棵玉米秸秆被揉碎了。它们横七竖八地躺在那里，我拿起一棵折截了好几段的玉米秸，它没有断开。它韧性，依然想维系生命。它断续发出的稼禾的芳香侵入我的鼻孔，这是我熟悉的味道。随后我把它扔掉了。它们没有了从此再让我牵挂的理由。我想从我的心灵上把它们抹掉。腾出更宽阔的心灵空间感受其他事物的美好。我走了，没有回头望一眼。

一个月过去之后，我路过这里，不自觉地望了它们一眼。完全破败了，好像一个年岁过大的老人。它们的样子我不愿意用语言形容了。

几场风过后，它们完全消失了。

我想它们一定自觉地归还了大地。

农　舍

我与农舍有着割舍不断的情感，我家就是纯粹的农舍，我在农舍自降生之日起就一直生活在这里。

我喜欢农舍低矮的屋檐，屋檐下飞起飞落的燕子。喜欢冬天白雪覆盖屋顶，喜欢淘气的麻雀在我家的树冠里叽叽喳喳叫个不停。喜欢阳光经过我家小院时，留下独白。清清浅浅的院落，没有高大的围墙，栅栏也是几根树杈斜插的，为的是拦截野猪，不过栅栏也是常开的。院子里母亲养了几只鸡，几只鸭，每天清晨它们的叫声把我惊醒。猪圈里有一窝猪崽儿，一有什么异常，就轰然窜动。

院子的南墙根儿处放置着劳动的农具，铧犁、锄、镰刀、铁锹……没事的时候，它们安静地待在那里。院子里还放置着一辆永久牌自行车，一辆木质的人力车。最重要的是在门的左侧，放置着一台捶布石。秋天的下午或春天的早上，母亲在上面捶好我们一年的衣服和棉被。捶打的声音在我家的院子里回荡。

小小的院落在秋天堆满了谷物，熟透的谷物散发着清甜的芳香。在院子的一角母亲每年春天都要开好一块小地，使足粪肥，种上豆角或油菜。豆角，油菜的花朵招来数十只蜜蜂和蝴蝶。

我喜欢小院，它每时每刻散发着农家朴实的味道，在院子里活动的动物没有与世相争的脾性，它们在各自的领地活动着，啄食，下蛋。我们领略了它们产下的土蛋的纯天然的芳香。

如果遇上农闲时刻，我们都在睡懒觉，院子的时光静极了，只有鸟儿滑过空气的"嚯"的一声，或偶有猫尖厉的嘶叫。耗子们在墙根儿处悄悄来往。月季花悄然开放或收敛。

我喜欢农舍所呈现的一切，它们与我一样与世无争，凸显与隐匿都在命里。

有一段时间，也就是我上小学的时候，下午放学后，我拒绝了同伴们的邀请，一个人蹲在我家的墙根儿下，观看蚂蚁。那里有数不清的蚂蚁，它们各自忙碌着，全然不顾我的注视，来来往往，把食物运到它们理想的地方。第二天我依然去观看，一连数日我都在夕光里观看它们，那些蚂蚁依然辛劳着，匆忙着，没有一只停下来。它们走过的脚印不一会儿就被后来者重复，抹掉。我看着他们想到了我的父母，我的邻居。他们的样子哪里不像这一群蚂蚁，为了生活每天重复着相同的命运。

下雨的时刻，我站在窗台前，望着淅沥的雨水，从门口流向大街。灰蒙蒙的天空布满了阴云，我家的一切事物站在了雨水里，鸡独立着，雨水滑过羽毛滴落在眼前的地上，鸭也不再乱叫。我家的那棵老枣树叶子已被雨水湿透了，湿漉漉的美。院子里储满了雨水，它们从不同角度汇聚到院子的中央，然后又纷然流出院子。

这就是我家农舍，与时相融，又不混同于时代。它特立，但不独行。保持着农家的特有气息。让每一位经过我家的友人倍感亲切。

风·驴车·驴

立冬之后，那场北风才来。实际上那场风已经等得很久了。它们等着农人把地里的作物全部收光之后才吹过来。可是一些懒人总是不着急，这时北风就迫不及待了，它们知道那些懒人永远没有时间。等北风吹过来时，那些懒人就显得非常急躁，不知所措。

那场北风我们已经经历多次了。那是一场毫不留情面的风。大地上的一个死角都要清扫一番。

我在村庄生活了几十年了，根本不知道北风究竟有多大，有多么宽。它横穿了多少村庄。只知道它经过我们村庄时要走三天三夜。它们吹起来时从不疲倦，一直精神饱满的样子。它们经过我家时，先把铁锹推倒，然后推倒放在院子里的旧车，旧车是我们家的驴车，驴已经被父亲卖掉了，只剩下了车，车体支在西墙根儿，平时那些讨厌的麻雀时常站在车沿上乱叫，有时丢下几粒屎，现在已有数不清的屎粒了，很结实地黏在上面，屎粒上面的白很显眼。开始父亲一边除掉，一边责备不懂事的麻雀。除了几次，父亲就得了脑血栓，顾不得了。但父亲站在太阳下晒太阳的时候，看到那里的屎粒依然冲着那个方向嚷叫。虽然父亲的语言不清，但大家都知道父亲的意思。弟弟听到父亲嚷叫，根本不理睬。如果我在场父亲就会用拐杖敲我，逼迫我除掉，开始我顺着父亲，后来我就推说有要紧的事，离开。父亲见我走出院门，就在背后大吼几声后，就听不到声音了。那架破车我不知道父亲为什么保存着，早该进我家的灶膛了。母亲几次催促我把车砸烂，当柴烧。可是我知道那样做会加重父亲的病情也就放弃了。

哪一年的北风吹过来时都不会放过那架驴车，无论北风多么凶猛，那架驴车就是一丝不动。看得出北风已经用尽了力气，虽然北风没有吹动它，但那上面的痕迹已经明显地看出车体暗暗与北风较劲的样子。北风停止时，驴车就很安详地停在那里，好像等着父亲把驴牵过来。可是驴已经消失得无影无踪了。驴套也已经很旧了，鞍子上那块刚买回来时父亲系上去的红布条也脏得像油坊里的油锤柄上系的那一条，只有车帮被雨水冲刷得干净。这是我们家唯一，独有的一架车体，是父亲卖掉了二亩地的花生买回来的，那一年我们家没有吃花生油，吃的是棉花籽油，那种油加热时满屋子油烟，吃它炒过的菜口舌发涩。每次吃饭时弟弟就皱着眉头。父亲说，不爱吃，下次还是这样的饭。

实际上是驴先到我们家。那是春天一个晴朗的日子，我放学后，刚踏进家门，就看见一头驴站在我家的院子里吃花生秸，驴也看见了我，驴看见我后，就抬起了头，嘴里还不停地咀嚼着花生秸，一根花生秸在驴嘴的外面随着驴嘴的咀嚼不停地抖动。我提着书包走近驴，驴比我高多了，它身上的毛发很亮，它的眼睛也很好看。我看了一眼就记住了它的眼睛，诚实，明亮。在一次作文课上，我还专门描述过它的眼睛。母亲通过厨房的窗子，看见我距离驴很近就大声招呼我，离驴远一点儿，别让它踢着。当时我没有看见父亲的影子，我想看一看父亲这时的表情。可是怎么也看不见父亲的身影。我想，这么重要的事件，父亲就该在现场。万一驴跑起来怎么办。我正想问母亲，父亲到什么地方了。父亲从外面回来了，父亲的手上拿着一副崭新的驴套。父亲的脸始终似笑非笑，嘴也张开着，在我的记忆中父亲的脸始终冷得像冰块。我趁着父亲高兴，就问，咱家的。父亲瞪了我一眼说，不是咱家的是谁家的，别人家的驴让拴在咱家的院子里。

那头驴，在我家一待就是十几年，好像父亲的亲兄弟，父亲从来没有用鞭子抽过它，干活儿时跟父亲一样不省力气。父亲喂它玉米料时，总是挖很多，很怕驴亏食。可是那头驴，只吃够自己干一天活的食料，从来不超量。驴的懂事理，让父亲很惊讶。父亲爱驴，亲驴，好像过日子只靠驴了，忘记了我们的存在。吃饭时，端着饭碗子蹲在驴跟前，驴吃一口，他吃一口。

　　一次难忘的事件是这样的，父亲从姑姑家拿回一瓶花生油，放在院子里去洗手，驴走过来，驴是到水盆那边去喝水，不小心一脚踩在了油桶上面，油顺利滑出来。当父亲发现时，油快流光了。父亲急了，一掌裹在了驴脸上，驴怔怔地站在那里不知发生了什么事，后来父亲从驴棚取出驴鞭狠狠抽起驴来，驴一动不动地站在那里，任父亲抽打。后来还是母亲制止了父亲的暴烈。再后来我听到父亲站在驴棚哭啼，我想他一定是因抽打了驴心疼才哭啼的。

　　驴卖掉是没办法的事，驴突然拐了。父亲让驴停止了劳作，父亲牵着驴走了好几家兽医站都没有治好。驴不能干活儿了，但父亲仍然舍不得卖掉，因为它为我们家出力太多了，它代替了我们的劳动。没有它的时候，我们就像驴一样拉粪子，拉擦子，拉车。当我们撅着屁股非常用力的时候，就会听到背后有人指着我们的屁股说，看，一群驴。我听到这样的话心火猛升，父亲却沉默得像一块秤砣。

　　眼看着驴一天一天瘦下去，快不行了，母亲用大嗓子给了父亲几句敦促的话。父亲才做了最后的决定。驴卖掉之后，父亲像得了一场病，精神不振。看见父亲萎靡的样子，我才没有把驴车破坏掉。驴车在我家院子里像古董一样摆放了几十年。但是，我们并不感觉累赘，碍事。

现在，我们都在城市上班，节假日回家，围在驴车周围常常说三道四。父亲看见我们的样子也趁机呱啦几句。

恩 情 大 地

母亲给了我们生命，土地给了我们生命的绵延。

我在农村生活六十多年了，从来没有厌倦过土地。

土地高于一切，土地永远不会衰老，从来没有因为饥渴与疲倦拒绝过孕育。任何一个人，无论是负罪之人，还是心怀不轨的人，只要撒进一粒种子，土地都欣然接受。任何一个人的苦难经历都低于土地。土地的苦难不必述说。

许多伟大的诗人对土地，都有啼血的歌颂，留下宏伟典章。大诗人艾青为什么眼里常含热泪，就是对脚下的土地爱的深沉。不热爱土地的人，是人格不完整的人。那些人不配在早晨清新的空气中散步，不配享受秋天的丰收与夏季的绿荫，不配与农民坐在一起谈论生活。

无论落脚何处，我们都是吸吮着土地的乳汁，生存下去的。我们又有何脸面忘却土地，枉谈天马行空的琐事。殊不知许多的爱国将士，为了保护脚下这一片热土，血洒疆场。那些远离故土的浪子，为了得到故乡的一把泥土，想断肝肠。朋友啊，请珍重自己的国土吧。

土地的胸怀是宽广的，从来不拒绝任何丑类的践踏，只是给出时间，让那些丑类自省，忍辱负重，从来不述说。她总是默默地承受着，人世间的一切，深情地养护着一方的生命和风俗，无论哪一片土地都孕育着那里人们的敦厚，柔韧，不屈不挠。在时光的漫长中，承载着河流的咆哮与平静，承载着冬季的清冷与寂寥。

一年四季的色彩，把土地装点。

春天，大地宽广，平阔，当第一声春雷唤醒了沉睡的大地的时候，冻土被犁铧一垄垄翻开，僵硬变成松软。人们在她的胸膛上快乐地耕作，撒种，锄禾，施肥，期待沉甸甸的谷穗，饱满的红高粱。

夏天，万物葱茏，明媚清丽，一片生机，大自然赋予了土地高贵和庄重。翻滚的麦浪，涌动土地强壮的脉搏。灼热的阳光赋予了土地祥和与温情。和畅的微风梳理着土地的滞涩。

秋季，收获的季节，果实累累，土地到处飘荡着果实的芬芳，土地并不显得浮躁，横气，而变得更加深沉，凝重。

冬季，土地略显孤单，寂寥。这个季节我们还是让土地好好休息一下。

土地上生长的牲畜，家禽或各种爬行动物，种类繁多，它们有自己的语言和生活方式，繁衍自己的后代。土地因蚯蚓不懈地蠕动而有了生命。

土地是所有生命永恒的根，是大家共同的命母。我们反复踩踏的土地，从来就是把高尚留给我们，把屈辱留给自己。

　　土地的病痛在于板结，那种多少年因战乱没有梳理过的土地，血管梗死硬化，像一个得"痴呆症"的老年人。阳光照不进去，水难以浸润，只有靠犁的梳理。每一位辛勤的农人，绝对不会这样持久地折磨土地。在冬季到来之前，他们就准备好了马和犁。我是一个做事心细的人，每次耕种都十分小心，生怕损坏了土地的动脉。那种不知爱惜土地的人，随便在土地的某个部位挖一个坑或栽一个木桩，对土地的孕育都十分不利。

　　那些玩弄土地的人不是真正的农人，最后的结果，收那么几粒粮食，权当是明年的种子吧。

　　战争是土地的克星，土地在硝烟弥漫的战场忍受了战士们的冲杀与炮火的震荡。一场战争将会给一块土地带来永久的灾难。那种巨大的无比的绝情灼烧，几乎断绝了土地最后一丝希望，带着满身伤痛和深深的不安，土地绝望得只有酣睡了。时间长达一个世纪或几个世纪，一个爱土地如命的人也唤不醒这伤至心灵的酣睡。一株草的踪影都没有，没有一只爬行的虫子，甚至一个菌种都不复存在了。这不仅是土地的悲剧，更是人类的悲剧，一块肥沃的土地被人类自己从记忆中永远划掉。我们诅咒战争，呼唤永久的和平。

　　土地，人类最尊敬的母亲，愿你健康长寿！

　　时光流逝，唯有土地永居。

尾记　我的作家梦

　　小时候，我梦想当一名作家。每当在课本上读到那些优美的篇章，就感到作家真了不起，用朴素的文字，砌起感人的故事，使读者时而大哭落泪，时而仰天咯笑。作家用文字的魔方引领读者，走进人的灵魂深处，探讨灵魂的洁白与丑恶。作家美丽的光环时时映照在我的头顶，让我有了一个美好的梦想。

　　然而我的作家梦奋斗了几十年，我的文学坎坷路是这样走过来的。

　　由于立志当一名作家，就向往多读书，然而那个时期能够读到的书很少，都是一些《地道战》《地雷战》之类的书。后来在邻居家看到一本《钢铁是怎样炼成的》，这是一本真正文学意义上的书籍，由于太喜欢，我读了三遍。

　　第一次读的时候把铁锅烧红了。第二次读的时候把我们家的驴丢了。第三次读的时候差一点儿被轧场的拖拉机碾住。我父亲特别讨厌我读书，他不想让我有任何作为，只想让我识几个字，回家当农民就行。他只要一看见我的书就撕掉，一边撕一边嚷叫，像疯了一样。我一看到父亲这个样子，就决定从此再也不想当作家了。可是一接触到那些文学书籍，作家梦就又来了，想甩也甩不掉。为了这事我与父亲大吵了一顿。我父亲为了臊我的脸，把我拉到街上，当着很多人的面说，你们瞧瞧，他这个样子还想当作家。父亲的话真是刻薄到了极点，他当着那么多人的面指责我，让我简直无地自容。一些人露出鄙视的目光，一些人故意问，作家是什么色的人。父亲拍着屁股跺着脚的样子，我记忆犹新。由于伤心从此我再也没有与父亲吵嘴，父亲也不容易，我们弟兄四个，我是老大。我应该为父亲着想，帮助父亲把我们家的日子过好。为了帮助家里增加经济收入（那时，我弟弟有人介绍对象，需要一台缝纫机，根本没有人给我介绍对象，我在别人眼里是不正常的人），我跟着一个建筑队到北京打工了，暂时忘记了作家梦，作家梦即使出现，我也得把它按在生活的脚下，我与其他人一样吃苦流汗，把挣下的工钱如数寄给父亲。那一年我弟弟结了婚，结婚时我还在北京努力挣钱，后来我辗转到郑州打工了。

作家梦的又一次强烈出现是我在一家晚报上发表了一篇小文章，总共才八百字。是我妹妹告诉我的，邮局的先生站在我家的门前喊一个叫废铁的名字，我父亲急了，我父亲冲着邮递员大发雷霆，你是不是精神病，还好我妹妹站在我父亲的身后，我妹妹说废铁就是我哥哥的笔名。我妹妹从投递员手里接过报纸，欣喜地把我的文章让我父亲看，我父亲根本不感兴趣，他把邮递员撵走了，还说以后再有这样的名字出现，不准在我家门前喊叫。我父亲可能自尊心太强了，废铁是一个烂名字没有讲究简直丢死人。

我妹妹把这个消息写信告诉我，我一听就高兴地蹦了起来，我的同行认为我得了精神病。我的作家梦又一次点燃了，我用打工的钱，在郑州的新华书店买了好多书，国外的、国内的足以让我看半年。那年麦收我没有回家，我父亲一直写信催促要钱，说我三弟要学费。我一直没有回信，我假装自己失踪了。我还告诉别人如果有长相像我一样的人来找我就说这里根本没有这样的人。那一年真痛快，我在上班之余一口气读了一百本世界名著。我突然觉得我距离作家这个目标很近了，可是我仅仅发表了一篇八百字的小文章。

　　正当我发奋要写一个长篇的东西时，我父亲突然出现在我的面前。我不知所措，这是我根本没有想到的，我父亲指着我的鼻子破口大骂，"废铁"，我父亲很文雅地称呼我，我还以为父亲对我的态度有所改变。紧接着父亲眉头紧锁，你小子跑到地狱我也能找到你，你三弟再不交学费就要被学校开除了，给你写了好几封信你也不回，你他×把你老子忘了。我父亲踢了我一脚，同时也踢飞了我手里的那本海明威的《老人与海》。我心疼地看着《老人与海》飞过砂浆机落在蓄水的大池子里，不一会儿沉没了。我的目光还在那里看，我父亲又说话了，赶快收拾东西跟我回家，家里的麦子还在地里长着，别人家都收割完了。我真纳闷儿，家里有两个弟弟一个妹妹，我母亲也能顶半个人，怎么麦子还没收割完？我跟着父亲坐着一列慢车回家，路上我一言未发。快到家时，父亲说你母亲突然得了脑出血，我们照顾她了，所以麦子至今没有收完。我一听说母亲得了脑出血，头要爆炸似的，我简直不相信，我母亲平时身体很好。

回家以后，母亲的确不能说话了，看见我不停地掉眼泪，我也落下了眼泪。我没有休息就跟着父亲到地里拉麦子。兄弟和妹妹早把我家七亩地的麦子割倒了，专等我回来收拾。

跟我装车去。父亲很冷地说了一遍，就举起驴鞭子向驴的屁股扬去。父亲的驴鞭是根竹棍，父亲扬了一下，驴就走了起来。趁驴还没走远，我折回厨房，喝了一大瓢凉水，这时我才觉得有了点儿精神。我跟在父亲的车后走着，我们要到三里以外的曹家坟那块麦地里装麦子。

我默默走着，大约过了四十分钟，我们才来到我家的麦地。一地的麦个子，像打败了的敌人的尸体一样躺倒着。我父亲的农活在队上是一流的，父亲割出的麦茬子又矮又齐，捆出的麦个子，中间卡，麦穗儿齐齐的，连一个倒穗都没有。

父亲说，你踩车吧。父亲的口气有些缓和，我觉得心里轻松下来。他用铁叉往车上擩，父亲还是那么能干，他已经是六十多岁的人了，让我产生一丝敬意。这几年也确实亏了父亲了，母亲有病，弟弟们一直上学，没有人帮父亲干活儿，全家人的饭碗只有父亲一人担着，他也真够累的了，想到这，我的眼眶热起来。你发什么呆？父亲在车下吼叫起来，我猛地发现我的周围堆了不少的麦个子，我必须尽力把它们放得有条理。父亲的快捷，使我不得不一改往日的劳动习惯，我必须配合父亲，动作慢了，父亲甩上来的麦个子会堆得老高。时间不长，我的体力已不支，就感到我的腰开始疼痛起来，特别难受。我恨不得马上跳下去，逃离现场。太阳一电线杆高了，太阳一出来就烫得要命，我感到浑身灼热，像在蒸笼里劳作。天空没有一片云彩，湛蓝、湛蓝。太阳在天空自由地释放着它的热量，好似要把大地烤出个洞来。很多飞虫躲到树荫里去了，只有燕子在空中飞来飞去，它们不断地吃着从麦地里飞起的小虫。有时它们从我的眼前飞过，我听到了它们飞翔时的快乐声音。站在高处，我有一种心旷神怡的感觉。在农村很少有站在高处的机会，此刻我看到我的村庄，没有以前那么好看了，那么整齐有秩序了。到处堆满了新鲜的麦秆。那些老母鸡趁机兴奋起来，在麦根旁不停地啄着残余的麦粒。一段破墙，一座废弃的面粉坊在阳光的照耀下都显得面目丑陋。人们在丑陋的街道上穿行着，扬起的灰尘飞起又落下。

为了早日返回我郑州的建筑工地，我日夜跟着父亲干。没几天我们就把我家的麦子全部收获完。临走的那天早晨，父亲拍着我的肩膀哽咽了，这是我没有想到的。我本来想只跟母亲说一声，就离开家门。没想到父亲这样让我突然难过，父亲说，拴马，你能不能在近一些的地方打工，你母亲这样了，我也六十多岁的人了，腰又不敢弓。父亲从来没有在我面前脆弱过，今天的样子让我心里难言。我知道我的很多书籍存放在郑州，我只有到了那里才能完成我的作家梦，那里有我的蓝天。我只好撒了一句谎话，我对父亲说，那段工程快完了，结束以后我就要求老板回石家庄的工地。石家庄根本没有那个老板的工地，我这样说只是宽慰父亲。

后来在工地的日夜，我的脑海里时常出现父亲落泪的样子，良心要求我必须回到父母身边。后来我终于把那一堆心爱的书籍丢掉，踏上了回家的列车。从此再也没有离开过父母。

我家住在村子的最南边，没有院墙遮挡，可以一眼看见田野，看见土地。

我经常坐在我家的窗前读书。累了的时候，一眼就看到田野，看到田里劳作的父母，看到辛勤的乡亲们。无论春夏秋冬，他们总是早出晚归，有时披星戴月。一年一年劳作在土地上。无论社会怎样进步，时代怎样变迁，他们都不改初衷。辛勤地耕耘着，丰收了没有狂喜，歉收了没有恼怒。慢慢地我对他们的劳作感兴趣了，除却读书，大部分时间凝望。

他们劳动起来都非常认真，没有一个虚晃的动作，每一步都是那么踏实。翻地，撒种子，除草，浇水。每项劳动都是认真，完整地去对待。即使我们村庄里老懒走进田里，干起活来，也认真，不出虚力。

凝望他们的劳动，真美。阳光把土地照得干净，鸟儿在他们的周围飞舞。劳动工具就放在他们的身边，上面沾着点滴的泥土。田里有牛，有马，有驴。在主人的驱使下拉犁，耙地，配合得十分默契，累了就站在原地休息一下。主人手里拿着鞭子，但从来不抽打，有时只是象征地摇晃一下。

我一边凝望，一边写日记。这是心灵对土地的反应。

春天，万物复苏，那棵最先绿的草，首先映入窗口。让我看见，让我欣喜，让我感到冬天就要过去了。慢慢地，三棵，五棵，百棵，万棵，数不清了，它们都绿了。点缀着土地，点缀着春天，点缀着农人的企望。它们都有自己的花朵，都有自己的色彩，也有自己的梦想。有风儿时常光顾它们，有蜂儿远道而来做客。对自己的芬芳从来不吝惜，让风儿送到远方，送到人们的鼻孔中。让人感到春天的美妙。

由于长时间的凝望，我成了一个诗人，报纸，杂志，把我用心灵的歌吟刊登出来。我欣喜，欣慰。因为，我把对土地，农人的热爱，用文字表达了出来。

后来我突然明白了父亲的良苦用心，几十年他一刻也不停止劳作的原因。直到有一天我把发表在《中国作家》杂志上的诗作拿给父亲看时，父亲眼里噙满了泪水。这也许是父亲的心愿，父亲是不轻易掉眼泪的人。他那么倔强，那么顽固。他的情感却倒在了文字面前。

2012 年 6 月 19 日我正式加入中国作家协会，成为中国作家协会会员，我的作家梦终于实现了。